U0139806

天喜文化

第二十八回　蒋玉菡情赠茜香罗　薛宝钗羞笼红麝串（一）

第二十八回　蒋玉菡情赠茜香罗　薛宝钗羞笼红麝串（二）

清虛
觀會
肅
迴避
世襲寧國公
世襲榮國公

第二十九回　享福人福深还祷福　痴情女情重愈斟情（一）

第二十九回　享福人福深还祷福　痴情女情重愈斟情（二）

第二十九回　享福人福深还祷福　痴情女情重愈斟情（三）

第二十九回　享福人福深还祷福　痴情女情重愈斟情（四）

第三十回　宝钗借扇机带双敲　龄官划蔷痴及局外
第三十一回　撕扇子作千金一笑　因麒麟伏白首双星

第三十一回　撕扇子作千金一笑　因麒麟伏白首双星
第三十二回　诉肺腑心迷活宝玉　含耻辱情烈死金钏

第三十三回　手足眈眈小动唇舌　不肖种种大承笞挞

第三十四回　情中情因情感妹妹　错里错以错劝哥哥

第三十五回　白玉钏亲尝莲叶羹　黄金莺巧结梅花络
第三十六回　绣鸳鸯梦兆绛芸轩　识分定情悟梨香院

第三十七回　秋爽斋偶结海棠社　蘅芜苑夜拟菊花题（一）

第三十七回　秋爽斋偶结海棠社　蘅芜苑夜拟菊花题（二）

第三十八回　林潇湘魁夺菊花诗　薛蘅芜讽和螃蟹咏

第三十九回　村姥姥是信口开河　情哥哥偏寻根究底

第四十回　史太君两宴大观园　金鸳鸯三宣牙牌令（一）

第四十回　史太君两宴大观园　金鸳鸯三宣牙牌令（二）

第四十回　史太君两宴大观园　金鸳鸯三宣牙牌令（三）

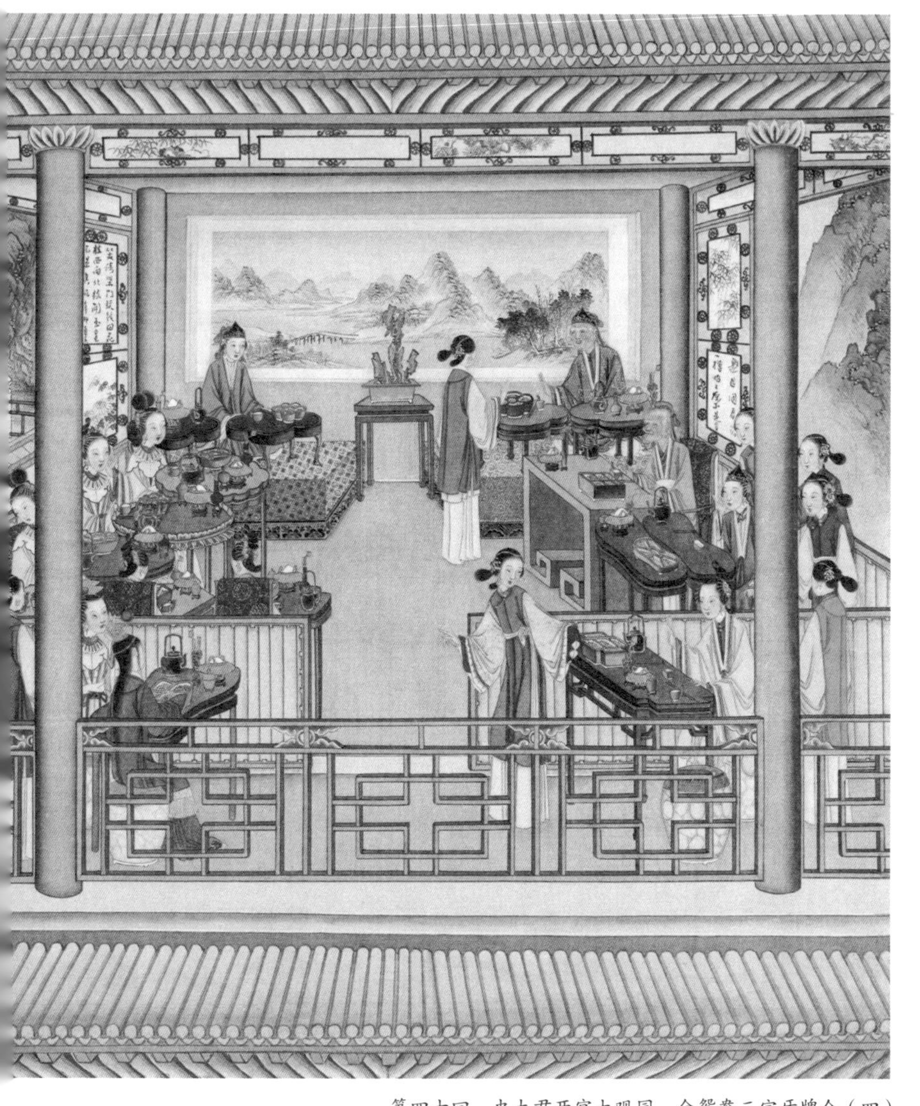

第四十回　史太君两宴大观园　金鸳鸯三宣牙牌令（四）

世外僊源

第四十一回　栊翠庵茶品梅花雪　怡红院劫遇母蝗虫

第四十二回　蘅芜君兰言解疑癖　潇湘子雅谑补余香（一）

第四十二回　蘅芜君兰言解疑癖　潇湘子雅谑补余香（二）

插图典藏本

马瑞芳品读红楼梦

3

马瑞芳 著

天地出版社 | TIANDI PRESS

白鹿
© Bailu Studio

目录

宝黛再和好，戏子赠汗巾

——第二十八回　蒋玉菡情赠茜香罗　薛宝钗羞笼红麝串（上）

大观园悠扬神曲《葬花吟》吟罢，宝黛误会解开。争吵、流泪、和解成为宝黛日常相处的常态。

茜香罗和红麝串虽然是生活中微不足道的小物件，却在贾宝玉的人生中起到了重要作用，一个涉及他的通房丫鬟袭人，一个涉及他未来的妻子薛宝钗。

蒋玉菡是谁？演艺界人士，当时叫戏子。他的名字很美，菡是荷花，玉菡是玉制荷花。他送给宝玉的茜香罗，是北静王给他的。宝玉把自己系的汗巾给了蒋玉菡，这汗巾本是袭人的。这就预伏了袭人将来要嫁蒋玉菡为妻的信息。宝钗和宝玉成婚后，贾府败落，生活不易，幸而得到蒋玉菡、袭人夫妇的接济。宝钗羞笼的红麝串，是贾元春赏赐的，宝玉要看，她便害羞地从手腕上取下来给他看。而贾元春赏赐红麝串，在宝玉、黛玉和宝钗的感情世界中掀起了大波澜。

贾宝玉赔不是十八法

宝玉听完黛玉的《葬花吟》，开始不过点头感叹，当他听到“侬今葬花人笑痴，他年葬侬知是谁”“一朝春尽红颜老，花落人亡两不知”时，想到花颜月貌的黛玉，将来无可寻觅，是怎样地令人心碎肠断，不禁哭倒在山坡上。

黛玉葬花是痴，宝玉哭倒也是痴，两痴相逢，真是知音。黛玉哭着念完《葬花吟》，听到山坡上传来哭声，心想：“人人都笑我有些痴病，难道还有一个痴子不成？”抬头一看，是宝玉，便啐了一口：“我道是谁，原来是这个狠心短命的……”刚说到“短命”二字，连忙把嘴捂住，长叹一声，走了。捂嘴动作很传神，说明黛玉虽然生宝玉的气，但如果宝玉受到一点儿损害，首先不能接受的还是她。

宝玉见黛玉躲开他，只好闷闷不乐地下山回怡红院，恰好看到黛玉走在前头。因为黛玉已经不理他了，宝玉得先叫黛玉理自己，就在她身后说：“我只说一句话，从今以后撂开手。”黛玉当然不想和宝玉撂开手，就说：“有一句话，请说来。”宝玉得寸进尺，顺杆儿就爬：“两句话，说了你听不听？”黛玉扭头就走。宝玉在她身后果然说了两句话，他叹道：“既有今日，何必当初！”这句话像侦探小说中设置的悬念，黛玉不得不问：“当初怎么样？今日怎么样？”她一问，宝玉就痛痛快快地叙述自己是怎样关心爱护黛玉，顺着她，让着她，惦记着她，比丫鬟还要体贴：“当初姑娘来了，那不是我陪着顽笑？凭我心爱的，姑娘要，就拿去；我爱吃的，听见姑娘也爱吃，连忙干干净净收着等姑娘吃。一桌子吃饭，一床上睡觉。丫头们想不到的，我怕姑娘生气，我替丫头们想到了。”最后还总结一句：“和气到了头，才见得比人好。”前面的表功，当然也重要，但这一句最重要，就是说我们两个人最好，其他人都一般般。这话已叫黛玉动心了。接着宝玉埋怨：“如今谁承望姑娘人大心大，不把我放在眼里，倒把外四路的什么宝姐姐凤姐姐的放在心坎儿上，倒把我三日不理四日不见的。”这话是真的吗？我看是带有诬赖性质的表白。黛玉什么时候把宝姐姐、凤姐姐放到宝玉前面了？但黛玉愿意听这样的话，这说明，宝玉心里只有她，也希望黛玉心里只有他。特别是宝玉说到宝姐姐、凤姐姐时，特地加了两个限制词，一个是“外四路的”，一个是“什么”，表示轻视：宝姐姐、凤姐姐跟我们的关系远着呢，哪像咱们两个这么近？这是宝玉的衷肠话，最能够打动黛玉。宝玉还一边哭一边说：“我又没个亲兄弟亲姊妹。——虽然有两个，你难道不知道是和我隔母的？我也和你似的独出，只怕同我的心一样。谁知我是白操了这个心，弄的有冤无处诉！”什么意思？为了说服黛玉，宝玉连他同父同母嫡亲的皇妃姐姐都不算了，成“独出”了。宝玉实际上非常善于辞令，他针对黛玉孤苦伶仃的心病，说我也孤苦伶仃，我们两个应该同病相怜。为了说服黛玉，他连贾元春都不算亲姐姐了，实在太有意思了。他还表示，我错了，你打也行，骂也行，但是不要不理我。你不理我，我就是死了，也是个不能超生的屈死鬼，得你说明了原因，我才得托生。

绮园[1]曾有段评语说宝玉向黛玉赔不是，是宝玉向黛玉倾诉，而黛玉竟不能回答一语，“相逢半句无”，以至宝玉挥洒演讲，“委屈细陈，身心一畅”。

宝玉向黛玉赔不是赔得多精彩！如果把《红楼梦》里宝玉向黛玉赔不是的话，编成《恋人赔不是十八法》，一定会成为畅销书。宝玉每次赔不是，都诚惶诚恐、诚心诚意，有时还要变个大王八驮碑，

1 绮园：清代词人吴绮，字园次，号绮园，又号听翁，江都（今江苏扬州）人，著有《林蕙堂集》等。——编者注

令人喷饭；有时讲出来的话，又催人泪下。每一次赔不是的结果都是两个人的感情又上了一个新台阶。

黛玉问，为什么我到怡红院，你不让我进去？宝玉才说，昨天晚上，只是宝姐姐坐了一会儿就走了，我并不知道你来。黛玉这才知道，原来是丫鬟“懒待动”的原因。她的心结解开，又带点儿醋意地调侃宝玉：“你的那些姑娘们也该教训教训，只是论理我不该说。今儿得罪了我的事小，明儿宝姑娘来，什么贝姑娘来，也得罪了，事情岂不大了。”黛玉真是什么时候都伶牙俐齿地调侃宝玉。两人误会解开了，感情又加深一步。

宝玉药方有玄机

这时丫鬟来请他们去吃饭。王夫人见了黛玉就问：“大姑娘，你吃那鲍太医的药可好些？”王夫人对黛玉与宝钗的称呼是不一样的。她对黛玉是客气地叫“大姑娘”，对宝钗则是亲切地叫“宝丫头”，哪个远，哪个近，从称呼上就能看出来。王夫人一问，黛玉便回答：“也不过这么着。老太太还叫我吃王大夫的药呢。”这段对话说明，黛玉一直生病，换了好几位大夫。王夫人关心黛玉，是出于礼貌，并不是真心疼爱。真心疼爱黛玉的是宝玉。宝玉对王夫人说，林妹妹是内症，得吃丸药。王夫人想不起来前天大夫叫黛玉吃的丸药叫什么了，宝玉就猜：八珍益母丸？左归丸？右归丸？麦味地黄丸？把滋补药猜了个遍。王夫人说都不是，只记得药名里有“金刚”两个字。宝玉两手一摊，说，如果有“金刚丸”，就得有“菩萨散”了。宝玉聪明的玩笑话说得满屋子人都笑了。宝钗说，大概是天王补心丹。王夫人说，是这个名儿。宝钗就有这个本领，轻易不开口，开口必定错不了。

曹雪芹叫黛玉吃天王补心丹，是一种哲理性隐喻，暗示绝顶聪明的黛玉和人打交道时却不够聪明。用现代话来说，就是情商不高，所以要给她“补上”和人交往的“心机”。

王夫人说是这个药，又说如今我也糊涂了，其实是在掩饰自己记不住黛玉吃的丸药的药名，如果是宝玉吃的药，那她肯定记得很牢。宝玉说：“太太倒不糊涂，都是叫‘金刚’‘菩萨’支使糊涂了。”宝玉为什么和母亲开玩笑？因为他刚和黛玉解开误会，心情很舒畅。王夫人听到儿子拿自己开涮，就说：“扯你娘的臊！又欠你老子捶你了。”儿子和母亲说笑，贵夫人说句粗话，这是一个欢乐、和谐、情绪放松的场面。整部《红楼梦》中，也是宝玉和母亲唯一的一次开玩笑。

接着宝玉说，我有个好药方，太太给我三百六十两银子，我替林妹妹配一料丸药，包管一料不完就好了。王夫人又说了句粗话：“放屁，什么药就这么贵？”宝玉接着报出名来：头胎紫河车，人形带叶参，龟大的何首乌，千年松根茯苓胆，都是名贵滋补药。这些药三百六十两银子已不够，但还仅仅是群药，次要的药，更难得的是为君的药，“说起来唬人一跳。前儿薛大哥哥求了我有一二年，我才给了他这个方子。他拿了方子去又寻了二三年，花了有上千的银子，才配成了。太太不信，只问宝姐姐。”宝钗一听，笑着摇手：“我不知道，也没听见。你别叫姨娘问我。”这话是什么意思？我没听到别人议论，言外之意是宝玉撒谎。宝玉说的这个药方是不是假的？估计不是。薛蟠宠爱香菱，听说宝玉有个滋补的好药方，就要了来，咋咋呼呼、大张旗鼓地配药。宝钗能不知道吗？但宝钗说她既不知道，也没听说。为什么？因为王夫人已经骂宝玉是“放屁”，如果宝钗替宝玉做证，那不就说明王夫人错了？宝钗对待王夫人有个原则：王夫人永远不会错；如果王夫人错了，就把错误转嫁给别人。后来金钏儿死的时候，宝钗的表现就是这样。这次在这样微不足道的小事上，她的表现也是这样。宝玉说："我说的倒是真话呢，倒说我撒谎。"天真的黛玉以为宝玉真是在胡诌，就"用手指在脸上画着羞他"。

这时凤姐正在里间看着人放桌子，准备伺候王夫人和小姐们吃饭。她听到这段对话，就走过来说确实有这么个方子，薛蟠来找她，按照宝玉的方子，要戴过的珍珠拆了配药。凤姐说一句，宝玉念一句佛，说"太阳在屋子里呢"，凤姐姐证明我没撒谎。宝玉有点儿得意忘形，脸望着黛玉，眼睛却瞟着宝钗，说："你听见了没有，难道二姐姐也跟着我撒谎不成？"他是在告诉宝钗，不是我撒谎，而是你撒谎。宝钗一言不发，她懂得沉默是金的道理。黛玉直率，就跟王夫人告状："舅母听听，宝姐姐不替他圆谎，他直问着我。"王夫人敷衍一句："宝玉很会欺负你妹妹。"宝玉又主动替宝钗开脱，说："太太不知道这原故。宝姐姐先在家里住着，那薛大哥哥的事，他就不知道，何况如今在里头住着呢，自然是越发不知道了。林妹妹才在背后以为我撒谎，就羞我。"他这不是替宝钗说话吗？

黛玉敲打宝玉

贾母派人来叫宝玉、黛玉吃饭。黛玉一听，拉着丫鬟就走，说："他不吃饭了，咱们走。我先走了。"黛玉为什么不等宝玉？小性儿发作。宝钗说谎，你给她开脱，不跟你玩儿了！然而，宝玉去不去吃饭，是黛玉说了算的吗？但黛玉就是这样当着王夫人的面发脾气。

宝玉的少爷脾气也上来了：你说我不去老太太那儿吃饭，那我就不去了！他宣布：我今天跟着太太吃。宝钗说："你正经去罢。吃不吃，陪着林姑娘走一趟，他心里打紧的不自在呢。"宝钗催着宝玉赶快去找林妹妹。她是在真诚地关心黛玉，还是在有意无意地制造"林妹妹多心""林妹妹为难宝玉"的舆论？宝玉说了句拉硬弓的话："理他呢，过一会子就好了。"他根本没想到，黛玉一直站在外面等他出来一起去贾母那儿吃饭，所以，宝玉在宝钗跟前逞强的话她全听见了。宝玉在宝钗跟前装好汉，坚持跟着母亲一起吃斋，但吃完饭，他就着急要茶漱口。宝钗又对探春、惜春说："你叫他快吃了瞧林妹妹去罢。"

宝玉的药方到底是真实存在的，还是他胡诌的？红学家们一直有争论，不过从脂砚斋评语来看，这个药方应该是真实存在的。宝玉说黛玉体质弱，是内症，受不得一点儿风寒，所以得用热性的、滋补的原料。脂砚斋批"写得不犯冷香丸方子"，认为宝玉给黛玉出的药方，皆滋补热性之药，兼有许多奇物，何不竟以"暖香"名之？说明这个药方确实不是宝玉胡诌的。

宝玉给黛玉开药方这段非常小的情节，写活了好几个人。宝钗巴结王夫人，不承认宝玉的药方；凤姐证明宝玉不是撒谎，点到为止。宝钗跟天真的宝玉、黛玉搞弯弯绕，但螳螂捕蝉，黄雀在后，她的小计谋立刻就被凤姐戳穿了，这就叫作强中自有强中手。

按说宝钗是凤姐的亲表妹，黛玉是贾琏的亲表妹，谁亲谁疏，难道精明的凤姐分不清？但是贾府闺阁宛如现代商场，只有永远的利益，没有永远的亲情。宝钗觊觎"宝二奶奶"的位置，而"宝二奶奶"进府就意味着"琏二奶奶"要回东院给邢夫人当小媳妇去。凤姐对这一点看得比谁都清楚。而且凤姐知道，老太太想要两个玉儿成一家，她得替“一把手”打头阵，所以她之前调侃黛玉“既吃了我们家的茶，怎么还不给我们家作媳妇”，这次又站出来帮宝玉解围，实际上是打击宝钗。凤姐不帮宝钗，联想现代社会就可以理解了。我们把贾府设想成大公司，贾母相当于董事长，王夫人相当于总经理，凤姐相当于总经理助理。除非总经理助理吃错了药，脑子进水了，她才会去帮助千方百计讨好总经理、董事长，且未来还可能取代自己的新秀的忙，不然，做梦去吧。

宝玉跑到贾母房间找林妹妹，黛玉却像老和尚念经，瞅准机会就把宝玉说过的“理他呢，过一会子就好了”还给了他，而且连说两遍，敲打宝玉。

第一次，宝玉赶来看黛玉，黛玉正弯着腰裁剪。宝玉笑着巴结她，表示关心：“才吃了饭，这么空着头[1]，一会子又头疼了。”黛玉只是不理，继续剪裁。丫鬟说：“那块绸子角儿还不好呢，再熨他一熨。”黛玉立即找到敲打宝玉的机会，把剪刀一撂，说：“理他呢，过一会子就好了。”林姑娘见景生情、就棍打狗的“技巧”在大观园首屈一指。不管是宝钗、湘云，还是探春，谁也没有这般快的心思，这么灵的嘴巴。宝玉听了纳闷，这明明是他刚才说过的话，林妹妹不是早就走了，到老太太那儿吃饭去了，她怎么知道的？宝玉当时说这句话，只是用来敷衍宝姐姐，并不是真的想不理黛玉，黛玉却把他的话提溜出来“秋后算账”，这可如何是好？

宝玉还没想好该如何解释、如何请罪，黛玉就又一次借他的话敲打了他。宝钗前后脚跟着宝玉来了。宝钗既然那么愿意巴结王夫人，那么继续跟王夫人聊天岂不更好？但是不，她也跑来找林黛玉

1　空着头：意为低着头。空，也作“控”。——编者注

了，看来她很想知道宝玉和黛玉之间会发生什么事情。这说明宝钗非常关心宝兄弟。宝钗看到黛玉正在裁剪，便表扬了一句："越发能干了，连裁剪都会了。"这明显是在讨好黛玉，可黛玉却不领这个情。她有话心里存不住，谁犯了错误，都会当面给你指出来。黛玉说："这也不过是撒谎哄人罢了。"等于当面戳穿宝钗撒谎哄王夫人。宝钗对黛玉的暗讽之语装聋作哑，继续跟黛玉闲聊，似乎根本没把刚才的药方之事放在心里，只当成兄弟姐妹之间的寻常斗嘴。她对黛玉说："我告诉你个笑话儿，才刚为那个药，我说了个不知道，宝兄弟心里不受用了。"这句话实际上是在安抚黛玉，黛玉却又眼明手快地抓住了敲打宝玉的机会，重复了一句："理他呢，过一会子就好了。"宝玉此时非常不希望宝姐姐掺和到他跟林妹妹的纠纷中，宝姐姐在场，多不方便他使出浑身解数讨好林妹妹！宝玉于是干脆对宝钗下逐客令："老太太要抹骨牌，正没人呢，你抹骨牌去罢。"宝钗的修养比宝玉、黛玉都高，她毫不在意地自嘲一句"我是为抹骨牌才来了"，便离开了。宝、黛、钗三人周旋，这是多么热闹、多么有趣，而又多么琐碎的生活细节！宝钗走了，黛玉继续朝宝玉发难："你倒是去罢，这里有老虎，看吃了你！"你不是不乐意跟我一起到老太太这里吃饭吗？看来你不想接近我啊，那就快滚蛋吧！宝玉难堪至极，挨了训还得赔笑，千方百计地哄林妹妹："你也去逛逛，再裁不迟。"意思是叫黛玉和他一起出去。黛玉只是不理，宝玉只好去问丫鬟："这是谁叫裁的？"黛玉说："凭他谁叫裁，也不管二爷的事！"两人一闹别扭，宝哥哥就变成二爷，疏远了。

宝玉和黛玉之间的"对立"，这一段已写得盆满钵溢，再写就没什么意思了，曹雪芹于是再次采取截断术。这时，宝玉听到外面有人请他，便顾不得再和林妹妹赔不是，马上离开了。黛玉又向外头来了一句："阿弥陀佛！赶你回来，我死了也罢了。"这就是黛玉，总是自我伤害。

红豆曲和苍蝇调

宝玉出来，原来是冯紫英请客。宝玉好奇地问："前儿所言幸与不幸之事，我昼悬夜想，今日一闻呼唤即至。"冯紫英说，我是故意说那句话的，只是为了请大家聚一聚。冯紫英宴会上的人，各有各的社会地位，各有各最关心的事，各有各的语言特点。他们各说各话，各唱各曲，好看极了。

宝玉，有文化的贵族少爷，文质彬彬，奶油味十足；冯紫英，性情豪爽，稍通文墨；蒋玉菡，戏子身份；云儿，有点儿像现代西方社会的高级应召女郎，能歌能诗，但她唱的主要是以花虫做伪装的淫曲；薛蟠，典型的纨绔子弟，出言粗俗，令人喷饭。呆霸王和云儿配戏，笑料迭出。而这次宴会，预示了袭人的命运，其实也是宝玉的命运。

宝玉出了个酒令，说："如今要说悲、愁、喜、乐四字，却要说出女儿来，还要注明这四字的原故。说完了，饮门杯。酒面要唱一个新鲜时样曲子，酒底要席上生风一样东西，或古诗、旧对、四书五经成语。"所谓"门杯"，就是放在各人面前的酒杯；所谓"酒面"，就是倒满一杯酒，不喝，先行酒令；所谓"酒底"，就是每行完一个酒令，喝干一杯酒；所谓"席上生风"，就是借酒席上的食品或物品，说一句与此有关的古诗或古文。

薛蟠没等宝玉说完，就先站起来，拦住道："我不来，别算我。

这竟是捉弄我呢！”阿呆肚里没文墨，这种文绉绉的酒令，不是捉弄人家吗？妓女云儿推他坐下，说道：“怕什么？这还亏你天天吃酒呢，难道你连我也不如！”云儿使了一招“激将法”，把阿呆激得参与行酒令了。

宝玉既然设计这样的酒令，自然胸有成竹。他说女儿悲、女儿愁、女儿喜、女儿乐，红学家们都特别注意“女儿悲，青春已大守空闺”，这句话暗示了宝钗的结局。有的红学家还认为“女儿愁，悔教夫婿觅封侯”也指宝钗，我却觉得这句话不大符合宝钗的未来生活。因为按照曹雪芹的构思，宝玉并没有参加举人考试。

宝玉说完女儿悲、女儿愁、女儿喜、女儿乐，大家都说有理。薛蟠却说，不好，该罚。大家问，为什么该罚？薛蟠说，他说的我都不懂，怎么不该罚？阿呆快人快语，自己不懂就罚别人的酒。阿呆凡在酒席中出现，总会带来很多笑声。阿呆这次出的洋相，也成了《红楼梦》的著名段子之一。云儿给宝玉弹琵琶，听宝玉唱出《红楼梦》脍炙人口的名曲之一：

> 滴不尽相思血泪抛红豆，开不完春柳春花满画楼，睡不稳纱窗风雨黄昏后，忘不了新愁与旧愁，咽不下玉粒金莼噎满喉，照不见菱花镜里形容瘦。展不开的眉头，捱不明的更漏。呀！恰便似遮不住的青山隐隐，流不断的绿水悠悠。

宝玉只要不和姐妹们在一块儿，文采就很出众。这段唱词，很像他为黛玉量身定做的，是对黛玉悲苦缠绵情绪的描写。

薛蟠说的女儿悲、女儿愁、女儿喜、女儿乐，能叫大家把肚子笑疼。阿呆刚说了个“女儿悲”，便急得眼睛像铜铃一样，活画出他胸无点墨的形象。其实，眼睛像铜铃，也是段外貌描写，说明阿呆相貌堂堂。他的胞妹宝钗“脸若银盆，眼如水杏”，圆圆的大眼睛，双眼皮，一脸富态，薛蟠大概也是这个模样。我多次用“眼睛像铜铃一样”调侃学术界的朋友，比如，1987年版电视剧《红楼梦》的编剧之一周雷，我说他眼睛瞪得像铜铃一样，给红学家们照了很多相，却从不寄照片，让大家浪费表情；在《百家讲坛》讲唐僧西行的钱文忠，我说他是“钱嘎小”，眼睛大得像铜铃一样。这都是题外话。“女儿悲”之后，阿呆接着续了句令人喷饭的“嫁了个男人是乌龟”。第二句“女儿愁”，阿呆又续了句“绣房撺出个大马猴”，仍然惹得众人哄然大笑。如果阿呆一味粗鄙，似乎行文太过单调乏味，于是第三句他冒出了一句雅词：“女儿喜，洞房花烛朝慵起。”意思是洞房花烛之夜夫妻恩爱，第二天起晚了。大家正说：“这句何其太韵？”阿呆又直接说出一句污言秽语：“女儿乐，一根毛毛往里戳。”第三句显然是阿呆哪次喝酒时听来的话，他给记住了，满嘴“乌龟”“大马猴”“毛毛”才是他的本色。阿呆唱的曲是：“一个蚊子哼哼哼，两个苍蝇嗡嗡嗡。”我经常纳闷，曹雪芹到底是在哪儿观察了这么多纨绔子弟的洋相，并把它们写到《红楼梦》里的？实在是太精彩、太好看，也太有趣了。想一想，生活在同一个屋檐下，温文典雅的宝钗却有这么一位粗鲁无文的长兄薛蟠，是不是太有趣了？

蒋玉菡说：“女儿悲，丈夫一去不回归。女儿愁，无钱去打桂花油。”这是预示袭人的命运，将来宝玉流亡在外，她无依无靠。“女儿喜，灯花并头结双蕊。女儿乐，夫唱妇随真和合。”这是预示袭人会嫁给蒋玉菡。蒋玉菡唱的曲子是洞房花烛夜，配鸾凤入鸳帏。这是戏子经常唱的戏文，也预示了袭人将来的命运。蒋玉菡最后说，我在诗词上很有限，恰好昨天看到一副对子，而且酒席上就有这样东西。说完，他就拿起一朵木樨。木樨就是桂花，花期是每年的九、十月份，阴历四月当然不会开花。蒋玉菡拿起的是糕点上的糖桂花，然后念了句陆游的诗句“花气袭人知骤暖”。陆游《村居书喜》写春天美景，前四句是：“红桥梅市晓山横，白塔樊江春水生。花气袭人知骤暖，鹊声穿树喜新晴。”蒋玉菡一念这个，大家都觉得不错，容他过关，只有薛蟠跳了起来。薛蟠跳起来是很令人意外的，因为他应该不懂诗词，但他偏偏懂这一句。他嚷道：“了不得，了不得！该罚，该罚！这席上并没有宝贝，你怎么念起宝贝来？”薛蟠为什么说“宝贝”？因为他认为袭人的身份应该和香菱一样，所以是宝贝。蒋玉菡呆住了，说，哪有宝贝？薛蟠说，你还赖，你再念。蒋玉菡只得又念了一遍。薛蟠说：“袭人可不是宝贝是什么！你们不信，只问他。”说完，指着宝玉。宝玉很不好意思，说：“薛大哥，你该罚多少？”他以守为攻，意思是你泄露了我的机密，就该罚酒。薛蟠赶紧承认：“该罚，该罚！”拿起酒来，一饮而尽。冯紫英、蒋玉菡等人不知道缘故，云儿便告诉了他们。这个调度非常有意思。薛蟠说袭人是宝贝，估计袭人和宝玉的关系，早就经过他的推测告诉了云儿。云儿说了袭人是宝玉贴身服侍的大丫鬟，在座之人对袭人和宝玉的关系便都会意了。蒋玉菡赶紧起身赔罪，大家都说：“不知者不作罪。”

宝玉与蒋玉菡交换汗巾

不一会儿，宝玉出席解手，蒋玉菡又出来赔不是。宝玉看他妩媚温柔，心中十分留恋。

20世纪80年代初，我教留学生读《红楼梦》。留学生常问我，宝玉是不是同性恋？我回答，比较合适的解释是，宝玉说女儿是水做的骨肉，所以他对女性化的男子也有好感。其实清代盛行男风，戏班子里漂亮的艺人，常会成为王爷、贵族的玩物，这是历史事实。但宝玉是不是同性恋，曹雪芹没写。

宝玉看到蒋玉菡妩媚温柔，就紧紧地搭着他的手，对他说，你们戏班中，有一个叫琪官的，如今名驰天下，我却无缘一见。蒋玉菡说，琪官就是我的小名儿。当时戏子身份低贱，贵族家庭不允许子弟和戏子交往，贾政后来不是还为此把宝玉狠狠地揍了一顿吗？但宝玉一听说蒋玉菡就是琪官，便欣然跌足笑道"有幸，有幸"，马上解下玉玦扇坠送给蒋玉菡。蒋玉菡则把系内衣的大红汗巾子解下来送给宝玉，说："这汗巾子是茜香国女国王进贡来的，夏天系着，肌肤生香，不生汗渍。昨日北静王给我的，今日才上身。若是别人，我断不肯相赠。二爷请把自己系的给我系着。"宝玉想都没想，就把自己系的松花汗巾解下来递给了蒋玉菡。等他回到大观园，袭人一看扇坠没了，就问："往那里去了？"宝玉说："马上丢了。"看来宝玉偶尔也会说些谎话，自己的东西被别人要了或者自己主动送了，没法向贴身大丫鬟交代，就说丢了。到睡觉的时候，袭人发现他"腰里一条血点似的大红汗巾子"，就猜着了八九分——这是和别人换的，便说："你有了好的系裤子，把我那条还我罢。"宝玉这才想起来，松花汗巾是袭人的，怎么可以给别的男人？他很后悔，但却没法说，就对袭人赔笑说："我赔你一条罢。"袭人说："我就知道又干这些事！也不该拿着我的东西给那起混帐人去。"袭人此时骂蒋玉菡是"混帐人"，谁知未来这个"混帐人"却成了她的终身依靠。

安睡之后，宝玉悄悄把那条大红汗巾子系到袭人腰上，第二天早上袭人发现了，等宝玉出去，就解下来，扔在一个空箱子里。这是一个伏笔。不过很可惜，将来曹雪芹准备怎么处理这条汗巾，我们却看不到了。

贾元春放指婚试探气球

——第二十八回　蒋玉菡情赠茜香罗　薛宝钗羞笼红麝串（下）

这一回的情节都跟贾宝玉的命运有关。贾宝玉在冯紫英安排的酒席上跟蒋玉菡相识，两人交换系腰的汗巾，而最终跟蒋玉菡成为眷属的，却是与宝玉有第一次云雨情的袭人；贾元春端午节赏赐宝玉和宝钗相同的物品，实际上是放了个带有指婚意味的气球，不过贾宝玉和薛宝钗虽然最终成了眷属，却并不是因为贾元春，那是后三十回的事了。

元妃赏红麝香串有没有特殊含义

宝玉跟薛蟠吃酒后回到怡红院，袭人向宝玉汇报三件事：一是二奶奶打发人把小红叫去了；二是贵妃娘娘打发太监送来一百二十两银子，叫在清虚观初一到初三打三天平安醮[1]；三是贵妃娘娘赏了端午节礼，宝玉和宝钗一样，黛玉和迎春、探春、惜春一样。赏给

1　平安醮：旧时因病或因丧事延请僧、道诵经叫作“打醮”；为一般祈福消灾举行的“打醮”仪式，叫作“打平安醮”。——编者注

宝玉和宝钗的是上等宫扇两柄、红麝香珠两串、凤尾罗二端、芙蓉簟一领，赏给黛玉、迎春、探春和惜春的只有扇子和数珠儿。宝玉疑惑地问袭人，别是传错了吧？怎么宝姐姐的和我一样，林姑娘的和我不一样？袭人说，这是从宫里传出来的，一样一样地写着名字。宝玉便赶紧叫了丫鬟过来，嘱咐说，你拿了我这些东西，到林姑娘那里去，就说是昨儿我得的，爱什么就留下什么。丫鬟去了，一会儿回来说，林姑娘说她昨儿也得了，二爷留着吧。

黛玉比宝钗少的是什么？是凤尾罗和芙蓉簟。所谓凤尾罗，就是高档丝织品，可以做衣服，也可以做夹被；而芙蓉簟是用细竹编成的带有芙蓉花图案的席子，夏天可以铺在床上。所以，元春赐给宝玉、宝钗相同的床上用品，指婚意味十分明显。而红麝香串对于宝钗和黛玉并没有区别，因为她们都得到了。黛玉得到的，就是袭人对宝玉说的“数珠儿”。

红麝香珠是用麝香加上其他配料而制成的红色念珠。红麝香串就是把红麝香珠穿在一起，可以戴在手上，也可以当作念佛时的数珠儿。令人费解的是，麝香由于可导致流产，一向是后宫妃嫔最忌讳的物品，为什么元春身边会有麝香珠，而且还要送给宝钗、黛玉、迎春、探春和惜春呢？

“薛宝钗羞笼红麝串”，宝钗把红麝香串当作凤尾罗和芙蓉簟的代表来使用，表面上看似乎只是戴在手腕上的寻常饰品，其实却起到了提醒众人——特别是贾母和王夫人——的作用：元妃给我和宝玉赏赐了相同的日常用品。

宝钗对做“宝二奶奶”到底感不感兴趣呢？曹雪芹在和我们捉迷藏。他说自从薛姨妈说女儿的金锁是个和尚给的，要等日后有玉的方可结为婚姻，宝钗就总远着宝玉。但晴雯曾经发过牢骚，说宝钗有事没事就跑了来坐着，而且每当宝黛亲密交谈的时候，宝钗总会出现，无意之间制造点儿纠纷。宝玉和黛玉吵架，十次之中有九次是为了“金玉良缘”之说，但是两人却越吵越知心，越吵越亲密。宝钗对宝玉和黛玉这种越吵越亲密的相处状态带着莫名的艳羡和不安。她对贾母也捉摸不透。贾母是太极高手，对于薛姨妈宣传的“金玉良缘”之说，从不表态。现在元妃赏端午节礼，突然把宝玉和宝钗并列，是不是说明成就“金玉良缘”的机会真的来了？

“金玉良缘”如何在贾府登场

曹雪芹接着写道，宝钗看到元妃所赐的东西，独她与宝玉一样，心里越发没意思起来，似乎感觉很不好意思、很尴尬。幸亏宝玉被黛玉迷住，心心念念只记挂着黛玉，并不理论这事。宝钗真的不在意“金玉良缘”之说吗？恐怕不是。

我们需要回顾一下“金玉良缘”之说是如何在贾府登场的。

先看宝钗的金锁到底是谁给的。第八回宝钗看过宝玉的通灵宝玉后有这样一段描写：

> 宝钗看毕，又从新翻过正面来细看，口内念道：“莫失莫忘，仙寿恒昌。”念了两遍，乃回头向莺儿笑道：“你不去倒茶，也在这里发呆作什么？”莺儿嘻嘻笑道：“我听这两句话，倒像和姑娘的项圈上的两句话是一对儿。”宝玉听了，忙笑道：“原来姐姐那项圈上也有八个字，我也赏鉴赏鉴。”宝钗道：“你别听他的话，没有什么字。”宝玉笑央：“好姐姐，你怎么瞧我的了呢。”宝钗被缠不过，因说道：“也是个人给了两句吉利话儿，

所以錾上了，叫天天带着；不然，沉甸甸的有什么趣儿。”一面说，一面解了排扣，从里面大红袄上将那珠宝晶莹、黄金灿烂的璎珞掏将出来。宝玉忙托了锁看时，果然一面有四个篆字，两面八字，共成两句吉谶。

宝钗金锁上的字，正面为“不离不弃”，反面为“芳龄永继”，这两句吉利话儿，确实跟宝玉通灵宝玉上的两句“莫失莫忘，仙寿恒昌”是一对。第八回回目的前半句是“比通灵金莺微露意”，宝钗说“是个人”给了两句吉利话儿，所以錾上了；莺儿又在旁补充说，这两句吉利话儿是个癞头和尚送的，他说必须錾在金器上。这是关于宝钗金锁来历最早的描述。

这里可以非常明确地知道：金锁上的两句吉利话儿，是一个癞头和尚给的，而金锁是薛姨妈找人制作的，然后把这两句话錾在上面以保佑宝钗平安，根本没有婚姻因素，更没有必须得和有玉的成亲的说法。

宝钗进京候选，没被选上，而元春这时封妃。几乎同时出现的两个事件，给了薛姨妈新的灵感：儿子是个闯祸太岁，女儿如果嫁给被北静王称赞为“雏凤清于老凤声”的宝玉，未尝不是一个明智的选择。于是，金锁的来历和用途就跟原来不一样了。薛姨妈对王夫人等人宣传金锁是一个癞头和尚给的，还说，“等日后有玉的方可结为婚姻”，请注意“日后”两字，似乎是在暗示宝玉还没出生，就有和尚给宝钗金锁，并预言得和“有玉的”成婚。

世上哪怕有十万个王孙公子，也只有宝玉符合这个条件。薛姨妈果然老辣，却也不免捉襟见肘。试问：宝钗戴着金锁，去参选做公主或郡主侍读，实际是向皇帝身边进发，希望有朝一日“穿黄袍”，那么，“等日后有玉的方可结为婚姻”之说到哪里去了？难道“有玉的”是指皇帝的玉玺？

癞头和尚就是太虚幻境的茫茫大士，他知道过去、未来，所以给了宝钗两句话，这两句话跟通灵宝玉上的两句话恰好是一对，因为他们将来会成为夫妻，这是天意。

天意还必须跟“人为”结合起来，把金锁说成癞头和尚给的，且必须跟“有玉的”成亲，是薛姨妈的天才创造、执着追求。

宝钗想不想成就“金玉良缘”呢？如果不想，她怎么会天天戴着象征“金玉良缘”的金锁在贾母和王夫人跟前晃来晃去呢？以宝钗的聪明睿智，她肯定明白，在待选入宫失利后，跟家世显赫、品貌出众、脾气柔和、身为皇亲国戚的表弟成亲，是不错的机遇。

宝钗这样做是错误的，甚至有罪的？当然不是。宝钗也有追求爱情和幸福的权利，也有选择自己心仪的人生伴侣的权利。

不过，宝钗和黛玉完全不一样，黛玉只会争取宝玉的心，对于怎样得到婚姻决策人物，比如说王夫人的支持，她想都不会想，更不要说做了。把前八十回读下来，黛玉说过一句讨好王夫人的话吗？说过一句迎合亲外祖母的话吗？而宝钗总是和能跟宝玉婚姻挂上钩的人拉关系，包括身世低微、人缘极差，但可以给贾政吹枕头风的赵姨娘。王夫人早就默认了“金玉良缘”之说，她每月可以进宫见元妃一次。虽然贾母呵护二玉，而且已经透露出“二玉一家”的想法，但王夫人可能会委婉地告诉大女儿，我希望宝钗做儿媳妇。这样一来，元春端午节的赏赐，就对宝钗和黛玉分出了厚薄。其实宝钗和贾母没有任何关系，黛玉则是贾母的亲外孙女。元春有必要这样厚待宝钗，而叫祖母不高兴吗？但她偏偏这样做了，说明她需要这样做，她得帮母亲一把。不过，不管是王夫人还是元春，只要贾母不开口，谁也不敢开口，所以她只是放了一个带有指婚意味的气球，看看贾母有什么反应。如果贾母很积极，下一步可能就是指婚；如果贾母比较消极，那么即便是贵妃，也不能不照顾从小把自己抚养大的祖母的情绪。

《红楼梦》中，“二玉一家”和“金玉良缘”之说的长期对抗，实际上是贾母和王夫人在暗中较劲。木头似的、锯嘴葫芦似的王夫人，在儿子的婚姻问题上，对婆婆寸步不让。而“老江湖”贾母虽然善待王夫人的亲属，多次夸奖宝钗，却对“金玉良缘”之说装聋作哑，说明她心里最看重的，还是两个玉儿。

有红学家认为，从给宝钗做生日开始，贾母心里的天平就已倾向宝钗，但我不这样认为。如果贾母、王夫人对宝玉婚姻的选择如此一致，《红楼梦》又哪来那么多矛盾、曲折？如果“木石姻缘”仅仅因为传统的“父母之命”成不了，那曹雪芹构思的“忽喇喇似大厦倾”还有什么意义？贾母“二玉一家”的想法，下一回还会旗帜鲜明地表现出来。

看着宝姐姐，想着林妹妹

黛玉平时对“金玉良缘”之说很敏感，和宝玉吵架，十次之中有九次都是因为它，但她并没有真正在意。现在元春赏赐端午节礼，把宝玉和宝钗画上等号，黛玉这么聪明，难道想不出这里有什么暗示？宝玉派丫鬟把元春赏赐的东西都送去黛玉那儿，叫她随便挑，黛玉却不要。见了面，宝玉问：“我的东西叫你拣，你怎么不拣？”黛玉发牢骚：“我没这么大福禁受，比不得宝姑娘，什么金什么玉的，我们不过是草木之人！”黛玉说的是实话，她就是草木之人，是绛珠仙草修炼成绛珠仙子而降临到探花府的。宝玉马上说：“除了别人说什么金什么玉，我心里要有这个想头，天诛地灭，万世不得人身！”宝玉这次发的是毒誓，不像原来玩笑般的誓言，如变成个大王八给一品夫人黛玉驮碑。黛玉当然知道这个誓言的分量，赶紧笑道：“好没意思，白白的说什么誓？管你什么金什么玉的呢！”黛玉信赖宝玉，宝玉还要进一步向黛玉表白：“我心里的事也难对你说，日后自然明白。除了老太太、老爷、太太这三个人，第四个就是妹妹了。要有第五个人，我也说个誓。”祖母、父母之外的第四个人是谁？当然是妻子。这表白再清楚不过了。黛玉还要调侃他：“你也不用说誓，我很知道你心里有‘妹妹’，但只是见了‘姐姐’，就把‘妹妹’忘了。”结果是宝玉再次宣誓效忠：“那是你多心，我再不的。”元春赏赐宝钗的结果，是黛玉得到了宝玉的又一次“准爱情表白”，就是你在我心目当中，是祖母、父母之外妻子的位置。

宝钗不是总远着宝玉，对元春赏赐给她和宝玉完全一样的端午节礼，觉得好没意思吗？她不是对“金玉良缘”之说很不积极，很自重，一切仿佛只是薛姨妈在背后操纵吗？似乎不完全是这样。以宝钗的聪明，难道她不明白婚姻是“媒妁之言，父母之命”，应由男方派媒人向女方求婚？薛姨妈却直接向王夫人宣传我女儿有金锁，必须和“有玉的”结亲。“有玉”一词具有非常特殊的含义，必须是出生时嘴里衔下来的玉，只有贾宝玉符合这个条件。所以，这句话就相当于薛姨妈在向王夫人求婚：我女儿得嫁给你儿子。按说女方向男方求婚，是非常没面子的，可向来不喜欢首饰的宝钗却偏偏整天把金锁戴在脖子上，对“金玉良缘”之说采取默认式宣传。她如果对元春赏赐给她和宝玉完全一样的端午节礼觉得没意思，就该尽量让人不要联想到元春的赏赐，可她却偏偏把红麝香串戴在手腕上，似乎在暗示她和宝玉被元春并提了。这样一来，宝玉、宝钗、黛玉三人，就在贾母眼皮子底下，发生了一段关于红麝香串的趣事。

宝玉永远像长不大的有着女孩气的男孩，他自己明明就有红麝香串，可是看到宝钗戴了一串，还是说："宝姐姐，我瞧瞧你的红麝串子？"宝钗只好把香串从手腕上褪下来。宝钗生得肌肤丰泽，不容易褪下来。宝玉在一旁看着宝钗"雪白一段酥臂，不觉动了羡慕之心"，暗想："这个膀子要长在林妹妹身上，或者还得摸一摸，偏生长在他身上。"他正恨没福得摸，忽然想起"金玉"一事来，再看宝钗，"脸若银盆，眼似水杏，唇不点而红，眉不画而翠，比黛玉另具一种妩媚风流，不觉就呆了，宝钗褪了串子来递与他也忘了接"。宝钗和黛玉完全不同的美，吸引了宝玉，叫他呆在了那儿，也呆在了黛玉的视线当中。黛玉多聪明，马上猜出宝哥哥是因为看美丽的宝姐姐呆住了，所以她"咬着手帕子笑"。她是笑宝玉真是"鹰嘴鸭子爪"，刚刚才发誓说不会见了"姐姐"就忘了"妹妹"，结果一转眼就看"姐姐"看呆了。宝钗见宝玉怔住了，自己倒不好意思了，就没话找话，问黛玉："你又禁不得风儿吹，怎么又站在那风口里？"黛玉就现编个理由奚落宝玉："何曾不是在屋里的。只因听见天上一声叫唤，出来瞧了一瞧，原来是个呆雁。"只有黛玉才有如此巧妙、敏捷、应景的"编剧"才能！宝钗难道不知道黛玉说的"呆雁"是挖苦宝玉？她便故意给黛玉出难题："呆雁在那里呢？我也瞧一瞧。"黛玉说："我才出来，他就'忒儿'一声飞了。"接着把手帕一甩，甩到宝玉脸上，吓了宝玉一跳。宝玉问是谁，黛玉摇摇头说："不敢，是我失了手。因为宝姐姐要看呆雁，我比给他看，不想失了手。"这段几百字的人物描写，一击三鸣，把宝玉、宝钗、黛玉三人都活画了出来。

历史常跟人开玩笑，你本想走进这个房间，却走进了另一个房间。元春想借红麝香串放个关于“金玉良缘”的试探气球，结果却使宝黛爱情又前进了一大步。宝玉连续变换三种说法，再次向黛玉表白，以证明她在自己心里的地位：第一，他绝对不想要“金玉良缘”；第二，黛玉在他心目当中是排在祖母、父母之后第四位的，在同父同母的贵妃姐姐之上；第三，他绝不会见了“姐姐”就忘了“妹妹”，让她不要多心。曹雪芹之后把宝玉看到宝姐姐雪白酥臂时的艳羡心理，以及不由自主受到吸引的情态写得活灵活现。有意思的是，他居然可惜这段酥臂没长到林妹妹身上。这叫什么？这叫即使看到“姐姐”，心里想的也是“妹妹”。宝玉一心专恋黛玉，这时已经定型。

清虚观打醮再显贾府权势

——第二十九回　享福人福深还祷福　痴情女情重愈斟情（上）

“享福人”指贾母，她的福已很深，还要去向神明祈祷增福添寿。“痴情女”指林黛玉，因为执着于爱情，又和宝玉为了姻缘之事大吵了一架，过后她细细思量、考虑、回味他们之间的情，所以叫“斟情”。这一回的主角是贾宝玉、林黛玉和贾母，宝黛爱情得到进一步发展，贾母“二玉一家”的想法也暴露无遗。

族长祈福消灾变女眷游玩听戏

这一回主要写清虚观打醮。本来元妃是叫族长贾珍领着贾府爷儿们去跪香拜佛，给贾府增福消灾的，结果贾府爷儿们都有谁去了？贾敬在道观修行，却不参加；贾赦、贾政也都没去，里里外外忙活的只有贾珍。贾珍是族长，很能干，他连荣国府管家林之孝都指挥着，布置得井井有条。贾蓉找个地方凉快，贾珍叫下人啐他，滥施威福，是一个非常可笑的情节。

贾母是贾府的“宝塔尖”，也是贾府的“娱乐总司令”，抓住机会就要取乐。元妃要求贾府爷儿们跪香祈福，被她变成了连薛姨妈也要一块儿去游玩的机会。

我们看看贾府女眷出门时的大阵仗：门前车轿纷纷，人马簇簇。贾母坐八抬大轿；薛姨妈、李氏、凤姐坐四人大轿；黛玉、宝钗坐翠盖珠缨八宝车；贾府三位小姐坐朱轮华盖车；再加上丫鬟、奶娘、老嬷嬷及跟出门的家人媳妇子的车，乌压压地占了一整条街，场面非常大。不过，据启功先生考证，这样描写不是很符合历史事实。曹雪芹生活的时代，民间嫁娶可用八人大轿，平时只有官员可用轿，官职最高的京官坐四人轿。贾母是一品诰命夫人，不是官员，怎能坐八抬大轿？这是曹雪芹为了写贾府权势而虚构的情节。

贾母的轿子已去远，这边门前还没上完车。这回是贾府的丫鬟集中亮相。贾母的丫鬟鸳鸯、鹦鹉、琥珀、珍珠，都是比较大气的名字；而黛玉的丫鬟紫鹃、雪雁、春纤，都带有一定的悲剧意味。连香菱的丫鬟臻儿都写了，却唯独缺少怡红院的丫鬟。一大群妙龄丫鬟出门，“咭咭呱呱，说笑不绝”，这个说“我不同你在一处”，那个说“你压了我们奶奶的包袱”，那边又说“蹭了我的花儿”，这边又说“碰折了我的扇子”。这么热闹的场面，显示这时贾府还有相当浓重的欢乐气息。周瑞家的不得不出来劝阻：“姑娘们，这是街上，看人笑话！”说了两遍，丫鬟们才不闹了。

贾母是来看戏的。贵妃的祖母露面，京城的达官贵人都被惊动了，预备了猪羊、香烛、茶食送礼，可见贾府在上层社会中影响很大。

贾母到清虚观，摆着全副执事[1]——虽然一等将军贾赦没到，荣国公的执事却可以先到。贾母等将到观前，张法官[2]穿着礼服、执着

1　执事：指有职守之人、官员。——编者注

2　法官：这里是对有职位的道士的尊称。——编者注

香，带领众道士在路旁迎接。贾母看到观前的守门大帅和千里眼、顺风耳、土地、城隍等泥塑像，便下令住轿。史老太君可以在俗人面前摆一品诰命的架势，在神灵面前却要保持敬畏。贾珍带领众子弟上来迎接。

曹雪芹将清虚观打醮写得这么热闹，反衬了将来败落时的悲凉。之后，在一派威仪严整的阵势中，曹雪芹又描写了一个乱窜的小道士，平添了几分变化。

贾母进清虚观时，鸳鸯的车还没到，凤姐便赶紧上来搀扶贾母，可巧有个小道士正在剪烛花，没来得及躲出去，一头撞到了凤姐怀里。凤姐扬手就是一巴掌，把小道士打了个跟头，还骂了句："野牛禽的，胡朝那里跑！"不知琏二奶奶从哪儿学来的新奇难听的脏话。小道士爬起来就往外跑，正值小姐们下车，媳妇们都喝道："拿，拿，拿！打，打，打！"贾母问清楚情况后，便吩咐贾珍把小道士带过来，不要吓着他。倘若吓着他，他老子娘岂不疼得慌？给他些钱买果子吃，别叫人难为了他。小道士跪在贾母跟前浑身发抖，贾母愈加可怜他。凤姐和贾母对待小道士的事儿很小，但却展现了贾府老一代管家奶奶和新一代管家奶奶的不同。凤姐眼里只有势力，贾母眼里却有人情。凤姐耀武扬威，骄纵任性，抬手就打，开口就骂；贾母却同情弱者，怜贫爱幼，出口和气。凤姐的威是她福薄，贾母的善是她福厚。小细节暗示大家族一代不如一代，从兴旺走向没落。

贾珍的规矩和威福

贾珍在秦可卿之死中，是个白面丑角；在清虚观打醮中，却充分展示了封建家长的威风，酣畅淋漓地表现出了国公府的规矩和三等将军的威福。

贾赦和贾政没来，贾府的爷儿们，便以贾珍为长，何况他还是族长，责任重大：要伺候、保护贾府众多女眷，特别是贾母；要妥当安排清虚观祈神、听戏活动，不能稍有疏忽；还要严格管理包括荣国府管家在内的下人，严控贾府仆人各尽职守，不能越位。贾珍领了贾母之命把小道士带出去后，站在台阶上问：“管家在那里？”小厮一齐喝道“叫管家”，林之孝“一手整理着帽子跑了来”。这个动作很传神，林之孝因天热，已经把帽子摘掉了，此时听到贾珍呼唤，不得不急忙再戴上。林之孝到了贾珍跟前，贾珍说了这样一番话：

> “虽说这里地方大，今儿不承望来这么些人。你使的人，你就带了往你的那院里去；使不着的，打发到那院里去。把小幺儿们多挑几个在这二层门上同两边的角门上，伺候着要东西传话。你可知道不知道，今儿小姐奶奶们都出来，一个闲人也到不了这里。”

当年我带日本留学生小岛英夫读《红楼梦》时，他对这段话特别不理解，提出问题：贾珍说的“你使的人，你就带了往你的那院里去；使不着的，打发到那院里去”，两个“那院”到底是一个院，还是两个院？为什么他要挑“小幺儿们”在二门传话？“小幺儿们”指什么人？“一个闲人也到不了这里”，“这里”又是哪里？

我告诉他，贾珍的话说明清虚观地方很大，不止一个院子。他让林之孝把使用的人集中到一个院子里，用不着的人，到另外一个闲置院子候着；让林之孝多挑几个“小幺儿”，也就是所谓的没留头（没成年）的“青衣”小仆人，等在二门和两边角门上，清虚观内要什么东西，或者丫鬟、仆妇出来传话时，都由他们传给大门外伺候的成年奴仆。贾珍最后嘱咐：今天小姐奶奶们都出来，一个闲人也到不了这里。“这里”是哪里？清虚观二门。

贾府规矩很严，成年男仆不能进入二门。当初，黛玉进府前是外边的人抬轿子，进入大门（旁门）后，换成了四个小厮，也就是贾珍嘴里的“小幺儿”，抬到二门，黛玉方才下轿。贾府女眷外出到清虚观，成年男仆同样不能进入清虚观二门。

贾珍吩咐，林之孝忙答应“晓得”，又说了几个“是”。其实，林之孝等贾珍喊他才出来，是因为此前他在阴凉地待着呢，但林之孝是荣国府管家，贾珍不好直接训他，便在后面训贾蓉时，连他一块儿给训了。

贾珍又问：“怎么不见蓉儿？”一声未了，贾蓉从钟楼里跑出来。贾珍道：“你瞧瞧他，我这里也还没敢说热，他倒乘凉去了！”喝命家人啐他。小厮们都知道贾珍素日的性子，有个小厮便上来向贾蓉脸上啐了一口。贾珍又道：“问着他！”小厮便问贾蓉：“爷还不怕热，哥儿怎么先乘凉去了？”贾蓉垂着手，一声不敢说。贾芸、贾芹等听见了，也都急忙从墙根下慢慢溜上来。贾珍又命贾蓉回宁国府叫尤氏。贾蓉忙跑出来一迭声要马，同时抱怨：“早都不知作什么的，这会子寻趁[1]我。”贾蓉的牢骚说明，贾珍擅作威福，却不会未雨绸缪。为什么他到清虚观时，不顺便叫上尤氏？这一小段描写妙趣横生。

荣国公替身呵呵大笑

清虚观打醮，让读者过目不忘的人物，应该是不断呵呵大笑的

---

1 寻趁：本意是寻觅、寻找，这里是寻衅、找碴儿的意思。——编者注

张道士。

张道士先是对贾珍赔笑说："论理我不比别人，应该里头伺候。只因天气炎热，众位千金都出来了，法官不敢擅入，请爷的示下。恐老太太问，或要随喜那里，我只在这里伺候罢了。"贾珍知道张道士是当日荣国公的替身[1]，先皇叫他"大幻仙人"，当今皇上封他为"终了真人"，王公藩镇都称他为"神仙"，现在掌"道录司"[2]印，所以不敢轻慢。贾珍更知道他经常到两府去，夫人、小姐都见过，就笑说："咱们自己，你又说起这话来。再多说，我把你这胡子还挦了呢！还不跟我进来。""把你这胡子还挦了"是一句生动的口语，意思是把胡子像拔草一样薅下来。这是贾珍跟张道士不拘形迹，把他看成自家人的话。贾珍是《红楼梦》中最坏的花花公子，待人接物却很有经验，也擅长辞令。于是，"那张道士呵呵大笑着，跟了贾珍进来"。

曹雪芹用几段对话、几个动作，特别是张道士的"呵呵大笑"，活画出了一个有来头、有地位、会处事、会说话的老江湖。这个老道士有两代皇帝亲口封的法号，有官职，掌"道录司"印，算是道教团体的负责人。他又是荣国公替身，跟贾府上上下下都打过交道，在上层社会左右逢源。张道士一见到贾母，张口就念"无量寿佛"。道士念佛已够稀奇，又偏偏不念人们常念的"阿弥陀佛"，而念"无量寿佛"，更加奇怪。他接着问候贾母福寿安康，说"老太太气色越发好了"。张道士知道贾母什么也不缺，就希望福寿安康，长命

1 替身：旧时王公贵族有寄名为僧、道的，本人不在寺、观，而由别人代替，这种代人为僧、道者，即被称为"替身"。——编者注

2 道录司：明洪武十五年（1382）设，清沿之。管理道教事务，发给道士"度牒"（取得道士资格的身份证明）。掌"道录司"印，即指任道录司长官。——编者注

百岁。他见了贾珍，谨慎客气，赔笑说话，一见宝玉却忙抱住问好，完全是一副老辈喜欢晚辈的样子。为什么同样是“玉”字辈，张道士对待他们的态度完全不同？看来张道士对贾府的人事关系了如指掌。他对宁国府这个无恶不作的花花公子、“太岁”贾珍，心里有数，敬而远之；对宝玉这个一团孩气的贾府“凤凰”，心里更有数，喜爱也亲近。张道士是看人下菜碟的心理学家。他跟贾母说话，没一句不是好听的。他琢磨贾母护着不爱读书的孙子，就故意说，他看到宝玉写的诗和字，都好得不得了，为什么老爷还说他不读书呢？依他看来，也就罢了。这不是往贾母的心坎儿上说吗？设想如果是贾政，这个精明的老道士会说点儿什么话应付他呢？张道士还说：“我看见哥儿的这个形容身段，言谈举动，怎么就同当日国公爷一个稿子！”说着两眼流下泪来。贾母也由不得满脸泪痕，说：“正是呢，我养这些儿子孙子，也没一个像他爷爷的，就只这玉儿像他爷爷。”

张道士究竟是在演戏，还是对荣国公真有感情？大概都有点儿吧。

闺中少妇见了道士还不该躲得远远的？但是凤姐不仅和老道士打招呼，还大开玩笑。她说：“张爷爷，我们丫头的寄名符儿你也不换去。前儿亏你还有那么大脸，打发人和我要鹅黄缎子去！要不给你，又恐怕你那老脸上过不去。”张道士去给巧姐拿寄名符，托着一个盘子。凤姐就说，倒把我吓了一跳，以为你是化布施来了。凤姐真是太机智幽默，也太敢说话了。贾母对这样的孙媳妇，居然只说了句：“猴儿猴儿，你不怕下割舌头地狱？”贾母很是纵容孙媳妇，但如果叫凤姐的婆婆看到眼里，或者听到耳朵里，她会非常不以为然。凤姐回答贾母：“我们爷儿们不相干。他怎么常常的说我该积阴骘，迟了就短命呢！”因为张道士是荣国公替身，凤姐把他当作自家老人，所以说“我们爷儿们”。而张道士对琏二奶奶的所作所为也有所耳闻，便劝她积德，否则会短命。这也是戏语成谶，玩笑话预示凤姐最后确实短命。

佛前点戏预示命运

元妃送来一百二十两银子，连给清虚观的零头都不够，但她又明确地说要贾府爷儿们都去祈福。贾府爷儿们只有贾珍、贾琏、贾宝玉到了，应该有祈福活动，但曹雪芹故意不写；贾母等有没有祈福？仍然一字不写，只写“贾母与众人各处游玩了一回”，然后看戏。

清虚观打醮，开始又一次对贾府命运的揭示——佛前点戏。贾珍向贾母汇报，在神前拈了戏。所谓“神前拈了戏”，就是在神前把戏名写好抓阄，表示是神佛点的。第一出戏《白蛇记》，演汉高祖斩蛇起义的故事，对应贾府的光荣史——宁国公和荣国公以军功起家。第二出戏《满床笏》，演郭子仪“七子八婿，富贵寿考”的故事，对应元春封妃后贾府的荣耀和富贵。贾母听到这两本戏很高兴，但她不是张狂的人，高兴归高兴，只说了句：“神佛要这样，也只得罢了。”意思是，并不是我们要宣扬自己家多了不起、多富贵，是神佛要宣扬的。她又问贾珍，第三本是什么？贾珍回答是《南柯梦》。贾母听了，就不言语。《南柯梦》是明代戏剧家汤显祖的名作，写淳于棼梦中做高官、享厚禄，富贵至极，醒来却发现不过是一场梦。这是一出很不吉利的戏，预示着贾府现在的一切都将成空。贾母懂戏，也很在意神佛的指点，第三本戏如此糟糕，她心中很不自在。

谁家孩子戴过金麒麟

张道士借宝玉的通灵宝玉向众道士显示了一番，那些人也都送了“敬贺之物”。有红学家分析，这些礼物可能是张道士预先准备的，借宝玉的玉送礼，讨老太太欢喜，拉近和贾府的关系，开辟长远的生财之道。因为像贾府这样的大贵族，到清虚观打醮、听戏、设宴，对道观来说是一笔很大的收入。我倒觉得这个情节是道教领袖张道士在向道友炫耀他和贾府关系多么密切，而道友巴结他，给他捧场。贾母看这些“敬贺之物”，都是金的玉的，“或有事事如意，或有岁岁平安，皆是珠穿宝贯，玉琢金镂，共有三五十件”。贾母对张道士说：“你也胡闹。他们出家人是那里来的，何必这样，这不能收。”张道士劝贾母：“这是他们一点敬心，小道也不能阻挡。老太太若不留下，岂不叫他们看着小道微薄，不像是门下出身了。”老道士很会说话：老太太不收礼物，我面子不好看，贾府也没面子。贾母只好叫宝玉收下。宝玉要散给穷人，张道士又赶紧制止。宝玉便在贾母跟前一件一件地挑给贾母看。贾母什么样的珍宝没见过？有人给她孙子送点儿玩器，她有兴趣一件一件地看吗？但是，祖母溺爱孙儿是没有底线的，孙儿叫她看，她就得看。更重要的是，小说家要在这里埋下《红楼梦》的重要人物史湘云命运的伏笔。

贾母看到一件金麒麟，便拿起来说，我好像看见谁家孩子也戴着这么一个。别人不吭声，宝钗笑着说：“史大妹妹有一个，比这个小些。”宝钗不仅记得史湘云有金麒麟，还记得金麒麟的大小。宝玉说，她在我们家住着，我也没看见呀！探春说：“宝姐姐有心，不管什么他都记得。”黛玉冷笑：“他在别的上还有限，惟有这些人带的东西上越发留心。”这句话很妙，是在讽刺宝钗总惦记着别人戴的东西，特别是宝玉戴的通灵宝玉。宝玉便把金麒麟揣起来，又怕人说“他听见史湘云有了，他就留这件，因此手里揣着，却拿眼睛瞟人”，看看有没有人注意他这个小动作。其他人都不理会，唯有黛玉冲他点点头，似乎有赞叹之意。宝玉尾巴一翘，黛玉就知道他想往哪儿飞。黛玉知道宝玉是因为史湘云有金麒麟，才揣起来这件的。一个“金玉良缘”还没消停，又出现一个“金玉良缘”，黛玉会不会恼？毕竟史湘云不仅有金麒麟，她和宝玉还是青梅竹马。宝玉怕黛玉多心，马上声明，我收起来给你戴。黛玉说，我不稀罕。宝玉说，那我少不得就拿着了。

宝玉揣起来的金麒麟，后来只在史湘云面前炫耀了一番，并没有送给她，仍留在自己身边，对史湘云的命运发挥了作用。这是后三十回迷失的情节，但前八十回已有所透露。

不是冤家不聚头

——第二十九回 享福人福深还祷福 痴情女情重愈斟情（下）

《红楼梦》之妙，就在于曹雪芹经常不按常理出牌，第二十八回贾元春给贾宝玉、薛宝钗相同的赏赐，接下来按说应该朝着这条线索继续往下写，没想到曹雪芹笔尖一转，把贾府众人一股脑儿地“调”进了清虚观，再次来了个贾府权势如日中天、烈火烹油的描写。同时，借佛前点戏再次预示贾府命运，还有关乎贾宝玉、林黛玉、史湘云命运的事件冒出来。《红楼梦》是把宝黛爱情和贾府盛衰联系在一起的巨著，贾府的重要事件都会和宝黛爱情发生联系。清虚观打醮的“盛境”就撬动了宝黛爱情的齿轮，使其加快运转。原因是张道士给宝玉提亲，引出了宝玉砸玉，也就是砸掉“金玉良缘”，引出了贾母对宝玉婚姻不表态的表态——“不是冤家不聚头”。

张道士给宝玉提亲

张道士对贾母说：“前日在一个人家看见一位小姐，今年十五岁了，生的倒也好个模样儿。我想着哥儿也该寻亲事了。若论这个小姐模样儿，聪明智慧，根基家当，倒也配的过。但不知老太太怎么样，小道也不敢造次。等请了老太太的示下，才敢向人去说。”张道士化外之人，居然提亲，有点儿匪夷所思。这位小姐到底是哪一家的他也不说，好像张道士就是起个把宝玉婚事提到议事日程的作用。

张道士提亲确实是曹雪芹为小说特别设置的情节。按照常理，张道士既然说有个合适的小姐，贾母至少该礼貌地问问是哪家小姐，但她一个字都不问，只说："上回有和尚说了，这孩子命里不该早娶，等再大一大儿再定罢。"这句话一箭双雕：直接拒绝张道士提亲，间接拒绝“金玉良缘”。为什么这样说？端午节，元妃赏宝玉、宝钗同样的节礼，贾母不可能不知道。她能和贵妃孙女公开唱反调吗？不能。但她可以正面表态，那就是我现在不考虑宝玉的亲事，因为他不能早娶。宝玉既然不能早娶，他能娶比自己大的姑娘吗？显而易见，不能。张道士提亲的小姐和宝钗同岁，都比宝玉大一岁，贾母连问都不问就拒绝了，那宝钗还有戏吗？这是贾母对“金玉良缘”之说不表态的表态：我的宝贝孙子命里不该早娶。什么时候娶？我高兴的时候。宝钗愿意等就等着吧，不过女大当嫁，她等得了吗？贾母接着又提出择偶标准："不管他根基富贵，只要模样配的上就好，来告诉我。便是那家子穷，不过给他几两银子罢了。只是模样性格儿难得好的。"对贾母这段话，红学家们做了各种各样的解读，有的说，要求模样好、性格好，黛玉就出局了。我的解读则是贾母不讲究根基富贵，薛家的财富就没有优势，宝钗就出局了。何况，林家的财富并不比薛家少，而且这些财富都属于黛玉。至于模样好，黛玉和宝钗都合格。性格好，是不是就意味着黛玉出局？我看也不是，因为前八十回贾母从不认为宝贝外孙女的性格有什么毛病。贾母喜欢纤巧袅娜的秦可卿，把有几分像黛玉的晴雯内定为宝玉未来的侍妾，这就说明她比较喜欢像黛玉这样口齿伶俐的娇弱美人。至于絮絮叨叨地说黛玉“小性儿”，那是后四十回的贾母说的，不是曹雪芹的原意。更重要的是，黛玉是贾母唯一心疼的宝贝女儿留下的骨肉，是贾母的“心肝儿肉”，她想把黛玉永远留在身边，最好的办法就是让二玉成一家。

贾母本是高高兴兴地到清虚观看两天戏，谁知张道士提亲惹了宝玉，宝玉不去了，黛玉又中了暑，所以第二天贾母就不去了。在贾母心中，贾府事务中占据首位的是二玉。这很好理解，现在不也讲隔代亲？哪家祖母、外祖母不把自家第三代的事排在首位？

宝黛的共同痴病

宝玉对张道士给他提亲极度气愤，说以后再也不见他。男大当婚，女大当嫁，有人提亲很正常，为什么宝玉要恼怒呢？这正是宝玉的心病。他不希望别人给他提亲，如果提亲，只希望提的是黛玉。张道士提亲成了他实现爱情理想的威胁。

清虚观打醮回来，黛玉和宝玉又吵架了，原因都是关心对方。第二天宝玉见黛玉病了，心里放心不下，饭也懒得吃，几次去问黛玉好了没有。黛玉怕宝玉有什么好歹，就说：“你只管看你的戏去，在家里作什么？”明明是互相关心，结果反而吵了起来。宝玉正因为道士提亲不自在，心想别人不知道我的心还可恕，林妹妹也奚落起我来了，就沉下脸说：“我白认得了你。罢了，罢了！”在宝玉和黛玉的多次争吵中，这是少有的宝玉向黛玉发火，而且好像还是无名火。其实宝玉认为，黛玉应该理解他为什么不高兴。可黛玉什么时候受过宝玉的气？她马上连讽加刺："我也知道白认得了我，那里像人家有什么配的上呢。"黛玉这是针对两桩"金玉良缘"说的风凉话，一桩是一直压在她心头的金锁，一桩是清虚观打醮冒出来的金麒麟。

上次宝玉和黛玉吵架，宝玉已赌咒发誓，说他如果心里有"金玉"念头，便天诛地灭。黛玉再次挑起这个话头儿，宝玉当然受不了，便走到黛玉跟前，直接问到脸上："你这么说，是安心咒我天诛地灭？"黛玉回想头天的话，发现自己说错了，又着急又羞愧，战战兢兢地说："我要安心咒你，我也天诛地灭。"说到这里，两人完全可以休战，但黛玉嘴里不饶人，还要耍小性儿，跟宝玉怄气，她接着又说，"何苦来！我知道，昨日张道士说亲，你怕阻了你的好姻缘，你心里生气，来拿我煞性子。"这不是又在找事？

黛玉这么一说，曹雪芹并不急着写宝玉有什么反应，反而来了一段很长的心理描写。中国古典小说不是很注意人物心理描写，多半是白描，通过人物行动来展示心理。曹雪芹的这一大段心理描写，是中国古典小说中最长、最成功的。多少年来，红学家们引用了几百上千次，认为是对古典小说心理描写的大创新、大跨越。其实如果读者耐心读后四十回，就会发现，后四十回也有好几段细致的、精彩的心理描写，可惜后四十回在总体方向上没把准曹雪芹的脉搏，把这些妙处淹没了。

曹雪芹故意借道学家口气说宝玉自幼生成了一种"下流痴病"，这和说《西厢记》是邪书僻传、淫词艳曲一样，是反话。宝玉和黛玉都因为爱对方，存了一段心事，又不能把真意说出来，便用假意反复试探，"两假相逢，终有一真"。他们这次吵架吵出了什么真心呢？宝玉想的是，难道你不知道我心里只有你？你不为我烦恼，反而还奚落我，可见你心里没我。黛玉想的是，你心里当然有我，我常提“金玉”，你若置若罔闻，才是待我重；我一提你就恼，可知你心里还是有“金玉”。

我们来看看这段长篇大论的心理描写：

> 原来那宝玉自幼生成有一种下流痴病，况从幼时和黛玉耳鬓厮磨，心情相对；及如今稍明时事，又看了那些邪书僻传，凡远亲近友之家所见的那些闺英闱秀，皆未有稍及林黛玉者，所以早存了一段心事，只不好说出来，故每每或喜或怒，变尽法子暗中试探。那林黛玉偏生也是个有些痴病的，也每用假情试探。因你也将真心真意瞒了起来，只用假意，我也将真心真意瞒了起来，只用假意。如此两假相逢，终有一真。其间琐琐碎碎，难保不有口角之争。
>
> 即如此刻，宝玉的心内想的是：“别人不知我的心，还有可恕，难道你就不想我的心里眼里只有你！你不能为我烦恼，反来以这话奚落堵我。可见我心里一时一刻白有你，你竟心里没我。”心里这意思，只是口里说不出来。那林黛玉心里想着：“你心里自然有我，虽有‘金玉相对’之说，你岂是重这邪说不重我的。我便时常提这‘金玉’，你只管了然自若无闻的，方见得是待我重，而毫无此心了。如何我只一提‘金玉’的事，你就着急，可知你心里时时有‘金玉’，见我一提，你又怕我多心，故意着急，安心哄我。”
>
> 看来两个人原本是一个心，但都多生了枝叶，反弄成两个心了。那宝玉心中又想着：“我不管怎么样都好，只要你随意，我便立刻因你死了也情愿。你知也罢，不知也罢，只由我的心，

可见你方和我近，不和我远。”那林黛玉心里又想着：“你只管你，你好我自好，你何必为我而自失。殊不知你失我自失。可见是你不叫我近你，有意叫我远你了。”如此看来，却都是求近之心，反弄成疏远之意。如此之话，皆他二人素习所存私心，也难备述。

真是好长的一段心理描写！看来“金玉”真是成为宝黛爱情的死穴了。宝玉一听黛玉提“好姻缘”，显然指“金玉良缘”，马上便把通灵宝玉摘下来要砸碎它。宝玉是向黛玉赌气吗？不，他是向黛玉表忠心，你不是总猜忌“金玉良缘”之说吗？我干脆把通灵宝玉砸了，没了玉，还谈什么“金玉良缘”？

宝玉和黛玉第一次见面时就摔玉，说姐姐妹妹都没有玉，来了个神仙似的妹妹也没有，可见这玉连人的高低都分不出，不是什么好东西，不如不要。这一次宝玉干脆把通灵宝玉当成祸根，“金玉良缘”之说因它而生，带来多少烦恼，制造多少纠纷，必须砸了它，才能叫黛玉彻底放心。宝玉砸玉，就是砸“金玉良缘”。黛玉大哭大吐，又把给通灵宝玉穿的穗子剪了。婆子们怕负责任，便赶紧报告贾母、王夫人。贾母急忙到大观园看到底发生了什么惊天动地的大事，见宝玉不说话，黛玉也不说话。问他俩为什么事吵，又没为什么事。这一点太妙了，因为宝玉和黛玉谁也不会把吵架原因说出来。紫鹃从头到尾在场，知道他们是为“金玉良缘”而吵，但她一个字也不会透露。袭人是因为宝玉砸玉被紫鹃叫来的，并不清楚两人这次为什么吵架，更不知道宝玉为什么要砸玉。贾母问不出原因，就把紫鹃和袭人连骂带训，嫌她们不好好服侍，然后把宝玉带走了。

老太太护犊子到什么程度呢？孙子和外孙女吵架，她却迁怒丫鬟，又骂又训，嫌她们不好好服侍，这像话吗？想一想，其实还挺合理。作为祖母和外祖母，贾母舍得骂谁？骂孙子宝玉，骂已成孤儿的外孙女黛玉？这两人都是她心头上的肉，肯定不舍得骂，那就只好把丫鬟当替罪羊了。

宝玉和黛玉吵架，是宝黛爱情的又一次风波，一个砸玉，一个剪穗子，两人似乎越吵越远，快要分崩离析，其实却是越吵心灵越近。七十多岁的老太太掺和进第三代的吵嘴风波，结果把毫无过错的丫鬟骂了一顿，看起来不讲情理，小说家却写得合乎情理。胡适说《红楼梦》“好玩”，跟这些似乎不太合理的巧妙描写有很大关系。

“不是冤家不聚头”

第三天，是薛蟠的生日。宝玉平时最爱热闹，却因为得罪了黛玉，无精打采的，就推说病了，不去。黛玉知道，宝玉是为了自己而不去的，她很后悔。贾母本来希望两个小家伙到薛蟠的宴席上见一面就好了，不想两人又都不去。老太太急得抱怨天，抱怨地，说了段很有名的话：“我这老冤家是那世里的孽障，偏生遇见了这么两个不省事的小冤家，没有一天不叫我操心。真是俗语说的，‘不是冤家不聚头’。几时我闭了这眼，断了这口气，凭着这两个冤家闹上天去，我眼不见心不烦，也就罢了。偏又不咽这口气。”这段话太精彩了！贾母把宝玉和黛玉吵架说成“不省事”，好像小孩吵架，但又说“不是冤家不聚头”。“冤家”是古代情人或伴侣的代名词。贾母还说，将来她死了，凭这两个冤家闹上天。贾母是七十来岁的健康老人，她不认为自己几年之内就会死，却又说等她死了，凭着宝玉、黛玉再闹，她也不管了，那就是说，宝玉和黛玉还会长期吵下去，永远吵下去。仅仅是表兄妹，能长期吵下去，永远吵下去吗？当然不能，只有“冤家”才会。贾母无意之中，把她对宝玉和黛玉将来的安排透露出来了。

更好玩的是，老太太自己抱怨着，也哭了。两个小孩子吵架，你做奶奶、做外婆的哭什么？这说明二玉在贾母心中的地位非同小可。贾母已认定他们的亲事，才直接拒绝张道士提亲，间接拒绝“金玉良缘”。“不是冤家不聚头”一句透露出了她的意向。

脂砚斋评语：“二玉心事，此回大书，是难了割，却用太君一言以定，是道悉通部书之大旨。”“通部书”，不仅指前八十回，还有曹雪芹写完却遗失的后三十回。也就是说，贾母已经认知且认可“二玉心事”，后来她一言定鼎，确定了宝黛亲事。而宝黛不能终成眷属，是因为政治性问题，而不是什么凤姐设调包计、宝钗鸠占鹊巢。黛玉之死跟宝钗没有一点儿关系。

贾母的话很快传到宝玉和黛玉耳朵里，两人从没听过这么新鲜的话，像参禅一样琢磨起来，然后都哭了。两人虽没见面，却“一个在潇湘馆临风洒泪，一个在怡红院对月长吁，却不是人居两地，情发一心！”

我上大学时，特别喜欢这几句话，反复背诵。为什么宝玉和黛玉听了这句话会落泪？为什么他们更加“情发一心”？因为贾母的话太重要了。“不是冤家不聚头”在古代主要指情人或伴侣关系，所谓常人聚首不过是偶合萍踪，冤家聚头必定永结连理。贾母既然这样说，就说明在她心目中，已明确“二玉一家”，这句话的分量很重，所以宝玉和黛玉都动心掉眼泪，而且“人居两地，情发一心”。

宝玉和黛玉又吵架了，表面上越吵越凶，实际上却越吵越贴心、越亲近、越密不可分。这次吵架两人怎么下台？袭人劝宝玉说，你们两个再这么仇人似的，老太太更要生气了，大家也不安生，你干脆去赔个不是算了。那么，宝玉赔不是，会赔出什么结果呢？

薛宝钗机锋迭出

——第三十回　宝钗借扇机带双敲　龄官划蔷痴及局外（上）

这一回写宝钗借丫鬟找扇子，说出同时讥讽宝玉和黛玉的话；龄官在地上画“蔷”字，感动了宝玉，宝玉同情她的痴情，爱护这个他还不知道名字，但酷似黛玉的女孩。而更重要的内容，是两件事之间，宝玉闯祸，导致金钏儿被王夫人赶走。

“你死了，我作和尚！”

第二十九回结尾，袭人劝宝玉向黛玉赔不是。第三十回开头，紫鹃劝黛玉说，姑娘太浮躁了点儿，你是在歪派宝玉。“歪派”一词很传神，意思是没事找事，没理歪缠。为什么紫鹃这样说，黛玉却不生气？因为紫鹃是站在黛玉的立场上，替黛玉着想的。黛玉后悔了，但她绝对不会找宝玉认错。黛玉还没表态，宝玉就来了，她言不由衷地说不许开门。紫鹃知道黛玉最在乎的还是宝玉，不让开门只是故意赌气。紫鹃说，这么毒的日头，晒坏他还得了。这说的正是黛玉的心里话。紫鹃一面开门让宝玉进来，一面笑着说：“我只当宝二爷再不上我们这门了，谁知这会子又来了。”宝玉昨天跟黛玉吵得天崩地裂，今天又厚着脸皮登门，必须得有个台阶下，聪明的紫鹃就先给他铺了个台阶，叫他不至于进门后尴尬得不知如何张嘴说话。果不其然，紫鹃的话马上把宝玉的甜言蜜语引了出来：“你们把极小的事倒说大了。好好的，为什么不来？我便死了，魂也要一日来一百遭。妹妹可大好了？”说得多好听，直接把他们两人的吵闹，大事化小，小事化了，还说自己死了也惦记着黛玉。黛玉一听，又哭了——又还泪了。

这次赔不是，宝玉是怎么赔出花儿来的呢？他先对黛玉来了句：“我知道妹妹不恼我。”这话说到点子上了，黛玉恼的是“金玉良缘”之说，并不是宝玉。宝玉接着说：“但只是我不来，叫旁人看着，倒像是咱们又拌了嘴的似的。”这话说的，你们不是拌嘴拌得连老祖宗都惊动了吗，还“像是”又拌了嘴？宝玉这话说得很妙。恋爱中的男女闹点儿别扭，不要像检察院立案，一桩一桩讲得清清楚楚，该掀过去的就要赶快掀过去。宝玉又说：“若等他们来劝咱们，那时节岂不咱们倒觉生分了？”咱们是最亲的自己人，其他人都是外人，咱们的事咱们自己解决，不能叫别人插手。为什么？因为疏不间亲。黛玉听了，更感动了。宝玉接着“又把‘好妹妹’叫了几万声”。但黛玉怎么会马上就坡下驴？她还是不依不饶，干脆对着宝玉叫起“二爷”来，说我今后再也不敢亲近二爷，二爷只当我去了。宝玉问：“你往那去呢？”黛玉说：“我回家去。”宝玉便死皮赖脸地说：“我跟了你去。”黛玉说：“我死了。”宝玉想也不想就回了句：“你死了，我作和尚！”

宝玉向黛玉赌咒发誓又上了一个新台阶，先是掉到池子里变个大王八，给黛玉驮碑，后是烂了舌头，再往后是天地诛灭，现在干脆做和尚。而“作和尚”，在《红楼梦》里具有谶语作用，黛玉死后，宝玉确实做了和尚。

黛玉一听，马上撂下脸子说："你家倒有几个亲姐姐亲妹妹呢，明儿都死了，你有几个身子去作和尚？明儿我倒把这话告诉别人去评评。"其实黛玉心里很清楚，亲姐姐、亲妹妹死了，不至于做和尚，只有心上人死了，痴情男儿才会去做和尚。黛玉不过是说说而已，她不会告诉任何人，只会暗暗把宝玉的话藏在心里。宝玉也知道这话说错了，后悔得很，急得满脸通红，低着头不敢吭声。幸亏这时屋里没有其他人。也就是说，黛玉死了宝玉做和尚的话，连紫鹃都没听到。黛玉直瞪瞪地瞅了宝玉半天，气得一句话也说不出来。宝玉憋得满脸紫胀。黛玉咬着牙，用手指头狠命在宝玉额头上戳了一下，哼了一声，说："你这——"刚说了两个字，又叹了口气，擦眼泪，不说了。

黛玉将手帕摔到宝玉怀里

黛玉向来"语不惊人死不休"，喜欢把话说尽、说绝、说痛快，这次为什么只说了半截话？她咽回去的另外半句是什么？是"你真是我命中的天魔星"，还是"你这狠心短命的"？这些话她都说过，应该不会再说，而且也不符合现在这个场景，不能表达两人深情的分量，似乎只有贾母的话才最合适："你这个冤家！"不过黛玉虽然明白"冤家"的含义，却不肯说。曹雪芹就叫她说了半截话，让大家猜想她后面咽下去的是什么话。

宝玉有无限心事，想说说不出，又因说错了话很后悔，此时看到黛玉要说什么，又不说出来，只是自叹自泣，因此自己也有所感，不觉流下眼泪，不想没带手帕，只好拿衣袖擦眼泪。黛玉看到宝玉用簇新的藕荷纱衫拭泪，就一边自己继续擦眼泪，一边回身把枕边搭的绡帕摔到宝玉怀里。

黛玉对宝玉的满腹衷情就在这“一摔”上。她爱惜宝玉，连带爱惜他的新衣服，这是多妙的细节。小红和贾芸费多大劲儿，转多大圈儿，才完成了手帕定情，而黛玉只是“一摔”就完成了。这个手帕以后在宝黛爱情中还会发挥重要的作用。

宝玉赶快接过手帕擦眼泪，又拉了黛玉的手说：“我的五脏都碎了，你还只是哭。走罢，我同你往老太太跟前去。”这一句“五脏都碎了”，抵得上千言万语。黛玉马上摔了宝玉的手，说：“谁同你拉拉扯扯的。一天大似一天的，还这么涎皮赖脸的，连个道理也不知道。”宝玉激动得有点儿忘情，黛玉却仍然要遵守闺训，遵守三从四德，连手都不肯和宝玉拉。两个热恋中人出现肢体接触，他们的感情眼看就要冲破封建礼教的藩篱，这时突然听到有人喊了一声：“好了！”两人都吓了一跳，回头一看，只见凤姐跳了进来。两人的感情眼看就要继续往前发展，却又被打断了。

“黄鹰抓住了鹞子的脚”

宝黛爱情每前进一步，都是黛玉在还眼泪。这次还眼泪还出两人同哭，还出宝玉做和尚的誓言，是宝黛爱情非常重要的进展，曹雪芹却马上叫凤姐出来打断，不让进展太过迅速。凤姐很像现在在一把手身后亦步亦趋的秘书，对一把手的心思摸得最快、最准，并且及时配合。贾母抱怨过后，便派凤姐去劝说两个小冤家熄火。凤姐不是走来，而是“跳”来的，多么生动的词！接着凤姐像倒了核桃车般说了一大串话：“老太太在那里抱怨天抱怨地，只叫我来瞧瞧你们好了没有。我说不用瞧，过不了三天，他们自己就好了。老太太骂我，说我懒。我来了，果然应了我的话了。也没见你们两个人有些什么可拌的，三日好了，两日恼了，越大越成了孩子了！有这会子拉着手哭的，昨儿为什么又成了乌眼鸡呢！还不跟我走，到老太太跟前，叫老人家也放些心。”凤姐说宝玉和黛玉越大越成了孩子，是好心好意地把两人吵架归结成孩子行为，好像在提示兄妹俩给自己的行为定个性。其实黛玉刚说过“一天大似一天”，说明他们已经不是孩子了。“乌眼鸡”是凤姐的标志性话语，常被红学家们引用。凤姐来劝和，是为宝玉和黛玉吗？是，但主要是为了叫贾母放心。所以她说完，便像一阵风似的把黛玉拉了就走，宝玉自然跟上。凤姐拉着黛玉要走，黛玉回头找丫鬟。凤姐说，叫她们做什么，有我服侍你呢。黛玉居然连句谦虚的话都没说就跟着凤姐走了。奇不奇怪，荣国府的管家奶奶居然成了服侍寄人篱下的黛玉的“临时丫鬟”！事实就是这样，在封建大家庭里，嫂子就得照顾小姑子，而黛玉又是贾母最在意的人。

凤姐把宝黛拉到贾母跟前汇报：“我说他们不用人费心，自己就会好的。老祖宗不信，一定叫我去说合。我及至到那里要说合，谁知两个人倒在一处对赔不是了。对笑对诉，倒像‘黄鹰抓住了鹞子的脚’，两个都扣了环了，那里还要人去说合。”看来凤姐没听到宝玉说要做和尚的话，只听到了宝玉要拉黛玉去找老太太，所以她说两人“对赔不是”“对笑对诉”，很是生动。她又说宝玉和黛玉是“黄鹰抓住了鹞子的脚”，扣了环了。黄鹰和鹞子都是猎鹰，猎人出猎时会用铁环把它们的爪子扣到架子上。如果凤姐说，我刚过去，他们两个正手拉着手，是什么效果？不雅观的效果。但是她用黄鹰和鹞子的爪子抓到一块儿来形容，既口下留德，又口才绝佳。凤姐对宝玉和黛玉今天好了明天恼了的原因，难道一点儿都不知道？其实她早就知道。她不是已经说过林妹妹应该给宝玉做媳妇吗？但在众人面前，她却极力掩饰他们之间亲密的实质。

黛玉悄悄坐到贾母身边。这时，心里最不是滋味的是谁？宝钗。宝钗一开始可能不清楚宝黛为何吵架，但宝玉砸玉，肯定会传到她的耳朵里，她可以判断二人是为“金玉良缘”之说而吵架。而这两人吵架吵出了贾母的一句“不是冤家不聚头”，等于直接宣布宝玉和黛玉是一对儿。之前元妃暗示宝玉和宝钗该成一对儿，难道娘娘的暗示别人都看不出来？贾母和凤姐却只顾着帮宝玉、黛玉说合，而对元妃把宝玉、宝钗并提不闻不问。宝钗肯定很气愤。她向来是“不干己事不张口”，这次宝玉和黛玉吵架，按说干她何事，她却气不过，一再开口，主动出击。

薛宝钗两次主动出击

宝玉不好意思地跟宝钗搭讪，说大哥哥好日子，偏生我身上不好，连个头也没给他磕。又问，姐姐怎么不去看戏？宝钗一听，立刻就棍打狗，说，我怕热，推身上不好就来了。这不是挖苦宝玉吗？宝玉听懂了，只好又搭讪笑道：“怪不得他们拿姐姐比杨妃，原来也体丰怯热。”宝钗听了大怒。为什么？因为当众取笑女孩的体形是大忌。何况宝钗微胖，恰好和骨感美人黛玉形成对比，这不是拿宝钗开涮，让黛玉高兴吗？而且杨贵妃名声不好。还有，宝钗本是进京候选，十五岁早就过了，还没有选中的消息，最怕有人提和宫廷有关的话题。宝玉偏偏哪壶不开提哪壶，真是自己找骂。

我在全国各地多家电视台讲《红楼梦》时，有读者多次询问宝钗待选之事：宝钗到底有没有参加待选？为什么落榜？我回答：曹雪芹没写，我们无从猜测。我认为宝钗待选实际上是曹雪芹的构思手段，也是对宝钗才貌出众的侧面描写。有的红学家推测，宝钗落选可能跟她哥哥的案件有关。冯其庸先生在《瓜饭楼重校评批红楼梦》中的考订可资参考："按清代有选秀女之制，三年一选，所选之家皆有品秩规定，年龄则十三岁以上十七岁以下，规定现任职官之女，孤孀从严，秀女入宫，则妃、嫔、贵人，下及答应，皆由帝命。宝钗此时十三岁，已及待选之年，然其母孀居，未必合选。雪芹此处亦略记当时世情，未必都依史事也。"

听到宝玉说自己像杨贵妃，满心不高兴的宝钗既不能跟宝玉争吵，也不能学黛玉那样一不高兴就抬腿走人，因为贾母还在那里坐着。于是，她冷笑两声说："我倒像杨妃，只是没一个好哥哥好兄弟可以作得杨国忠的！"其实，当着贾母的面说这话很不合适，因为这话既是讽刺贾家子弟不成器，干不了杨国忠当宰相的大事，也很不吉利，毕竟杨国忠是被乱军所杀，而宝钗却说贾府连个杨国忠都没有。宝钗很聪明，能立即找到机会借题发挥，但她此时气晕了，以致口不择言，无意之中，既讽刺了贾家子弟，又讽刺了元春。元春刚刚借赏赐端午节礼把宝玉、宝钗并列，就受到宝钗讥讽，看来宝钗盛怒之下，确实失于计较了。心思再绵密的人，有时也会失态，这就是人物的复杂性。

第二十二回史湘云说小戏子像黛玉，黛玉很生气，但并没有当众发作，只是事后跟宝玉发火。宝钗这次却"六月债，还得快"，宝玉得罪了她，她不仅立即发作，还一而再，再而三地发作。因为宝玉贬损她，宝钗自视甚高的心理受到了伤害；宝玉和黛玉如此亲密，贾母如此重视他们，也令宝钗不高兴。所以，宝钗想教训宝玉，教训因为宝玉奚落自己而幸灾乐祸的黛玉。但在贾母跟前，她不能直接向二人发怒，于是选择指桑骂槐。恰好小丫鬟靛儿来找扇子，说必是宝姑娘藏起来了，赏我吧。宝钗立即指着靛儿说："你要仔细！我和你顽过，你再疑我。和你素日嘻皮笑脸的那些姑娘们跟前，你该问他们去。"宝钗聪明过人，这是在教训丫鬟吗？不是，她是在教训宝玉，顺带敲打黛玉。因为平时都是宝玉对黛玉嬉皮笑脸。这就叫"借扇机带双敲"，借着丫鬟找扇子，敲打宝玉和黛玉。

黛玉听到宝玉奚落宝钗，很得意，也想趁势取笑，却没想到宝钗居然反击回来，就改口笑问："宝姐姐，你听了两出什么戏？"黛玉想给宝玉解围，可是她这一问，又问出了宝钗另一个"机带双敲"。宝钗不仅善于察言观色，判断跟自己打交道的人内心在想什么，还能随机应变，马上挖坑叫对方往里跳。她看黛玉脸上有得意之色，一定是因为宝玉刚才的奚落之言。黛玉一问，她就笑着说："我看的是李逵骂了宋江，后来又赔不是。"别人问你看什么戏，你把戏名说了不就行了，为什么这么啰唆？黛玉肯定听懂了这里面的门道，不接话。宝玉却傻呵呵地掉到陷阱里，说："姐姐通今博古，色色都知道，怎么连这一出戏的名字也不知道，就说了这么一串子。这叫《负荆请罪》。"这话正合宝钗挖陷阱的本意，她马上笑道："原来这叫作《负荆请罪》！你们通今博古，才知道'负荆请罪'，我不知道什么是'负荆请罪'！"这不就是说宝玉和黛玉是互相"负荆请罪"？宝钗毫不迟疑，顺手就用戏名挖苦宝黛。她的话还没说完，二玉心里有病，脸就羞红了。

宝钗是当着满屋子人，特别是当着把宝玉、黛玉视若珍宝的贾母的面说的这番话。贾母也懂戏，她能不懂这番话什么意思？但贾母不做任何表示。其实不做任何表示就是有所表示，即贾母在意的还是二玉，不管是宝玉向黛玉负荆请罪，还是他们互相负荆请罪，只要两个小冤家和好就成，这样她就安心了。

宝钗对宝玉和黛玉一点儿都不讲情面，如果她不是被“不是冤家不聚头”这句话气晕了，如果她不是吃了黛玉一大缸子醋，她能对刚刚和好的小兄妹说出这么尖酸刻薄的话来吗？凤姐还在那里劝宝黛，她这个宝玉的亲表姐难道不应该为他们两人和好而感到高兴吗？而她这番话却让黛玉和宝玉二人尴尬起来，毫无还手之力，最后还是凤姐看出端倪，说了句调侃的话才收住。这段发生在贾母跟前的钗黛“斗智”最终由凤姐收场，很好玩。

宝钗一进贾府，就使黛玉感到自己处世方面的弱势，当时写的是：“不想如今忽然来了一个薛宝钗，年岁虽大不多，然品格端方，容貌丰美，人多谓黛玉所不及。而且宝钗行为豁达，随分从时，不比黛玉孤高自许，目无下尘，故比黛玉大得下人之心。便是那些小丫头子们，亦多喜与宝钗去顽。”这段描写并没有宝钗和小丫鬟玩耍的细节。这次宝钗借了小丫鬟找扇子，劈头盖脸、不留情面、声色俱厉地把无辜的小丫鬟教训了一顿。这个小丫鬟的名字很有意思，曹雪芹的设计好像也有一番特殊意蕴。脂砚斋评本中，一个版本叫“靓儿”，装饰、打扮的意思，是不是暗示宝钗把她一向用脂粉装饰的面具扯下来，露出了本来面目？另一个版本叫“靛儿”，深蓝色的颜料，是不是暗示宝钗面目有点儿可怕？再回想一下，宝钗不管扑蝶，还是“借扇机带双敲”，她手里的道具或者跟她打交道的丫鬟手里的道具都是扇子。这是不是曹雪芹富有哲理性的选择？古代文人喜欢用“秋扇见捐”的典故，宝钗最后的结局就像秋天被扔了的扇子。

从这段描写看，宝钗不管是口才还是才思，都不比黛玉差，只是她既知道韬光养晦，又懂得该出手时就出手，而且适可而止。

贾宝玉闯下大祸

——第三十回　宝钗借扇机带双敲　龄官划蔷痴及局外（下）

薛宝钗借丫鬟寻扇，指桑骂槐地教训贾宝玉和林黛玉，是“宝钗借扇机带双敲”的内容，而“龄官划蔷痴及局外”才是这一回的关键内容。《红楼梦》诸种版本回目基本一致，《宝钗借扇机带双敲 龄官划蔷痴及局外》对仗比较工整，只有梦稿本回目是《讽宝玉借扇生风　逐金钏因丹受气》，点出这一回的重要内容是金钏儿被逐，但“讽宝玉”和“因丹”的意思不是太明确。这一回中，到底是“龄官划蔷”重要还是金钏儿被逐重要？红学家们有不同看法。我认为，从后面情节发展来看，还是金钏儿被逐更重要一些。“龄官划蔷”只不过写贾宝玉的博爱之心，金钏儿被逐却导致了《红楼梦》的一个重大事件——宝玉挨打。

金钏儿其实是代赵姨娘受过

宝玉刚跟黛玉和解，又受到宝钗尖刻嘲笑，心里很不自在，信步走到母亲上房。王夫人正在午睡，金钏儿一边给王夫人捶腿，一边打瞌睡。宝玉早已习惯和丫鬟们开玩笑、打打闹闹，他把金钏儿耳朵上的坠子一摘，金钏儿睁开眼，看是宝玉，便笑了笑。宝玉悄悄地说，你就困成这样？然后掏出香雪润津丹放到金钏儿嘴里，说他要把金钏儿要到怡红院。金钏儿向他摆手，示意他走。宝玉的这些动作、这些话，有没有和金钏儿玩私情或者金钏儿勾引他的因素？一点儿都没有。因为怡红院是贾府的一片净土，宝玉不会在睡觉时叫丫鬟给他捶腿。他想叫金钏儿过得快乐一点儿，并没想叫金钏儿到怡红院发展什么私情。金钏儿比较直率，喜欢和宝玉开玩笑，脱口而出一句话："金簪子掉在井里头，有你的只是有你的。"这是曹雪芹故意让她说的自己将跳井而亡的谶语，也不存在勾引意味。金钏儿又说："我倒告诉你个巧宗儿，你往东小院子里拿环哥儿同彩云去。"宝玉做梦也没想到，一向宽容慈厚的母亲，竟翻身起来给了金钏儿一个嘴巴，骂道："下作小娼妇，好好的爷们，都叫你们教坏了！"宝玉第一次看到母亲这么可怕，很震惊，早一溜烟地跑走了。

宝玉是不是太自私、太没担当了？设想，如果他留下来，该怎样跟母亲解释？说我们俩没事，岂不是批评母亲小题大做？说我在怡红院和丫鬟都是不分主子奴才地闹着玩，岂不害了一群人？他只能选择溜走。

王夫人为什么对跟了自己十年的丫鬟下这样的毒手？很多红学家都没注意到，王夫人除了恼怒金钏儿和宝玉开玩笑、说调情话之外，还有更深的忌讳，那就是金钏儿说的"你往东小院子里拿环哥儿同彩云去"。这句话触到了王夫人的痛处。赵姨娘的存在，是王夫人最大的心病。王夫人敌视赵姨娘，瞧不起赵姨娘，认为她是下三烂。在王夫人心中，自己的儿子是凤凰，赵姨娘的儿子是乌鸦。金钏儿居然叫宝玉去看贾环和彩云偷情，这才是教坏宝玉的最恶毒手段。所以，金钏儿这个嘴巴一多半是替赵姨娘挨的。如果宝玉和金钏儿仅仅是在调笑，王夫人绝对不会恼成这个样子，她骂金钏儿的话也该是“好好的爷们，都叫你勾引坏了”，而不是“都叫你们教坏了”，这是两个完全不同的概念。“勾引坏了”，双方都有责任；“教坏了”，只有教的一方有责任。而“你们”则是复数，主要人物是赵姨娘，被教坏的“爷们”甚至包括贾政在内。

这里又有一个研究《红楼梦》时常常遇到的问题：王夫人的丫鬟中，彩云和彩霞是一个人，还是两个人？按说王夫人的丫鬟跟贾母的丫鬟一样，是一对一对的，鸳鸯对鹦哥，琥珀对珍珠，金钏儿对玉钏儿，彩云对彩霞。第二十三回《西厢记妙词通戏语》，宝玉奉命去见贾政时，“可巧贾政在王夫人房中商议事情，金钏儿、彩云、彩霞、绣鸾、绣凤等众丫鬟都在廊檐底下站着呢”，很明确，王夫人六个丫鬟的名字都是互相对称的。但曹雪芹又在好儿处写得糊糊涂涂。第二十五回《魇魔法叔嫂逢五鬼》，贾环之所以故意推倒蜡烛想烫瞎宝玉的眼睛，远因是他一直忌妒嫡出的哥哥，近因则是宝玉跟彩霞套近乎，小说写“只有彩霞还和他（贾环）合的来”，可见跟贾环要好的，是彩霞；第七十二回《来旺妇倚势霸成亲》，旺儿媳妇倚仗王熙凤的势力想强娶彩霞做儿媳妇，写的也是彩霞和贾环有旧，彩霞想一直跟着贾环，派妹子小霞去找赵姨娘，而彩云没有出现。这两个地方跟贾环有关系的，都是彩霞。而第三十回，金钏儿却叫宝玉“往东小院子里拿环哥儿同彩云去”，跟贾环有私情的又成彩云了。彩云和彩霞，是前八十回的著名“漏洞”之一。

王夫人打了金钏儿之后，便把她母亲叫来，把金钏儿赶了出去。金钏儿被赶出去后为什么要自杀？因为贾府的奴才认为，主子对自己打骂都是应该的，但是一旦被赶出去，就连父母都没法见人了，所以金钏儿只有死路一条。奇怪的是，王夫人明明听到贾环和彩云有私情，却放过了彩云，为什么呢？大约王夫人潜意识中认为，彩云要勾引贾环，叫他变坏，那就只管去勾引吧，因为他本来就坏，本来就是“黑心种子”。

画蔷者大有林黛玉之态

宝玉看到一个女孩蹲在花下，拿根簪子在地上抠土、流泪，像是那十二个学戏的女孩子之内的，再仔细一看，女孩“眉蹙春山，眼颦秋水，面薄腰纤，袅袅婷婷，大有林黛玉之态”。宝玉心里总装着林妹妹，看到个像林妹妹的，就“只管痴看”。他发现女孩是在土上画字，就照着她的笔画在手心里写了，猜是什么字，结果写出来一看，原来是蔷薇花的“蔷”字。那个女孩画完一个又画一个，已经画了几千个“蔷”字。宝玉想不到这是他的侄子贾蔷的名字，只是想，这女孩一定有什么说不出来的大心事，才这样个情形。她外面既是这样的情形，心里还不知道怎么熬煎呢。看她模样这么单薄，心里哪经得住熬煎，可恨我不能替她分些过来。宝玉太善良了，根据脂砚斋提供的线索，曹雪芹最后给黛玉的评语是两个字：“情情”，给宝玉的是三个字：“情不情”。简单地说，“情情”是只对自己钟情的人重感情；而“情不情”是关心所有的女性，对跟自己毫不相干的陌生女孩也关心、照顾。宝玉这次关心的女孩是龄官，模样又像黛玉，这就成了回目当中的“痴及局外”了。

画蔷的女孩是戏班子里的龄官，跟戏班主管贾蔷相恋。宁国公嫡派子孙和戏子相恋，也不会有好结果，最后戏班解散，龄官没了下落。

宝玉正专心关注画蔷的女孩时，忽然下雨了。宝玉发现女孩被雨淋湿，心想，她这个身子，如何禁得骤雨一激？就说："不用写了。你看下大雨，身上都湿了。"那女孩给吓了一跳，一看花架外面有个人。宝玉本就长得俊秀，又加上被花叶挡住只露出半边脸，女孩只当是哪个丫头，就说："多谢姐姐提醒了我。难道姐姐在外头有什么遮雨的？"一句话提醒了宝玉，他"哎哟"一声，发现自己浑身冰凉，便一气跑回了怡红院，心里却还在记挂着那个女孩没处躲雨。

画蔷一段，是痴情的观察痴情的。大观园里，包括王熙凤的小跟班贾蔷也有他的痴情，这是后面要写到的。他们各有各的痴情，而宝玉同情所有情痴。

因为第二天是端午节，戏班子放了假。小生宝官、正旦玉官正在怡红院和袭人玩笑，下大雨走不了，大家便把水沟堵起来，水积在院子里，抓了些绿头鸭、花鸂鶒、彩鸳鸯，缝了翅膀，放在院子里玩耍，快乐异常。

"下流东西"被宝玉踢了一脚

宝玉"以手叩门"，里面的人只顾嘻嘻哈哈、打打闹闹。宝玉叫了半天，拍得门山响，里面才听见，但她们估计宝玉这时不会回来，便问是谁。宝玉已经说了"是我"，几个丫鬟却没听出他的声音，很是有趣。怡红院的丫鬟整天围着宝玉转，怎么会听不出他的声音呢？我看是曹雪芹故意叫她们听不出来的。本来应该是由小丫头去开门的，袭人却偏偏要去开门，她隔着门缝往外一瞧，只见宝玉淋成了落汤鸡。袭人又是着忙，又是好笑，忙开了门，笑得弯着腰拍手，说："这么大雨地里跑什么？那里知道爷回来了。"宝玉这一天，真是俗话说的"不是驴不走，就是磨不转""喝凉水都塞牙"。他先是和黛玉闹了场纠纷，赔足小心，两人才和好如初，结果又被宝钗连讽带刺地教训了一顿；到王夫人那儿，几句闲话又闯了大祸，连累了金钏儿。之后又一心关心那个画蔷的女孩，自己却淋得浑身透湿，越着急回去换衣服，越叫不开怡红院的门，不禁窝了一肚子火，少爷脾气来了，只当开门的是小丫头，抬腿就踢在对方肋骨上。袭人"嗳哟"了一声，宝玉还在那里骂："下流东西们！我素日担待你们得了意，一点儿也不怕，越发拿我取笑儿了。"说完一低头，看见是袭人哭了，才知道踢错了，赶紧说，"嗳哟，是你来了！踢在那里了？"袭人向来只听到赞扬的、奉承的话，从不曾受过什么大话，现在忽然被宝玉当众踢了一脚，又羞又气，还疼。她估计宝玉不是成心踢她，只得忍着疼说："没有踢着。还不换衣裳去。"宝玉很愧疚，说："我长了这么大，今日是头一遭儿生气打人，不想就偏遇见了你！"袭人很会说话，她一边忍痛帮宝玉换衣服，一边说："我是个起头儿的人，不论事大事小、事好事歹，自然也该从我起。但只是别说打了我，明儿顺了手也打起别人来。"真是忍辱负重，顾全大局，体谅宝玉。

袭人虽说被踢得不重，晚上却吐了血。第六回写宝玉和袭人"初试云雨情"，这一回袭人又成了宝玉第一次打人的受害者，不知道曹雪芹这样安排，有没有什么特殊用意，是不是就像有的红学家所说，这暗示着将来贾府败落之后，袭人成为怡红院第一个受害者——宝玉身边第一个被遣散的，正是和他关系最亲密的袭人。

小小一个怡红院的门，曹雪芹已经拿来做了两次文章：上次，是黛玉叫门，晴雯听不出她的声音，不仅不开门，还假传“圣旨”说，宝二爷吩咐的，不许放人进来；这次，是宝玉叫门，所有人都听不出是宝玉回来了，结果袭人就被踢伤了。上次，晴雯正在埋怨宝钗的气头上，听不出黛玉的声音，或许还可以理解；这次，怡红院那么多人都听不出宝玉的声音，我看绝对是小说家在成心“做局”。

晴雯撕扇和湘云麒麟

——第三十一回　撕扇子作千金一笑　因麒麟伏白首双星

“撕扇子作千金一笑，因麒麟伏白首双星”，前一句好懂，晴雯撕扇，她和贾宝玉的误会解开。这里借用了一个典故，“妹喜好闻裂缯之声”，即妹喜喜欢听撕丝绸的声音，夏桀于是就找了全国最好的丝绸让人撕给她听。比较令人费解的是后一句，“麒麟”指史湘云的金麒麟，“白首双星”是什么意思？红学界有争论，我认为，“白首”指老，“双星”指隔河相望的牛郎星和织女星，预示将来湘云和丈夫白首相望，凄惨分离。

上一回写宝玉回到怡红院因生气，踢了袭人。袭人吐了血，心凉了半截，将以后争荣夸耀之心都灰了。袭人平时看着温柔顺从，其实骨子里很要强。她不仅要牢牢占住宝玉准姨娘的位置，还想控制宝玉的感情生活和婚姻。她这次受伤了，不禁有点儿灰心。宝玉给她找大夫，亲自服侍她吃药。袭人暂时不能服侍宝玉，换晴雯来服侍，就出现了“晴雯撕扇”的一幕。

你们鬼鬼祟祟干的事儿瞒不过我

这日正值端午佳节，王夫人请了薛家母女吃午饭。宝玉看到宝钗淡淡的，不和他说话，知道是昨天得罪她了。王夫人看宝玉没精打采的，只当是因为金钏儿的事，他不好意思，更不理他。黛玉看到宝玉懒懒的，以为他是因为得罪了宝姐姐，心里不自在，于是也懒懒的。凤姐本来在这种家庭聚会上都是口若悬河，但是昨天晚上王夫人就告诉了她宝玉和金钏儿的事，知道王夫人不自在，所以也不敢说笑。迎春姊妹则向来不会主动在宴席上说开心的话。因此，宴会很没意思，“大家坐了一坐就散了”。

黛玉天生喜散不喜聚，宝玉却喜聚不喜散，宴会不愉快，他回到怡红院就闷闷不乐，长吁短叹。正巧晴雯给他换衣服，不小心把扇子弄掉在地上，跌断了扇骨。宝玉便叹息道：“蠢才，蠢才！将来怎么样？明日你自己当家立事，难道也是这么顾前不顾后的？”宝玉虽然一肚子气，但他并不是心疼扇子，也没有骂晴雯没照顾好他。不过他骂晴雯是“蠢才”，晴雯聪明俊秀，平时最讨厌别人说她蠢，所以就冷笑起来：“二爷近来气大的很，行动就给脸子瞧。前儿连袭人都打了，今儿又来寻我们的不是。要踢要打凭爷去。就是跌了扇子，也是平常的事。先时连那么样的玻璃缸、玛瑙碗不知弄坏了多少，也没见个大气儿，这会子一把扇子就这么着了。何苦来！要嫌我们就打发我们，再挑好的使。好离好散的，倒不好？”

这嘴真是像刀子一样利！丫鬟怎么可以这样跟少爷说话？因为宝玉平时对待她们都是平等态度，晴雯已把宝玉看成闺密，认为他们都是平等的，不能动不动就甩脸子。她还替袭人打抱不平。但是她说“好离好散”，恰好说到了宝玉心坎儿上，气得他浑身乱战，说：“你不用忙，将来有散的日子！”

如果没有袭人掺和进来，他们两人也就吵到这儿为止了。袭人一劝架，就火上浇油了。袭人是怎么说的呢？她说：“好好的，又怎么了？可是我说的‘一时我不到，就有事故儿’。”这不等于在说，我是怡红院的头儿，所有事都得我管，我不管，就会出事。其实怡红院有八个大丫鬟，虽然袭人拿一两银子的月钱，但那是从贾母那儿带过来的。袭人以丫鬟“领导”自居，晴雯当然接受不了，立马冷笑道：“姐姐既会说，就该早来，也省了爷生气。自古以来，就是你一个人服侍爷的，我们原没服侍过。”这是讽刺，因为事实是几个大丫鬟轮流侍候宝玉，她接着说，“因为你服侍的好，昨日才挨窝心脚；我们不会服侍的，到明儿还不知是个什么罪呢！”刚刚还同情袭人挨打，现在又揭袭人的短了：怡红院第一个挨打的就是你，而且挨的是“窝心脚”。袭人又愧又恼，想要说话，又看到宝玉已经气得不行了，只得自己忍了。她推着晴雯说：“好妹妹，你出去逛逛，原是我们的不是。”这句话很重，夫妻间能说“我们”，丫鬟怎么可以和少爷说“我们”？晴雯一听她说“我们”，又添了醋意，冷笑几声，说：“我倒不知道你们是谁，别教我替你们害臊了！便是你们鬼鬼祟祟干的那事儿，也瞒不过我去，那里就称起‘我们’来了。明公正道，连个‘姑娘’[1]还没挣上去呢，也不过和我似的，那里就称上‘我们’了！”

宝玉和袭人偷试云雨情，袭人以为神不知鬼不觉，其实聪明伶俐的晴雯早就知道了他们鬼鬼祟祟干的好事。晴雯夹枪带棒，说到了袭人的要害。袭人羞得脸都紫胀了起来，想想确实是自己说错了，没话可讲。宝玉还要护着她：“你们气不忿，我明儿偏抬举他。”你不是说她连个“姑娘”还没挣上吗，我明儿就抬举她当上这个“姑

1　姑娘：这里指“通房丫头”，即名义上是贴身侍婢，实际上被收纳为妾，地位低于姨娘。——编者注

娘”！袭人想息事宁人，忙拉了宝玉的手说：“他一个糊涂人，你和他分证什么？况且你素日又是有担待的，比这大的过去了多少，今儿是怎么了？”袭人为什么说晴雯是“糊涂人”？因为晴雯讲的她和宝玉鬼鬼祟祟干的事，是她千方百计要隐瞒的机密。她不能说晴雯说对了，只能说她糊涂。晴雯冷笑道：“我原是糊涂人，那里配和我说话呢！”袭人继续和晴雯辩论，这时连称呼都改了，原来叫“好妹妹”，现在叫“姑娘”，彻底疏远了：“姑娘倒是和我拌嘴呢，是和二爷拌嘴呢？要是心里恼我，你只和我说，不犯着当着二爷吵；要是恼二爷，不该这么吵的万人知道。我才也不过为了事，进来劝开了，大家保重。姑娘倒寻上我的晦气。又不像是恼我，又不像是恼二爷，夹枪带棒，终久是个什么主意？我就不多说，让你说去。”晴雯没想到，袭人竟然回复了这一番厉害的话。袭人不得不这么回复，因为晴雯已经把她的秘密公开戳穿了。袭人说完就往外走。宝玉对晴雯说：“你也不用生气，我也猜着你的心事了。我回太太去，你也大了，打发你出去好不好？”晴雯伤心了，流着泪说：“为什么我出去？要嫌我，变着法儿打发我出去，也不能够。”这句话说明什么？说明晴雯愿意待在宝玉身边，她和宝玉有感情，当然现在还是一种知己之情。不过晴雯可能也知道，贾母是把自己给了宝玉的。宝玉说：“我何曾经过这么个吵闹？一定是你要出去了。不如回太太，打发你去吧。”说着，就要回太太去。

袭人本来要走，这时又回过身拦住宝玉：“往那里去？”宝玉说：“回太太去。”袭人说：“好没意思！认真的去回，你也不怕臊了？便是他认真要去，也等把这气下去了，等无事中说话儿回了太太也不迟。”这是什么意思？就是说，你不要正儿八经地去回太太，说要晴雯走，你要等无意之中闲谈的时候回太太，叫她走。袭人教给宝玉的方法，无意之中把她一向在王夫人跟前怎样进谗言的情形讲了出来。她自己就是这么做的，似乎是在闲谈，却起到了给别人挖坑的作用。所以晚清有位红学家说，袭人的名字可以解释成恶狗从背后偷袭别人。

“从今以后都记着你作和尚的遭数儿”

怡红院闹得不可开交，宝玉要去回王夫人，晴雯说一头碰死了也不出这个门。袭人看拦不住，就跪下了。袭人是真的不希望晴雯走吗？并不是。她只是希望宝玉能够“等无事中说话儿回了太太”叫晴雯走。如果这时就叫晴雯走，袭人岂不要担不是？那样她在别的丫鬟跟前就没有威信了，所以她“只得跪下了”。碧痕、秋纹、麝月等见状，也都一起跪下了。此时，地上至少跪下了四个丫鬟，而宝玉只把袭人扶起来，可见亲疏远近，还是晴雯那句话说得对，他们确实鬼鬼祟祟地干了一些事。宝玉说：“叫我怎么样才好！这个心使碎了也没人知道。”说着流下泪来。袭人见状也哭了。晴雯在一旁哭着，刚想说话，只见黛玉进来，就出去了。

黛玉开玩笑说：“大节下怎么好好的哭起来？难道是为争粽子吃争恼了不成？”宝玉和袭人都笑了。黛玉说：“二哥哥不告诉我，我问你就知道了。”一面说，一面拍着袭人的肩，“好嫂子，你告诉我。必定是你两个拌了嘴了。告诉妹妹，替你们和劝和劝。”

晴雯的嘴像刀子，黛玉的嘴不是比刀子还锋利？袭人最不愿意让别人知道她和宝玉实际是什么关系，黛玉却偏偏当面叫她“好嫂子”，这不也是揭她的短吗？这样的玩笑她又怎么担得起？袭人肯定也对黛玉怀恨在心，要等无事时在太太跟前进谗言。袭人说：“林姑娘你闹什么？我们一个丫头，姑娘只是混说。”黛玉还要进一步说：“你说你是丫头，我只拿你当嫂子待。”袭人表白自己的心意，说：“林姑娘，你不知道我的心事，除非一口气不来死了倒也罢了。”黛玉笑道：“你死了，别人不知怎么样，我先就哭死了。”宝玉说：“你死了，我作和尚去。”袭人笑了：“你老实些罢，何苦还说这些话。”黛玉将两个指头一伸，抿嘴笑道：“作了两个和尚了。我从今以后都记着你作和尚的遭数儿。”

这一段特别有意思。为什么宝玉、袭人、晴雯三人一起哭，黛玉却只叫袭人“嫂子”？因为黛玉对宝玉和袭人的关系洞若观火，而且她并不在意，这是封建贵族家庭常有的事。黛玉说袭人死了，她先哭死了，宝玉说“你死了，我作和尚去”。宝玉其实是说黛玉死了，他去做和尚，袭人却误解成她死了，宝玉去做和尚，所以接着说“你老实些罢，何苦还说这些话”。袭人一旦知道宝玉的“作和尚”是针对黛玉而言的，不得气晕了？

晴雯撕扇超越妹喜

黛玉走了，薛蟠又来请宝玉喝酒。宝玉傍晚回来，“带了几分酒”，踉踉跄跄地回到怡红院，看到院子里已经把乘凉枕榻设下，榻上睡着一个人。宝玉以为是袭人，就坐在榻沿上推她，说：“疼的好些了？”那人翻身起来，说：“何苦来，又招我！”宝玉一看，不是袭人，而是晴雯。宝玉这时早就不生气了，他用批评晴雯来向她赔不是：“你的性子越发惯娇了。早起就是跌了扇子，我不过说了那两句，你就说上那些话。你说我也罢了，袭人好意来劝，你又括上他，你自己想想，该不该？”他批评晴雯，晴雯实际上是接受了的。

晴雯说："怪热的，拉拉扯扯作什么！叫人来看见像什么！"晴雯自重，即使没有人在，也不愿和宝玉拉拉扯扯。"我这身子也不配坐在这里。"晴雯又发了句牢骚。宝玉马上抓住她的话反问："你既知道不配，为什么睡着呢？"成了闺密之间斗嘴了。晴雯笑了说："你不来便使得，你来了就不配了。起来，让我洗澡去。袭人、麝月都洗了澡。我叫了他们来。"宝玉说，你拿水来，咱们两个洗。晴雯赶快摇手说："罢，罢，我不敢惹爷。还记得碧痕打发你洗澡，足有两三个时辰，也不知道作什么呢。我们也不好进去的。后来洗完了，进去瞧瞧，地下的水淹着床腿，连席子上都汪着水，也不知是怎么洗了，笑了几天。"这段似乎无意的叙述，红学家们做了很多文章，比如说宝玉如何风流等。晴雯说，我干脆舀一盆水来，你洗洗脸，再吃些鸳鸯送来的水果。宝玉说，既这么着，你就去拿果子来给我吃吧。晴雯还要批评他，把宝玉骂自己是蠢才的话重复了一遍："我慌张的很，连扇子还跌折了，那里还配打发吃果子。倘或再打破了盘子，还更了不得呢。"宝玉紧接着就发表了一番所谓"爱物论"：甭管什么东西都是给人用的，愿意怎么用就怎么用，比如，扇子原是扇的，愿意撕着玩也行，只是不要拿它出气。晴雯一听，就说那你拿扇子来，我最喜欢撕了。

这个小丫鬟的个性太鲜明了，自由奔放：你说扇子可以撕，那我就撕。宝玉笑着把自己的扇子递给她。晴雯接过来，"嗤"的一声撕成两半，接着，"嗤、嗤、嗤"又是好几声。宝玉在一旁说："响的好，再撕响些！"正说着，麝月走过来，一看他们撕扇子，就说："少作些孽罢。"宝玉一把夺过她手里的扇子递给晴雯，晴雯也撕了"几半子"。

"晴雯撕扇"是《红楼梦》中有名的行为艺术。宝玉还说，千金难买一笑，把“晴雯撕扇”和妹喜的故事联系了起来，但是两件事的性质却完全不一样。夏桀让人撕绸缎给妹喜听，是昏君爱宠妃。宝玉叫晴雯撕扇表现出的却是怡红院主仆间类似知己的平等关系。

我曾经问过1987年版电视剧《红楼梦》的总导演王扶林：您印象最深的是哪个镜头？我以为他会说“黛玉葬花”，结果王导演说是“晴雯撕扇”。可见不管是在小说还是在电视剧里，哪怕是配角，只要性格鲜明，给读者、观众留下深刻印象，就是值得大家推崇的典型人物。晴雯就是这样的人物。

文彩辉煌金麒麟

第二天，大观园里的人都在贾母房间坐着，有人回：“史大姑娘来了。”湘云一来，姐姐妹妹间很是亲密。湘云一进入房中，贾母就说，天热，把外面的衣服脱了吧。宝钗、黛玉说起湘云怎么样爱穿男孩衣服，一次穿上宝玉的衣服，叫贾母认错了人；另一次披上贾母的大红猩猩毡斗篷扑雪人儿，一跤栽到沟跟前，弄了一身泥水。这些情节都说明湘云是一个心胸宽阔、性格类似男孩的女孩，很可爱。宝钗问湘云奶妈，你们姑娘还淘气不淘气？周奶妈也笑了。迎春说，淘气也罢了，我就嫌她爱说话，睡在那里还唧唧呱呱，笑一阵说一阵，也不知道哪儿来的那些话。王夫人说：“只怕如今好了。前日有人家来相看，眼见有婆婆家了。”王夫人的闲谈交代了湘云已在议亲，没有什么金麒麟和通灵宝玉的“金玉良缘”了，不会再威胁到黛玉。按说黛玉应该放心了，可她仍然不放心。

宝玉来了，黛玉对湘云说：“你哥哥得了好东西，等着你呢。”看来黛玉一直惦记着那个金麒麟。湘云好奇地问：“什么好东西？”

宝玉说："你信他呢！几日不见，越发高了。"十几岁，确实长得很快。湘云问："袭人姐姐好？"宝玉说："多谢你记挂。"湘云说我给她带了好东西来了，然后拿出一个手帕来。宝玉说："你倒不如把前儿送来的那种绛纹石的戒指儿带两个给他。"原来，前几天湘云派人送来几个在史家得到的绛纹石戒指，给姐妹们戴着玩。湘云说："这是什么？"打开手帕一看，正是上次那种绛纹石戒指，一包四个。

1996年，我带第一个博士生，叫她给《红楼梦学刊》写篇文章，起的题目就是《绛纹戒指式的女性》。绛纹石不是玉，又比一般石头贵重，很像《红楼梦》中的几个大丫鬟——平儿、袭人、鸳鸯、金钏儿，介于主、奴之间。

湘云拿出四个戒指说："袭人姐姐一个，鸳鸯姐姐一个，金钏儿姐姐一个，平儿姐姐一个。"她还不知道金钏儿出事了。黛玉说，前几天一起送过来，岂不省事？湘云说，叫人送过来，怎么能说明白这是给谁的丫鬟呢？大家一听，果然有道理。宝玉说："还是这么会说话，不让人。"黛玉一听，冷笑道："他不会说话，他的金麒麟也会说话。"黛玉真是脑子里就一根筋，世上难道就只有"金玉良缘"这事儿要时刻提？黛玉一边说，一边起身就走——又犯小性儿了。宝钗抿嘴一笑。宝玉知道自己又说错了话，看到宝钗笑，也只好笑了。宝钗会为人，赶紧站起来找黛玉说话去了。

贾母对湘云说，吃了茶，歇一下，瞧瞧你的嫂子们去，园子里凉快，和你姐姐们去逛逛。湘云答应了，先去找凤姐说笑了一番，又到李纨那里稍坐片刻，然后就去怡红院找袭人。这时跟着她的只有贴身丫鬟翠缕。

《红楼梦》中出现了很多丫鬟，个性都不一样。湘云这么聪明，她的丫鬟翠缕却有点儿傻得不透气，很多话怎么说她也不懂，还喜欢打听。湘云和翠缕边走边聊。翠缕问，这池子里的荷花和咱们家的一样，也是楼子花[1]吗？湘云说，这边的荷花不如咱们那边的。翠缕说，他们那边有棵石榴，接连四五枝，楼子上起楼子，也难为它长。湘云说，花草和人一样，气脉充足，长得就好。翠缕说，我不信。要说和人一样，我怎么没见到头上又长出一个头来的人？湘云笑了，发表了一番大道理："天地间都赋阴阳二气所生，或正或邪，或奇或怪，千变万化，都是阴阳、顺逆、多少。"翠缕就说，开天辟地以来，都是阴阳了？湘云说："糊涂东西，越说越放屁！"接着，又给她讲了一番阴阳是怎么回事儿。翠缕说："这糊涂死了我！"湘云只好给她讲点儿具体的："比如天是阳，地就是阴；水是阴，火就是阳；日是阳，月就是阴。"翠缕更不明白，说难道小虫、小草、瓦片也有阴阳？湘云说，树叶还分阴阳呢，那边向上朝阳的是阳，这边背阴覆下的是阴。这应该很明白了吧？翠缕却还要问，问完手里扇子的阴阳后，忽然看到湘云戴的金麒麟，就说，这个难道也有阴阳？湘云说："走兽飞禽，雄为阳，雌为阴；牝为阴，牡为阳。怎么没有呢！"翠缕问，这到底是公的，还是母的呢？湘云说，我也不知道。翠缕又说："这也罢了，怎么东西都有阴阳，咱们人倒没有阴阳呢？"这个丫鬟问的这些话，要把读者笑死。湘云照脸啐了一口，说："下流东西，好生走罢，越问越问出好的来了！"蠢丫头却自己琢磨出来了："姑娘是阳，我就是阴。"

走到蔷薇架下，湘云一看，那里有个金晃晃的东西。翠缕跑过去捡起来，用手攥着说："可分出阴阳来了。"说完，先拿湘云的麒麟看。湘云要看她捡的，翠缕却不撒手，说姑娘看不得，好奇怪，我从来没见这里还有人有这个。湘云说，拿来我看看。翠缕把手一

1 楼子花：形容花冠重叠，呈复瓣的花，又叫重台，俗称"起楼子"。——编者注

撒，却是一个文彩辉煌的金麒麟，比湘云佩戴的又大又有文彩。湘云虽然天真烂漫，但也到了婚嫁年龄。她把金麒麟擎在手上，默默不语，暗自琢磨。

这时，宝玉来了，问，你们在这里干吗呢？怎么不去找袭人？湘云连忙把麒麟藏起来，和宝玉一起走进怡红院，和袭人见面，说了些久别情况。宝玉说，你该早来，我得了一个好东西，专等你呢。说着，在身上掏了半天，又问袭人，我那个东西你收起来了吗？袭人说，什么东西？宝玉说，前儿得的麒麟呀。袭人说，你天天戴在身上，怎么问我？宝玉说，肯定是丢了。说着，起身就要去找。湘云说，你什么时候又有麒麟了？宝玉说，前儿好容易得的呢，不知道什么时候丢了。湘云把手一伸，说，你看看，是这个不是？宝玉一看，果然是自己前儿得的那个麒麟。

“因麒麟伏白首双星”，很多红学家，比如胡适，都将“白首双星”解释成白头偕老。其实“双星”在古代是个特定名词，专指牵牛星和织女星。“白首双星”就是说夫妻到老都像牛郎和织女，分离在两个地方。红学家朱彤、梅节做过比较深入的研究，认为“白首双星”虽然不是指湘云和宝玉最后成亲，但是和宝玉确实有关系。宝玉将得到的金麒麟在湘云跟前展示一番后，又收了起来。后来他参加射覆游戏，把金麒麟输给了风流倜傥的王孙公子卫若兰，而向湘云提亲的就是卫家。湘云嫁过去后，卫若兰发现湘云也有个金麒麟，和自己从宝玉那儿赢来的金麒麟一雄一雌，恰好是一对。他怀疑这对金麒麟是湘云和宝玉从小相爱的信物，湘云不能忍受这种委屈，她原本可以向卫若兰解释清楚，却选择了直接离开。所以，脂砚斋说：“湘云是自爱所误。”就是说，该解释的时候不解释，只顾着自尊心，一走了之，最终造成了“因麒麟伏白首双星”的悲剧结局。

宝黛互诉肺腑，金钏以死抗争

——第三十二回　诉肺腑心迷活宝玉　含耻辱情烈死金钏

这一回主要讲了两个情节：一个是贾宝玉向林黛玉倾诉肺腑之情，黛玉受到心灵震动，她走后，宝玉还在诉说，结果把袭人当成了黛玉；另一个是金钏儿被王夫人撵回家，她性情刚烈，不能忍受这样的耻辱，投井死了。宝玉“诉肺腑”和金钏儿之死，都会在宝玉的生活中引起巨大风波。

这一回的开头仍然继续第三十一回关于金麒麟的故事。宝玉看到湘云捡到的金麒麟，很高兴，就问她是在哪儿捡的。湘云说：“幸而是这个，明儿倘或把印也丢了，难道也就罢了不成？”宝玉说：“倒是丢了印平常，若丢了这个，我就该死了。”这就是贾宝玉，他不喜欢读书做官，所以丢了印倒无所谓，丢了打算和表妹比比的金麒麟，那就该死。孰轻孰重，在贾宝玉这儿，和常人完全不一样。

这时小说写到湘云发现了袭人的变化。她说袭人待自己，不像小时候那么好了。袭人辩解，说是因为湘云现在拿出小姐的款儿来了。实际上袭人是在诡辩。真实原因是，袭人自从跟宝玉偷试云雨情，就以宝玉的屋里人自居，一心只在宝玉身上，对湘云的情分自然就不如过去了。湘云却不知道二人的实际关系，听袭人这样说，直接就相信了她的话，马上拿出戒指送给她。

其实湘云如果像宝钗、黛玉那样细心，应该能从袭人对宝玉的称呼上判断出二人之间的关系早就不同寻常了。湘云之前给宝玉做了个精美的扇套，宝玉拿去和黛玉比，结果没比过，便赌气给剪了。湘云对袭人提到这事，袭人便说“他本不知是你做的”，意思是宝玉本来不知道是你做的，才拿了去向黛玉宣扬。但是在那个时代，丫鬟对主子绝对不能称“他”，因为“他”是妻子对丈夫的通常称呼。正常来讲，袭人应该说“宝二爷本不知是你做的”。但是湘云胸怀宽广，从不注意这些细枝末节。曹雪芹只用一个称呼，就写出了袭人情不自禁的身份表露。

“林姑娘从来说过这些混帐话不曾？”

湘云的到来，又给黛玉带来了思想负担。宝黛爱情发展到现在，到了宝玉发誓黛玉死了他就去做和尚的地步。之前多少次考验，都是黛玉考验宝玉，看他是不是见了宝姐姐就忘了林妹妹。湘云再来，又有金麒麟，宝玉又要经受考验了：宝哥哥是不是见到云妹妹，又忘了林妹妹？这成了黛玉又一个心病。黛玉知道，宝玉一定会和湘云提及金麒麟。宝玉最近看了些野史，里面的才子佳人多半会因为一些小物件而被撮合。宝玉和湘云都有金麒麟，会不会因此做出风流佳事？黛玉悄悄来到怡红院，准备看看这两人在干什么，从而见机行事。黛玉真是小心眼儿，宝玉已经变换各种说法，一而再，再而三地表白自己心里只有林妹妹，她还是不放心。

黛玉不知道，在她到来之前，怡红院发生了两件她最希望发生的事，可惜她一个字也没听到。

第一件事是宝玉当着袭人的面想把金麒麟掏出来给湘云看，结果发现丢了，其实是被湘云捡到了。金麒麟拿出来后，宝玉和湘云之间没有发生任何感情波澜。

第二件事是袭人向湘云道喜，原来湘云已经定亲，她跟宝玉更没戏了。

这两件事对黛玉来说，都是天大的好事，但是她没听到。这就是天才小说家的妙招，只有这样，故事才好看。读者像是无所不知的上帝，什么都能看到，而当事人却只知其一，不知其二。

黛玉没听到这两段话，却听到了更重要的话：宝玉把自己当成知己。

黛玉到怡红院时，湘云正和袭人一唱一和地议论黛玉如何不如宝钗，宝钗怎么比黛玉有修养。湘云问袭人，你说已经有绛纹石戒指了，那是谁给你的？袭人说是宝姑娘给的，湘云说还以为是林姐姐给的。湘云的猜想很自然、很合理。袭人是宝玉身边的贴身丫鬟，和宝玉最好的是黛玉，黛玉应该把戒指当作惊喜的小礼物送给她。但黛玉向来不善于做这些人事之间的文章，估计她不仅不会送给袭人，也不会送给紫鹃。黛玉想不到用小物件跟自己的贴身丫鬟或者宝玉的贴身丫鬟搞好关系，宝钗却想到，也做到了。湘云觉得宝钗太好了，恨不得自己也有这么个亲姐姐。

宝玉本来听了这些话就一肚子不高兴，恰好贾雨村要见他，就抱怨说："有老爷和他坐着就罢了，回回定要见我。"这时的贾雨村，已经成了"兴隆街的大爷"。他做了京官，不仅要和贾政搞好关系，还要和荣国府最宝贵的下一代搞好关系，所以每次来都要见宝玉。宝玉特别烦他。因为他们见面不能谈风花雪月，也不能谈《庄子》《楚辞》，只能谈宝玉最讨厌的仕途经济。湘云劝宝玉："你就不愿读书去考举人、进士的，也该常常的会会这些为官做宰的人们，谈谈讲讲些仕途经济的学问，也好将来应酬世务，日后也有个朋友。没见你成年家只在我们队里搅些什么！”湘云并不是利欲熏心，只是有点儿没心没肺，她本来和黛玉特别要好，现在却越来越推重宝钗，成了宝钗的传声筒。为什么呢？我认为，这既可能是姑娘们之间寻常的友谊变化，也可能是宝钗主动和她拉近了关系。

按当时的社会风气，宝钗、湘云劝宝玉上进的话，是为宝玉的前途考虑，是出于善意。但宝玉并不这样想。湘云这番话惹火了宝玉，他干脆地对湘云说：“姑娘请别的姊妹屋里坐坐，我这里仔细脏了你知经济学问的。”公然翻脸，对从小一起长大的玩伴下逐客令。宝玉说的“经济学问”和我们现在说的“经济”是不同的概念。那时所谓的“经济”是指经纶济世，“经济学问”，通俗点说就是研究如何做官的学问。宝玉对姐姐妹妹向来和气，这次却公然对湘云不客气，如果是黛玉，早就哭了；如果是宝钗，早就走了，但湘云毫不在乎，他们两人从小一块儿长大，湘云心胸开阔，即使被下逐客令，也照样坐在这里说笑。袭人马上解释说，宝姑娘也说过类似的话，宝玉咳了一声，拿起脚就走了，把宝姑娘羞了个大红脸，“真真宝姑娘叫人敬重……真真有涵养，心地宽大。谁知这一个反倒同他生分了。那林姑娘见你赌气不理他，你得赔多少不是呢”。这时宝玉说：“林姑娘从来说过这些混帐话不曾？若他也说过这些混帐话，我早和他生分了。”

俗话说，谁人背后无人说，谁人背后不说人？黛玉听到了宝玉背后说自己的话。虽然宝玉已经一再在黛玉跟前赌咒发誓，但那是他们两人之间的事。宝玉到底是怎么看待黛玉的，不可能随随便便对外人说，他只能在特定的情况下说。湘云和袭人一唱一和地说宝钗好，宝玉已经很不自在，再劝他留心仕途经济，宝玉就说出她们——宝钗和湘云——和黛玉最大的不同，那就是林姑娘从来不说这些“混帐话”。言外之意，黛玉是我人生的唯一知音。

这句话是背着黛玉说出来的，又恰好让黛玉听到，真是太巧妙了。宝玉把劝他立身扬名的话叫作“混帐话”，而黛玉从来不说这样的话，这就是知己，这就是宝黛爱情共同的理想基础。两人的恋情是知己之恋，这就远远高于中国古典小说中通常因外貌而被吸引，一见钟情式的爱情。当然，宝黛爱情还有一个诗意的背景，那就是缘定三生的神话故事。

黛玉听到宝玉背后这样说自己，心灵受到了强烈的震动，产生了四种感情——喜、惊、悲、叹。她喜的是，宝玉果然是个知己；惊的是，宝玉居然不避嫌疑，在人前夸我；叹的是，我们既为知己，又何必有“金玉”之说，又何必来一宝钗；悲的是，父母早逝，无人做主，而且自己身体越来越差，“你纵为我知己，奈我薄命何”。

宝玉和黛玉的爱情，一步一步往前发展的同时，因为还泪的缘故，黛玉的身体已经日渐衰弱。

黛玉本来是要来怡红院探查的，听完宝玉这段话后，她很是感动，就流着眼泪离开了。

“你放心”“睡里梦里也忘不了你”

宝玉不是要去见贾雨村吗？他从怡红院出来，看到黛玉在前面一边走一边擦泪，就赶上来问，你怎么又哭了？说着，情不自禁地抬起手替黛玉擦眼泪。黛玉忙后退几步，嫌宝玉又动手动脚。宝玉说：“说话忘了情，不觉的动了手，也就顾不的死活。”宝玉这话说得多么好、多么有感情，却没想到黛玉又回答了一句带刺的话："你死了倒不值什么，只是丢下了什么金，又是什么麒麟，可怎么样呢？"

黛玉怎么没完没了地纠缠什么金、什么麒麟呢？难道是这种话说得太多，说顺嘴了？宝玉果然又急了："你还说这话，到底是咒我还是气我呢？"宝玉虽然气得筋都暴起来了，但他的话很有意思，"你还说这话"，重点在"还"字上，就是说我都把心意表白得清清楚楚了，你怎么还这么不开窍？！黛玉自然听得懂宝玉话里蕴含的意思。她第一次向宝玉道歉："你别着急，我原说错了。这有什么的，筋都暴起来，急的一脸汗。"说着，也情不自禁地走近前伸手替宝玉擦脸上的汗。

宝玉、黛玉都有情不自禁的肢体动作，先是宝玉情不自禁地想给黛玉擦眼泪，后是黛玉情不自禁地给宝玉擦汗，两个情不自禁的动作设计得特别巧妙。

宝玉瞅了黛玉半天，才说了一句"你放心"。黛玉表示，她不明白什么放心不放心的。宝玉干脆进一步说："好妹妹，你别哄我。果然不明白这话，不但我素日之意白用了，且连你素日待我之意也都辜负了。你皆因总是不放心的原故，才弄了一身病。但凡宽慰些，这病也不得一日重似一日。"

这就是宝玉著名的"诉肺腑"。宝玉"诉肺腑"被红学家们研究来研究去，分析来分析去，上纲上线，讲个没完。在现代年轻人看来，这有什么了不起的，他说了什么深入人心的话吗？他说过一句"我只爱你一个人"吗？说过"爱你到地老天荒，追你到天涯海角"吗？说过"在天愿为比翼鸟，在地愿为连理枝"吗？一概没有。但是仔细琢磨，"你放心"的意思非常深刻，就是：你放心，我如果有"金玉良缘"的想法，让我天诛地灭；你放心，我永远只在乎你一个人，对你不变心，你死了我做和尚。

这是宝玉再一次表忠心。黛玉听了“如轰雷掣电”，觉得宝玉的话比自己肺腑中掏出来的还恳切。宝玉还要再说，黛玉说：“你的话我早知道了。”黛玉其实早就知道宝玉的心里只有自己，但是她一再去试探，一再给宝玉出难题。现在宝玉一句“你放心”，两人的心已经紧紧地连在一块儿，不需要再讲其他的了，所以黛玉说完就走了。

宝玉还想进一步和黛玉说心里话，却偏偏弄错了对象。黛玉走了，他还在那里呆呆站着。袭人出来给宝玉送扇子，宝玉就把袭人当成黛玉，说了更加动情的话。他先是拉住袭人叫了一声“好妹妹”，然后接着说道：“我的这心事，从来也不敢说，今儿我大胆说出来，死也甘心！我为你也弄了一身的病在这里，又不敢告诉人，只好掩着。只等你的病好了，只怕我的病才得好呢。睡里梦里也忘不了你！”

黛玉听到的“你放心”三个字，抵得上千言万语，所以她头也不回地走了。黛玉为什么不留下来继续跟宝玉倾诉衷肠？这是由她千金小姐的自重决定的。而宝玉向黛玉的倾诉没有刹住车，才出现了将袭人错认为黛玉的情节，这才是回目中说的“心迷活宝玉”。

宝玉大着胆子说出来的这番话，最关键的是“睡里梦里也忘不了你”。这番话偏偏没有让黛玉听到，反而让袭人听到了。这是小说家的有意调度。

袭人爱不爱宝玉？当然爱，但袭人对宝玉的爱，是通房大丫鬟对主子的爱。袭人像大姐姐甚至母亲一样无微不至地关心宝玉的生活，关心他穿什么、戴什么、吃什么。袭人对宝玉的爱是建立在自己终身有靠的基础上的，因此她希望宝玉上进，希望他娶一个能够善待自己的嫡妻。

黛玉对宝玉的爱，却没有这些条件，他们两人灵魂相通、志向相通，是知己之恋。这两种爱的性质完全不同。这句应该由黛玉听到的话，偏偏让最不应该听到的袭人听到了，对黛玉非常不利。袭人稍加思索就知道，宝玉这番话是对黛玉说的，因为他开口先叫了声“好妹妹”，这是宝玉对黛玉的一贯叫法。袭人听了宝玉这番话，非常清楚自己在宝玉心中的地位根本没法与黛玉比。袭人之前对黛玉已经很不满。晴雯和宝玉发生口角时，讽刺袭人连个“姑娘”还没挣上，就说“我们”，她又羞又气，结果黛玉来了，开口就叫她“嫂子”，还说“你说你是丫头，我只拿你当嫂子待”。袭人和宝玉的事，大观园里的人都知道，也都装聋作哑，黛玉却捅破了这层窗户纸。袭人很不高兴，但是她是丫鬟，黛玉是千金小姐，她不能也不敢发作。现在宝玉把袭人当成黛玉诉了一场“肺腑”，袭人就明白了，之前宝玉说要做和尚，原来是为了黛玉去做和尚。袭人难免会忌妒。袭人心里暗暗思量“将来难免不才之事……心下暗度如何处治方免此丑祸”。她把宝玉和黛玉之间的爱情当成“不才之事”，认为将来会发生“丑祸”，所以要提防宝玉和黛玉的感情进一步发展。袭人心里“暗度”，就是在琢磨如何瞅准时机巧妙地向王夫人进谗言。宝黛爱情危矣！黛玉危矣！

确实，宝玉挨打之后，王夫人叫袭人去问话，她就借着闲谈，说林姑娘、宝姑娘都大了，二爷应该搬出园子。她故意把黛玉放在前面说，宝钗只是个陪衬，这算是狠狠踢了黛玉一脚，报了黛玉叫她“嫂子”的一箭之仇。袭人这个丫鬟，确实很不简单。人生在世，如果遇到这样的人，真得好好提防。

袭人听了宝玉的话在那儿发呆，恰好宝钗过来了。宝钗简直成了宝玉的影子，宝玉在哪儿，她就在哪儿。当然，作为年轻姑娘，宝钗喜欢和追求心仪的男子，无可厚非。但宝钗跟宝玉从来没有心灵上的交汇，她一直认真地下“外围”功夫。宝钗不仅常常轻言软语，令贾母、王夫人舒心，由于袭人在宝玉的事情上具有很重要的作用，所以还早早就开始笼络她。湘云送来的绛纹石戒指，按说宝钗不喜欢，可以送给自己的丫鬟莺儿，但她却送给了袭人。而黛玉没有送给袭人，就显得黛玉小气了。袭人请湘云帮着做宝玉的针线活儿，宝钗告诉她，湘云的日子也不好过，她的婶娘要她做家里的针线活儿，经常做到深夜，所以不要再给她添麻烦了。袭人虽然很有心计，但是她的城府不像宝钗那么深，听到宝钗这样说，就表示不去劳烦她了。宝钗提到湘云从小没爹没娘的苦，说她看着也很伤心、很同情。试想，黛玉也是自幼父母双亡，宝钗是否也同情过她，为她伤感过呢？宝钗接着对袭人自告奋勇，表示自己可以帮她做点儿宝玉的针线活儿。这是不是有点儿不像话？堂堂富家小姐居然帮丫鬟做少爷的针线活儿！前辈红学家们都对此大加嘲笑，说宝钗为了追求“金玉良缘”连身份都不顾了。宝钗和袭人好像正在形成某种“神圣同盟”，袭人开始想方设法地为宝黛爱情设置障碍，为“金玉良缘”铺平道路。

宝玉向黛玉诉了肺腑，两人进入了心灵交汇的最高层次。从此之后，宝玉和黛玉再也不会吵架，只会互相关心、互相爱护。那个“小性儿”“行动爱恼人”的黛玉，也随和多了，她再也不拿“金玉良缘”当回事，再也不怄气了。

金钏儿“也不过是个糊涂人”

这一回还有另外一个重要情节，就是金钏儿因为和宝玉开玩笑，被王夫人骂教坏爷们，赶了出去。金钏儿回家后，气愤地投井而死。

宝钗和袭人正在聊天，有人过来说金钏儿投井了。袭人毕竟兔死狐悲，想到昔日的同气之情，不觉流下眼泪。宝钗却一听说金钏儿投井了，便马不停蹄地跑去安慰王夫人。宝钗现在还不清楚金钏儿是为什么事自杀，但是她知道金钏儿本来是王夫人最得力的丫鬟，如今却用这么激烈的方式结束自己的生命，首先受到质疑的当然是王夫人。宝钗必须赶紧去安慰王夫人，帮王夫人渡过这次“难关”。

我们设想一下，如果是外甥女对姨妈的关心，宝钗应该先去请母亲，然后再一块儿到王夫人那儿去安慰她，但是她没有这么做，而是一听到消息就自己跑去了。所以，在我看来，宝钗现在对待王夫人已经不只是对姨妈的关心，而是在和她心目中将来的婆母套近乎。宝钗常年吃冷香丸，是个冷美人，但是一旦涉及她的终身大事，涉及她的切身利益，她还是很火热、很积极的。

王夫人一巴掌把金钏儿“打到了井里”，受到良心谴责，正坐在那里掉眼泪，看到宝钗过来，先问她见到宝玉没有，然后又编了一套说辞，不过她还是承认金钏儿之死是她的错，而且用了一个比较重的词——“罪过”。宝钗马上编了另外一套说辞给王夫人开脱：“姨娘是慈善人，固然这么想。据我看来，他并不是赌气投井。多半他下去住着，或是在井跟前憨顽，失了脚掉下去的。”这不是睁眼说瞎话吗？金钏儿又不是小孩子，怎么会憨玩到失足落井？宝钗自己也知道这是歪曲事实，如此讨好太拙劣了，不如干脆给王夫人开脱，于是又接着说：“纵然有这样大气，也不过是个糊涂人，也不为可惜。”人都死了，不仅不可惜，还糊涂。宝姑娘的冷酷无情已经超过了害人致死的王夫人。

接着王夫人说，已经给了金钏儿她娘五十两银子，原来还想再找几件新衣服给金钏儿妆裹，但现在只有给黛玉做生日的两套新衣，而黛玉“素日是个有心的，况且他原也三灾八难的”，怕她忌讳。宝钗又眼明手快地抓住时机，马上献出自己的新衣服：我刚做了一套，金钏儿过去也穿过我的衣服，我们身形是相似的。王夫人问，你不忌讳吗？宝钗马上表示自己从来不计较这些。宝钗当然不计较自己的新衣服给死了的丫鬟做妆裹不吉利，她只计较“宝二奶奶”的位置。

宝钗说完，便快刀斩乱麻，马上回家取衣服。这样一来，不仅表现了自己的懂事贤德，还反衬了黛玉的不懂事。这几乎相当于又一次的“滴翠亭事件”了。

宝钗安慰王夫人这一段情节虽然很短，却既诬蔑了金钏儿这个无辜死者，安慰了“杀人凶手”王夫人，又顺手刺了黛玉一枪。我们从宝钗对待金钏儿之死的态度，就可以看到宝钗这个大家闺秀，这个温柔和平的贵族小姐，其人性中有险恶成分，这种险恶又隐藏在识大体的外表之下。

我总觉得现在经过宝钗暗地里的活动，她、袭人和王夫人的“神圣同盟”已经逐渐形成。这个“神圣同盟”的宗旨就是实现“金玉良缘”，阻止“木石前盟”。袭人为了改变自己卑贱的命运，靠着无微不至地关怀宝玉，靠着向王夫人打小报告、进谗言，从而达到做“宝二姨娘”的目的，还可以理解，但是，作为千金小姐的宝钗如此千方百计地讨好一个丫鬟，睁眼说瞎话地讨好王夫人，是不是有失自尊？

宝玉挨打

——第三十三回　手足耽耽小动唇舌　不肖种种大承笞挞（上）

这一回回目的前一句话是宝玉的兄弟贾环虎视眈眈，寻隙陷害宝玉，终于找到机会在贾政跟前进谗言，惹得贾政大怒；后一句是宝玉被揭发出几种“罪状”，最后被严厉的父亲用板子狠狠地打了一顿。

“宝玉挨打”是《红楼梦》中继“秦可卿之死”“贾元春归省”后不算很大，也不算很小的家庭事件。就像一出折子戏，根据戏曲矛盾冲突的需要，一个个人物依次登场，按照和宝玉关系的远近做出不同的表现，人各一面，非常生动。

“那红汗巾子怎么到了公子腰里？”

听到金钏儿自杀的消息后，王夫人把刚和贾雨村会过面的宝玉数落了一顿。宝玉听到金钏儿自杀的消息，“五内摧伤”，从母亲那里出来之后，“茫然不知何往”，只信步走着，没想到一头撞到贾政怀里。贾政喊了一声“站住”，他吓了一跳，抬头一看，发现是父亲，只好垂手站在一边。贾政说：“好端端的，你垂头丧气嗐些什么？方才雨村来了要见你，叫你那半天才出来；既出来了，全无一点慷慨挥洒谈吐，仍是葳葳蕤蕤。我看你脸上一团思欲愁闷气色，这会子又咳声叹气。你那些还不足，还不自在？无故这样，却是为何？”

宝玉虽然平时口齿伶俐，但他此时正一心为金钏儿感伤，恨不得跟了金钏儿去，如今见了贾政说这些话，却好像不曾听见一般，只是怔怔地站着。

此时，贾政仅仅是教训儿子几句，并没想收拾他，却没想到更麻烦的事来了。有人汇报，忠顺王府长史官[1]来了。贾政感到很奇怪，暗忖自家向来和忠顺王府没有来往，今日来人到这儿干什么？一面想，一面说“快请”。见面后，忠顺王府长史官开口就说，我这次是奉王命来的，有一件事相求。贾政赶紧赔笑起身说：“大人既奉王命而来，不知有何见谕，望大人宣明，学生好遵谕承办。”对亲王，贾政那是一点儿都不敢掉以轻心。长史官冷笑道：“也不必承办，只用大人一句话就完了。我们府里有一个做小旦的琪官，那是奉旨由内园赐出，只从出来，好好在府里，住了不上半年，如今竟三五日不见回去，各处去找，又摸不着他的道路，因此各处察访。这一城内，十停人倒有八停人都说，他近日和衔玉的那位令郎相与甚厚。……王爷亦云：‘若是别的戏子呢，一百个也罢了；只是这琪官乃奉旨所赐，不便转赠令郎。’若十分爱慕，老大人竟密题一本请旨，岂不两便？若大人不题奏时，还得转谕令郎，请将琪官放回，一则可慰王爷谆谆奉恳，二则下官辈也可免操劳求觅之苦。”

简直是晴天霹雳，戏子是皇帝赏给忠顺王爷的，现在却要求贾政给皇帝上奏本，要求把琪官转赠给贾宝玉，岂非天方夜谭？

---

1 长史官：总管王府内事务的官吏。——编者注

长史官一口咬定琪官是被宝玉弄走了。贾政马上把宝玉叫来，训斥道："该死的奴才！你在家不读书也罢了，怎么又做出这些无法无天的事来！那琪官现是忠顺王爷驾前承奉的人，你是何等草芥，无故引逗他出来，如今祸及于我。"贾政骂宝玉闯了祸，连累到自己，这真应了王夫人对黛玉说的话——宝玉是"孽根祸胎"。宝玉一开始还想瞒天过海，含糊其词地说，我不知道这事，我连"琪官"是什么东西都不知道，怎么会引逗？说着就哭了。长史官没等贾政开口，就说："公子也不必掩饰。或隐藏在家，或知其下落，早说了出来，我们也少受些辛苦，岂不念公子之德？"宝玉还是说不知道："恐是讹传，也未见得。"长史官冷笑道："现有据证，何必还赖？必定当着老大人说了出来，公子岂不吃亏？既云不知此人，那红汗巾子怎么到了公子腰里？"宝玉听了，吓得"目瞪口呆"，怕他再说出别的事来，只好把琪官现在的住址交代出来。贾政听到这些话，气得"目瞪口歪"。堂堂荣国府公子，不但和戏子交朋友，竟然还交换内衣腰带，这让荣国府多没面子！而得罪了忠顺王爷，又可能影响到荣国府的安危和贾政的仕途。

琪官身上的秘密

忠顺王府来要琪官，是宝玉挨打的主因。那么，琪官身上到底隐藏着什么秘密，以致贾政对宝玉如此大动干戈？

这个秘密就是：忠顺王爷寻找琪官，反映的是清代"男风"在皇室中的蔓延。

琪官其实是王爷的同性伙伴。而达官贵人与男艺人同性相恋是清代社会风气之一。

冯其庸先生《瓜饭楼重校评批红楼梦》引用了赵翼《檐曝杂记·梨园色艺》中的一段话："京师梨园中有色艺者，士大夫往往与相狎。庚午、辛未间（按：乾隆十五年至十六年［1750—1751］），庆成班有方俊官，颇韶靓，为吾乡庄本淳舍人所昵。本淳旋得大魁。后宝和班有李桂官者，亦波峭可喜。毕秋帆舍人狎之，亦得修撰。故方、李皆有状元夫人之目，余皆识之。二人故不俗，亦不徒以色艺称也。本淳殁后，方为之服期年之丧。而秋帆未第时颇窘，李且时周其乏。以是二人皆有声缙绅间。后李来谒余广州，已半老矣。余尝作《李郎曲》赠之。"意思是：乾隆时两个达官贵人——状元郎庄本淳和翰林院修撰毕秋帆，都和男艺人同性相恋，这两位男艺人因此获得"状元夫人"的称号。另外，乾隆时的和珅也有断袖之癖。《燕兰小谱》记载，京班艺人魏长生车骑若列卿，出入和珅府第，"阿翁瞥见也魂消"。"阿翁"指的就是和珅。可见，当时的达官贵人狎昵男艺人，是常有的事。《聊斋志异·黄九郎》一篇就对巡抚与九郎的同性恋情做了淋漓尽致的描写。

当时的艺人皆以"某某官"称呼，宝玉之友叫琪官，大观园女伶叫芳官、龄官、豆官等。

这里又牵涉到《红楼梦》的版本问题。中国艺术研究院红楼梦研究所多人多年校订的本子，主要依据庚辰本，长史官对贾政说的是"我们府里有一个做小旦的琪官，一向好好在府里"，而列宁格勒藏本却是"我们府里有一个做小旦的琪官，那是奉旨由内园赐出，只从出来，好好在府里"，看影印本，"赐"是把"肠"的偏旁加了两个点，看来，抄手文化水平不高。因为有了皇帝"赐出"，才有了长史官盛气凌人地要求贾政向皇帝上奏本，让皇帝下旨把琪官转赠宝玉的文字，这样宝玉的罪过也就更重了。

列宁格勒藏本的文字说明宝玉“流荡优伶”，直接影响到了国公府的政治安全，所以贾政才会痛下狠手。

贾环的致命一击

长史官走前给贾宝玉撂下一句话：我现在就去找，若找不着，还要来找你。气晕了的贾政送他出去时，命令宝玉：“不许动！回来有话问你！”如果贾政送走长史官之后直接回来询问，宝玉如实交代一番，可能被父亲臭骂一顿也就算了，谁想到，转眼之间，他又遭到了更加致命的一击，那就是回目中提到的“手足眈眈小动唇舌”——贾环告了哥哥的刁状。

不久前，贾环故意把油汪汪的蜡烛推到宝玉的脸上，想烫瞎哥哥的眼睛。宝玉为了保护庶出的弟弟，就在贾母跟前说是自己不小心烫的，但是地狱里都是些不知道感恩的灵魂，贾环虎视眈眈地还要找机会陷害哥哥。贾政送走长史官后，看到贾环领着小厮乱跑，就喝令自己的小厮“快打，快打”。贾环看到父亲，吓得骨软筋酥，低头站住。贾政问：“你跑什么？带着你的那些人都不管你，不知往那里逛去，由你野马一般！”喝令跟贾环上学的人过来。贾环一看，父亲正在盛怒之中，就趁机陷害宝玉。他先是说：“方才原不曾跑，只因从那井边一过，那井里淹死了一个丫头，我看见人头这样大，身子这样粗，泡的实在可怕，所以才赶着跑了过来。”这段话听来，似乎是个没有见识的孩童看到尸体很害怕，因而语无伦次，实际上贾环已经埋下伏笔，准备让父亲暴跳如雷。

贾政听了很惊疑，好端端的，怎么会有人跳井？我家从来没有这样的事，如果叫外人知道，祖宗颜面何在？他马上叫随从把贾琏、赖大等人找来，询问原因。小厮们正要去叫时，贾环连忙上前拉住贾政的袍襟，贴膝跪下说："父亲不用生气。此事除太太房里的人，别人一点也不知道。我听见我母亲说……"说到这里，就左看右看。贾政马上明白，贾环不想让人听到他说的话，就向小厮们使个眼色，小厮们便都往两边后面退去。贾环悄悄地说："我母亲告诉我说，宝玉哥哥前日在太太屋里，拉着太太的丫头金钏儿强奸不遂，打了一顿。那金钏儿便赌气投井死了。"请注意这个"悄悄"，一个十岁左右的孩子，诬陷别人时是多么轻车熟路！他先是在父亲跟前贴膝跪下，然后又"悄悄"地说话，说明他的话特别重要，仍然不能叫远处的小厮们听到。

其实贾政在贾环开口说话的时候，就应该掌他的嘴。为什么？因为贾环明明白白地说了两次"我听我母亲说"，按照封建礼教的规定，贾环的母亲只能是王夫人，生母只能叫"姨娘"，探春对这一点就分得清清楚楚。讲究礼法规矩的贾政居然容忍贾环这样说，说明他十分宠爱人品不怎么样的赵姨娘，娇惯这个形容猥琐的儿子，可是这又置王夫人于何地呢？

贾环告刁状，贾政气得面如金纸，命令拿绳子来，捆上宝玉，拿板子下死手地打。

"明日酿到他弑君杀父，你们才不劝不成！"

宝玉挨打，是父子二人矛盾的大爆发。遗传学好像失灵了，贾政和贾宝玉是两种完全不同的人。贾政是什么人？在贾府"文"字辈中，贾敬和道士胡羼，不务正业；贾赦和小老婆喝酒，胡作非为；只有贾政酷爱读书，一心上进，最正派、最正统。贾政是第一代荣国公贾源最疼的孙子，第二代荣国公贾代善最爱的儿子，一直跟父亲一起住。贾代善去世后，他继续受史太君偏爱，住荣国府正房，而袭了荣国公衔的贾赦只能住东院。荣国公对贾政寄予了很大期望，可惜贾政既不能承袭荣国公衔，也没能以科举出身，只被皇帝赏了个小官，从主事升到员外郎，不过从五品，还没有贾赦给贾琏捐的府同知和贾珍给贾蓉捐的龙禁尉级别高。那两位花花公子都是正五品。封了贤德妃的贾元春可能太贤德了，也没像杨贵妃那样给父亲要个大点儿的官。在这种情况下，贾政特别在意仕途经济，一心想让下一代走正途出身。最争气的儿子贾珠早死，小儿子贾环不成器，贾政便把希望寄托到贾宝玉身上。西方有一部著名小说《傲慢与偏见》，贾政最初对宝玉就有偏见。宝玉满一周岁时抓周，只抓了些脂粉钗环，贾政就认为他将来肯定是酒色之徒。其实，一岁小娃娃不过是什么好玩抓什么。不过后来宝玉不爱读书，不爱和为官做宰的人来往，只喜欢在姐妹堆里厮混，却是明明白白地摆在贾政面前的。贾政很失望，但他做梦也想不到，贾宝玉居然能“在外流荡优伶、表赠私物，在家荒疏学业、淫辱母婢”。他实在是气晕了。贾政跟王夫人一样颟顸，贾环诬陷宝玉，说赵姨娘如何说，难道贾政不知道他心爱的如夫人专门造谣生事，只有一些阴微鄙贱的见识？看来赵姨娘平时已给贾政吹了些关于宝玉的枕头风，这样，贾环诬陷宝玉才能只凭一面之词就变成铁案。因为赵姨娘的存在，有的点评家就把贾政叫作“假正”——假正经。

宝玉挨打，贾政悲痛愤怒，滥施威风，曹雪芹将这段情节描写得生动至极。听完贾环那番话，“贾政气的面如金纸，大喝：‘快拿宝玉来！’一面说，一面便往里边书房里去，喝令：‘今日再有人劝我，我把这冠带家私一应交与他与宝玉过去！我免不得做个罪人，把这几根烦恼鬓毛剃去，寻个干净去处自了，也免得上辱先人下生逆子之罪。’”。贾政把事件上纲上线为“上辱先人下生逆子之罪”，这番话是不是有埋怨王夫人，甚至埋怨贾母的意思？众门客仆从看到贾政气急败坏，谁也不敢说话，连忙退出。“那贾政喘吁吁直挺挺坐在椅子上，满面泪痕，一叠声：‘拿宝玉！拿大棍！拿索子捆上！把各门都关上！有人传信往里头去，立刻打死！’”一连三个“拿”字，好像台风刮来，暴雨骤至，看来，平时像砚台一样端端正正的政老爹这次确实气疯了。

中国古代有个说法：棍棒之下出孝子。看来老子打儿子是经常发生的事，但是能像《红楼梦》这样，把老子打儿子的前因后果、整个过程生动精彩地描绘出来的，还没在其他文学作品中看到过。

有的红学家说，宝玉挨打的实质是离经叛道的贵族青年与封建正统的卫道士之间的思想冲突。贾政后来说众人劝阻他，是要把宝玉酿到弑君杀父的地步，这确实说明宝玉的思想和贾政的思想是对立的。但是，贾政并没有掌握儿子那些真正离经叛道的言论，如果他知道宝玉把“文死谏，武死战”这种封建道德贬得一文不值，大概真的会把儿子活活打死吧。也有的红学家说，贾环进谗言，宝玉挨毒打，这种兄弟之间的矛盾，其实是有曹家原型的。当年曹雪芹的祖父曹寅兄弟之间闹矛盾，就惊动了康熙皇帝，并且直接写到了圣旨里面。这当然是题外话。

当贾政下令“拿宝玉”的时候，宝玉急得像热锅上的蚂蚁，想要找个人往里面送信，偏偏他身边连茗烟都不知道跑哪儿去了。看见一个老嬷嬷出来，宝玉就像得了珍宝一样，赶紧拉着她说：“快进去告诉：老爷要打我呢！快去，快去！要紧，要紧！”偏偏这个老嬷嬷是个聋人，把“要紧”听成了“跳井”，还笑说：“跳井让他跳去，二爷怕什么？”宝玉一看是个聋人，就说：“你出去叫我的小厮来罢。”这老嬷嬷又把“小厮”听成了“了事”，说：“有什么不了的事？老早的完了。太太又赏了衣服，又赏了银子，怎么不了事的！”这一段，似乎是个喜剧性插曲，却给整个紧张场面增加了一点儿和缓因素。有成就的小说家，写小说时总会有张有弛。

宝玉挨打，金钏儿之死和琪官事件是主要原因。而在贾政眼里，所谓逼淫母婢的严重性远远不及和琪官交往。金钏儿的事虽然严重，但跟戏子，特别是王爷家的戏子交往，还是要严重得多。一方面，宝玉不肯和贾雨村等为官做宰的人交往，却和优伶交往，是不成才；另一方面，宝玉和忠顺王府的戏子交往，威胁到了国公府的安全。有的红学家说，宝玉挨打是封建主义势力和民主自由平等思想矛盾的大爆发。

宝玉被他爹抓进去，按在凳子上，还堵起嘴来，不让他喊。小厮打了十来下，故意高高举起，慢慢落下。贾政嫌打轻了，一脚踢开掌板的，自己夺过来，咬着牙狠命地打了三四十板。一个十三四岁的小男孩，已经挨了十来下比较轻的，又被亲爹使上吃奶的劲儿打了三四十板重的，门客看着打得不祥，赶紧上来劝，上手夺。贾政不听，说：“你们问问他干的勾当可饶不可饶！素日皆是你们这些人把他酿坏了，到这步田地还来解劝。明日酿到他弑君杀父，你们才不劝不成！”贾政很会上纲上线，说宝玉再这样发展下去，就要弑君杀父了。门客一听，知道贾政确实气急了，只好赶紧找人往里面送信。

贾政下跪

——第三十三回　手足眈眈小动唇舌　不肖种种大承笞挞（下）

宝玉挨打之所以写得好，是因为虽然这只是一件老子打儿子的寻常小事，却写活了封建家庭内部的矛盾和各种人情世态。

宝玉挨打，引出了贾府各色人物的反应。王夫人和贾母先后登场，都来救宝玉，两人的方式方法各有不同：王夫人是站在嫡妻立场上，既对贾政晓以利害，又对贾政动以夫妻之情，有“夫为妻纲”的封建道德管着，她只能搜肠刮肚地想出各种言辞可怜兮兮地求贾政；而贾母则站在把孙儿当命根子的立场上，对贾政滥施家长权威。

之前贾瑞半夜赴约被冻回来，贾代儒让他跪在地上忏悔，并罚他做十天功课。按说，这次宝玉犯了那么大错误，贾政打过他后，也应该像贾代儒那样，让宝玉跪地忏悔，罚做功课。结果却完全出人意料，不是宝玉下跪——他也伤得爬不起来了，而是贾政下跪，并且是一次又一次地下跪。

为什么会出现如此滑稽的场面？因为贾政头上还有个太上家长、贾府的“宝塔尖”——贾母。

贾政的封建专制家长的狰狞面目是通过打宝玉板子表现出来的，贾母的封建家庭太上皇的面目则是通过训斥贾政表现出来的。贾政想通过打板子把宝玉引上“正路”，却没想到一顿板子“打”掉了自己对儿子的管教权，使得宝玉在祖母的溺爱下，在叛逆的路上继续奔跑。

正室夫人以死要挟

王夫人听说儿子被打，来不及汇报贾母，便慌忙出来，也不管这边有没有人，忙忙地赶到书房，吓得众门客、小厮等躲避不及。王夫人一来，贾政火上浇油，板子打得更狠。这说明贾政对王夫人不以为然，认为她太宠宝玉。按说王夫人来救儿子理所当然，但是王夫人不敢说是来救宝玉的。她先说，宝玉该打，但老爷不要气坏身子，然后抬出贾母：“打死宝玉事小，倘或老太太一时不自在了，岂不事大！”没想到贾政连这个理由都不接受，说我养了这样的儿子，已经不孝，干脆勒死他算了。这时，王夫人才说：“老爷虽然应当管教儿子，也要看夫妻分上。我如今已将五十岁的人，只有这个孽障，必定苦苦的以他为法，我也不敢深劝。今日越发要他死，岂不是有意绝我。既要勒死他，快拿绳子来先勒死我，再勒死他。我们娘儿们不敢含怨，到底在阴司里得个依靠。”正室夫人以死要挟。王夫人这样说，当然是出于对宝玉的疼爱，但她也提到“岂不是有意绝我”，言外之意，你打死我的亲生儿子，是想留着赵姨娘的儿子做继承人。贾政听了这句话，长叹一声，坐下来哭了。贾政听出来王夫人话里有话，即便他再恼恨这个儿子，也无可奈何了。王夫人一看，宝玉被打得“面白气弱”，小衣全是血渍，从屁股到腿，“或青或紫，或整或破”，没有一点儿好地方，更加心疼，就哭“苦命的儿”，一哭“苦命的儿”，又想起死了的大儿子，就叫着“贾珠”的名字，说："若有你活着，便死一百个我也不管了。"由被打得奄奄一息的小儿子，想到不幸早死的大儿子，合情合理，符合母爱逻辑。

王夫人先是把延续荣国府香火和保护嫡妻地位联系起来说服贾政，最后又使出撒手锏，借哭贾珠保护贾宝玉，可以说为了保护儿子，真是无所不用其极。当王夫人劝说贾政不要打宝玉时，凤姐、李纨、迎春、探春、惜春等都过来了。一听到王夫人哭贾珠，别人还可以忍受，唯有李纨禁不住也放声哭了。贾政听了，泪珠更像滚瓜一般滚了下来。

看到这个地方，读者是不是也有点儿同情贾政这个父亲？原本有一个那么争气、那么好的儿子，既孝顺父母，又早早地有了功名、有了儿子，却不幸英年早逝。而眼前这个指望着光宗耀祖的儿子，却被祖母和母亲娇惯成这样，自己要教训他，也被发妻拦着，以死相拼。这个父亲是不是也有点儿可怜？

"可怜我一生没养个好儿子"

就在这时，丫鬟报告"老太太来了"——宝玉救苦救难的"观世音菩萨"来了。

如果说贾政是以泰山压顶般的板子对付宝玉，那么，贾母就是用泰山压顶般的语言对付贾政。

按说以国公府老太君的修养，贾母即便赶过来救孙子，也该先找儿子问个清楚，然后再表示：宝玉该打，适当管教有必要，但不能下这样的狠手。

但是那样做，《红楼梦》还能写下去吗？大观园的诗会还能出现吗？

曹雪芹这个小说家之可贵，就是他绝对不按常理出牌。

贾母人还没到，就先从窗外传来颤巍巍的一句话："先打死我，再打死他，岂不干净了！"为什么是"颤巍巍的声气"？就是因为尊贵的一品诰命夫人、七十多岁的老太太为了宝贝孙子，着急忙慌地从后面深宅内室快步赶到靠近宁荣街的贾政书房，还一边走一边气呼呼发话。"颤巍巍"既是形容她走得气喘吁吁，也是形容她非常生气。

而且贾母说的话多奇怪？爹打儿子，必须先打死奶奶。

贾母的话，在中国家庭教育史上，算得上前无古人，后无来者。

有这么不讲理的吗？贾母就是这么不讲理。她不讲理，她的儿子还得服从她。

看到这类描写，我就联想到老子的话："治大国，若烹小鲜。"家庭关系，就像国际关系一样，此处贾母讲的明明是歪理，贾政却不能不俯首听命，因为贾母才是贾府的"超级大国"。

贾政看老母亲都被惊动了，心里不安，马上躬身赔笑："大暑热天，母亲有何生气亲自走来？有话只该叫了儿子进去吩咐。"贾母听说，便止步喘息了一会儿，然后厉声说道："你原来是和我说话！我倒有话吩咐，只是可怜我一生没养个好儿子，却教我和谁说去！"这是贾母气极的话，也是她的撒手锏。她为了维护孙子，说儿子不孝，她没养个好儿子。封建宗法制最讲究母慈子孝，贾母把贾政从封建家长地位拉到忤逆之子位置，比宝玉还低。曹雪芹还给贾母说话加了个形容词——"厉声"。贾母此前在《红楼梦》里说话，哪一次不是温和、诙谐，话中带笑，春风化雨般的？黛玉是"心肝儿肉"，宝玉是"好宝贝"，凤姐是"凤辣子"，现在对亲生儿子，有官职的儿子，却"厉声"说话了。贾母是要在声势上先压他一下！

贾母这样说话，贾政怎么受得了，他连忙跪下磕头：“为儿的教训儿子，也为的是光宗耀祖。母亲这话，我做儿的如何禁得起？”贾政的形体动作，从躬身赔笑变为跪下磕头。按说当着众人，当着肯定还在窗外围观听信儿的众门客，做母亲的应该给儿子留个面子，叫他“起来，有话好好说”，但贾母却没这样做，而是任凭儿子在那儿跪着，还马上啐他一口：“我说了一句话，你就禁不起，你那样下死手的板子，难道宝玉就禁得起了？你说教训儿子是光宗耀祖，当初你父亲是怎么教训你来！”

贾母又上纲上线：贾政不仅不是好儿子，还是没有继承上辈教育子女优秀传统的逆子。看来当初荣国公对儿子们是“循循善诱加板子伺候”，而贾政只学到了打板子。

贾政说一句话，他母亲就有两句话把他顶回去，不依不饶，寸步不让。其实按照当时贾政了解的宝玉的“罪行”——表赠优伶，逼淫母婢，宝玉确实该打。按照封建礼教，贾政应该顺从母亲，贾母也应该尊重贾政的父权。但是贾母不管这个，她说打宝玉就是跟她过不去，接着还说：“你也不必和我使性子赌气的。你的儿子，我也不该管你打不打。我猜着你也厌烦我们娘儿们。不如我们早离了你，大家干净！”

贾母话外有话：你打宝玉，是因为讨厌王夫人和她生的儿子，疼爱小老婆和贾环，那么我干脆带着王夫人和宝玉回南京，你心里就干净了。贾母岂不是偷换概念？贾政打宝玉，本来是因为他不“上进”，教育他改邪归正、光宗耀祖，结果贾母这样一歪派，就好像不是宝玉犯了错误，他爹教育他，而是贾政寻衅闹事，和母亲、妻子、儿子作对，让老母亲在贾府连站脚的地方都没有了。贾母确实厉害。父亲打儿子，怎么就让奶奶没了立足之地？岂不是没理反缠？还缠得振振有词，缠得儿子跪在地上苦苦磕头求饶，声明今后再也不敢打宝玉了。这样一来，贾政打宝玉的结果，就是贾母接管了宝玉的教育权。

贾母对贾政说，可怜她没养个好儿子。因为宝贝孙子被打，心疼得像摘了心肝儿一般的贾母脱口而出的这句话，连没打她孙子的贾赦也给“一锅煮”了。贾母很可能是情急出真言，说出了埋在心底的真心话，要不然黛玉进府时，贾母也不可能对她脱口而出“我这些儿女，所疼者独有你母”。精明的贾母早就发现，两个儿子，不管是贾赦还是贾政，都不及女儿贾敏孝顺。

贾母本是个雍容典雅、慈祥和蔼的老太太，因为宝玉被打，居然跟亲生儿子玩起了指桑骂槐，表面上似乎是在安慰王夫人，实际上则是对贾政连讽带刺：“你也不必哭了。如今宝玉年纪小，你疼他，他将来长大成人，为官做宰的，也未必想着你是他母亲了。你如今倒不要疼他，只怕将来还少生一口气呢。”贾政听到这些话，连忙朝贾母叩头，哭着说：“母亲如此说，贾政无立足之地。”贾政是个孝子，只不过比较笨拙，他还是希望母亲收回“没养个好儿子”的话，所以哭着说，母亲这样说，我连立足之地都没有了。贾母还要把他的话顶回去，冷笑着说：“你分明使我无立足之地，你反说起你来！只是我们回去了，你心里干净，看有谁来许你打。”这句话等于明说，你打宝玉，就是想轰走结发妻子和嫡子，轰走袒护他们的你的老娘，你好一心一意地跟小老婆母子过。贾母说完，马上吩咐打点行李、车轿，要带着宝玉和王夫人回南京。贾政只能苦苦叩头认罪。

贾母是个敏感的老太太，她似乎隐约感到宝玉挨打这件事有赵姨娘和贾环的手脚——当然宝玉遭受巫蛊、挨打，确实是赵姨娘和贾环从中作祟。贾母在气头上也没有捅破这层窗户纸，只用“我们回去了，你心里干净”来敲打贾政，贾政不会听不明白。

贾母施这番威风时，还没看到宝玉被打成了什么样子，如果她先看到宝玉被打的状况，恐怕教训贾政的话会更不客气。贾母对贾政施完威风，进来看宝玉，只见宝贝孙子这次确实被打重了，不禁“抱着哭个不了”。王夫人和凤姐等解劝了一会儿，才渐渐止住了。接着，曹雪芹写道：“早有丫鬟、媳妇等上来，要搀宝玉，凤姐便骂道：‘糊涂东西，也不睁开眼瞧瞧！打的这么个样儿，还要搀着走！还不快进去把那藤屉子春凳抬出来呢。’”

凤姐叱骂下人，既说明宝玉被打得很重，也说明凤姐遇事总是会妥当处理。藤屉子春凳，讲究的贵族家庭一般用花梨木制作，四周是大约十厘米宽的木板，中间用高级藤皮编织，适合夏季躺在上面休息，是抬受伤宝玉的最佳用品。贾母和王夫人都为宝玉被打心焦得不得了，为什么嫡亲的母亲和祖母都想不到什么办法赶紧把宝玉弄进贾母的上房，反倒是嫂子想到了？因为贾母年老，又气晕了头，而王夫人是块木头，只有凤姐事事留心，眼明嘴快，急中生智，想出用藤屉子春凳抬人的办法。曹雪芹写人物，总是通过这些细如发丝的细节，针针见血。凤姐就是能在众人束手无策时果断出手，解决难题，协理宁国府大事是这样，处理日常生活中小事也是这样；宝玉挨打时是这样，鸳鸯抗婚时还是这样。像这样的孙媳妇，想叫贾母不喜欢、不依赖、不偏袒都难。

贾母惦记着宝玉，得先看看宝贝孙子被打成了什么样子，所以并没有吩咐跪在那儿的贾政起来，看来他是自己讪讪地站起来，跟着贾母走的。贾母带着人把宝玉抬回自己的上房。贾政看到母亲还在生气，只得也跟进来，看看宝玉，确实打重了；再看看王夫人，在那里“‘儿’一声，‘肉’一声”地哭泣，而且数落道：“你替珠儿早死了，留着珠儿，免你父亲生气，我也不白操这半世的心了。这会子你倘或有个好歹，丢下我，叫我靠那一个。”贾政听了，也后悔不该下这样毒手。他还得劝母亲，贾母这时才说：“你不出去，还在这里做什么！难道于心不足，还要眼看着他死了才去不成！”儿子不挨训就不能走，这是封建大家庭的规矩。

此时一群人来看宝玉，有薛姨妈、宝钗、香菱、袭人、史湘云。这里面少了一个人，是谁呢？跟宝玉最知心的黛玉。袭人心里很委屈，见很多人围着，在凤姐的指挥下，打扇的打扇，灌水的灌水，自己插不进手去，就走到二门前，找了茗烟来问：为什么打起来？茗烟说，是为了琪官和金钏儿姐姐的事。袭人说，老爷怎么知道的？茗烟说，琪官的事，多半是薛大爷吃醋，在外面挑唆了人，在老爷跟前下的火；金钏儿的事是三爷说的。“下火”是句口语，就是进谗言的意思。

茗烟非常明确地告诉袭人，金钏儿的事是贾环说的。茗烟还告诉她，他是听老爷的人说的。所以，这是板上钉钉的。袭人听了，心里明白了八九分。贾母说，好好把宝玉抬到他房里去。众人忙把宝玉抬回“怡红院内自己床上卧好。又乱了半日，众人渐渐散去”，袭人才进来服侍。

袭人是怎么服侍宝玉的？宝玉挨打又会给袭人带来什么样的机遇呢？

袭人下谗言，阿呆揭老底

——第三十四回　情中情因情感妹妹　错里错以错劝哥哥（上）

这一回的回目《情中情因情感妹妹　错里错以错劝哥哥》工整别致，当年曹雪芹拟出这个回目时，一定非常得意。长篇小说的回目连出六个叠字，像写对联一样，一般作家都不敢这样做。曹雪芹既是故意求巧，又恰当地把这一回的内容揭示了出来。

“情中情因情感妹妹”是什么意思？宝玉挨打后，黛玉很心痛，她来看宝玉，哭得眼都肿了。宝玉非常感动，便派晴雯给黛玉送旧手帕。这手帕是当初他们吵架，黛玉摔到他怀里的。黛玉看到手帕，领悟出里面的意思，于是写下《题帕诗》，这是黛玉的爱情宣言。

“错里错以错劝哥哥”又是什么意思？茗烟推测宝玉挨打是因为薛蟠对宝玉和蒋玉菡的关系吃醋，便找人给贾政进谗言。袭人相信了这个推测，并且告诉了宝钗。宝钗虽然帮助哥哥开脱，但是也相信这个推测。她回去告诉了母亲，薛姨妈便因此事教育儿子，宝钗也劝哥哥以后少在外面管闲事，结果惹得薛蟠火冒三丈，大闹一场。

“情中情因情感妹妹，错里错以错劝哥哥”，是这一回回目的主要内容，表面上看，这两部分内容不具有同等性，前一部分内容是宝黛爱情的重要进展，后一部分内容似乎只是薛家兄妹口角，但仔细琢磨后却可以发现，在薛家兄妹口角的背后，其实埋藏了“金玉良缘”的来龙去脉，这和《红楼梦》的主角贾宝玉的命运发生了联系。

这一回还有一个相当重要的内容没被写上回目，那就是花袭人向王夫人进谗言。在这一回中，黛玉、宝钗和袭人都做了精彩生动的表演。黛玉表演情痴，宝钗表演懂事、深沉和精致的利己主义，袭人则表演内心的阴暗和恶毒的利己主义。

稳重宝钗真情流露

宝玉被抬回怡红院，众人散去后，袭人便走到宝玉身边坐下，含着眼泪问他，怎么打到这个地步？宝玉说，不过是为那些事，问它做什么！宝玉做的那些事，比如，和丫鬟开玩笑，和戏子来往交换汗巾子，袭人都是知道的。袭人把宝玉的里衣脱下来，宝玉略动一动，就喊“哎哟”，如此三四次才褪了下来，这是因为有的伤处已经破皮，跟里衣粘到了一起。袭人看他的腿上又青又紫，都是四指宽的痕迹，已经肿起来，很是心痛，说：“我的娘，怎么下这般的狠手！”感叹贾政下手太狠，但她接着又说了句，“你但凡听我一句话，也不得到这步地位。”依袭人看来，宝玉挨打，是因为他没听自己的劝。她是怎样劝宝玉的？就是前几回所写，她埋怨宝玉不听宝钗、湘云的劝告，和为官做宰的人来往。袭人要安排宝玉的“正确”人生道路，这跟贾政是一致的。她又说：“幸而没动筋骨，倘或打出个残疾来，可叫人怎么样呢！”宝二爷被打残疾了，“宝二姨娘”当然尴尬。“叫人怎么样”里的这个“人”，主要是指袭人自己。

两人正说着，丫鬟们说“宝姑娘来了”，袭人来不及给宝玉穿上里衣，就拿了一床袷纱被给宝玉盖了。宝钗手里托着药丸进来，对袭人说：“晚上把这药用酒研开，替他敷上，把那淤血的热毒散开，可以就好了。”又问宝玉，“这会子可好些？”宝玉赶紧道谢说“好些了”，又让座。宝钗像不像医院的护士，照顾病人及时周到，别人挨了打马上送来棒疮药，真是及时雨。宝钗看到宝玉睁开眼说话，但是有气无力的，就点头叹息：“早听人一句话，也不至今日。”这话多像刚才袭人说的，你要早听我的劝告，去和贾雨村那些为官做宰的人来往，不和丫鬟、戏子们来往，不就不会挨打了！接着宝钗流露出对宝玉的真正感情，不仅是表姐关心表弟，还是青春美少女关心青春美少年：“别说老太太、太太心疼，就是我们看着，心里也……”刚说了半句，又咽住了，后悔自己说急了，就红了脸，低下头来。她毕竟是个十五岁多点儿的女孩，一下子表现出对一个男孩这么关心，觉得很不好意思，因为这不符合大家闺秀的身份。

宝钗的这番话，有的版本是：“别说老太太、太太心疼，就是我们看着，心里也疼。”宝钗这样直接把“心里也疼”说出来，太直白了，缺少她应有的含蓄。“心里也”后面用省略号，更有韵味，更加出彩。宝玉平时听到宝钗劝自己读书做官，都很生气，但是这次宝钗说“早听人一句话，也不至今日”，宝玉反而没生气，为什么？因为他被宝钗情不自禁流露出来的神态感动了。见宝钗心疼自己，宝玉连疼痛都忘了，心想：“我不过挨了几下打，他们一个个就有这些怜惜悲感之态露出，令人可玩可观，可怜可敬。假若我一时竟遭殃横死，他们还不知是何等悲感呢！既是他们这样，我便一时死了，得他们如此，一生事业纵然尽付东流，亦无足叹惜。”宝玉真是情痴情种，自己被打得这么狼狈，美丽的表姐因为心疼自己动了真情，他想到的竟然是，有她们疼惜，自己即便死了也无足可惜。

宝钗问，好好的怎么就打起来了？袭人就把茗烟的话说了出来。茗烟说了什么话？薛蟠挑唆人在贾政跟前说宝玉和琪官的事，贾环在贾政跟前说金钏儿的事。袭人把贾环告状的事也跟宝钗说了，看来她十分记恨这件事，但是后来在王夫人跟前，她却一个字也没提。

宝玉原来不知道弟弟告了自己的状，如今知道，他没有忙着替弟弟说话，而是先给薛蟠打掩护，说："薛大哥哥从来不这样的，你们别混猜度。"宝玉这样说，既出于他深知薛蟠个性，也出于兄弟情深，更出于担心宝钗心中不快。宝钗一听，就暗自感叹，自己都被打成这样了，还关心别人。你既然这么细心，为什么不在外面的大事上多下点儿功夫？老爷也高兴，你自己也不会吃这么大的亏。宝钗时时想着的，还是怎样把宝玉拉到读书做官的"正途"上来。她想，你固然怕我多心，拦住袭人说我哥哥的话，难道我还不知道我哥哥平时是怎样任性妄为的吗？当日为了一个秦钟，还闹得天翻地覆，现在自然比先前更厉害了。

当日为了秦钟闹得天翻地覆，是通过宝钗的心理活动交代出来的，小说中没有这个情节。从宝钗的内心活动可以发现，曹雪芹对《红楼梦》的五次增删，确实删掉了很多原来的笔墨，比如，第九回"闹学堂"一事后，原来还有薛蟠打闹的情节。宝钗自己琢磨透了之后说："你们也不必怨这个，怨那个。据我想，到底宝兄弟素日不正，肯和那些人来往，老爷才生气。就是我哥哥说话不防头，一时说出宝兄弟来，也不是有心调唆。"看看，多会措辞！这番话说得光明正大，又有分寸，但仔细听听，错在谁？错在宝玉，是宝玉素日不正，和那些人来往，所以该打；至于我哥哥，他如果说出来，也不是有意的。然后她又说："袭姑娘从小儿只见宝兄弟这么样细心的人，你何尝见过天不怕地不怕、心里有什么口里就说什么的人。”宝钗又教训了袭人一顿，虽然似乎是商量的语气。袭人听了，很是惭愧。宝钗接着起身对宝玉说，我明天再来看你吧。袭人把她送到院外，说：“姑娘倒费心了。改日宝二爷好了，亲自来谢。”袭人很懂道理，宝钗关心宝玉，丫鬟是没权利感谢的，得等宝二爷好了，自己亲自登门感谢。宝钗回头笑道：“有什么谢处。你只劝他好生静养，别胡思乱想的就好了。”什么意思？大概她心里有数，宝玉被打，肯定得琢磨自己被打的原因，正如后面所写，宝玉一时“看到”金钏儿来诉说为他投井之情，一时“看到”蒋玉菡来诉说自己被抓一事。这句话可能还有一层意思，就是你躺在这里养伤就行，不要再想林妹妹了。估计宝钗更是担心得胡思乱想，她接着说“不必惊动老太太、太太众人”，为什么？她自己关心宝玉，送了药，但又不想让他人知道她的关心、她对宝玉有什么想法，看来，宝钗很注意保护自己的机密。另外，宝钗又说“倘或吹到老爷耳朵里，虽然彼时不怎么样，将来对景，终是要吃亏的”，是不是在暗示袭人，茗烟说的宝玉挨打的原因，就到此为止，千万不要再往外传了，免得惊动老太太和太太去追查，再吹到老爷耳朵里就不好了，那样宝玉会更吃亏。说到贾政，按照常理，宝钗应该叫他“姨爹”，薛蟠就叫“姨爹”，黛玉则叫“舅舅”，而她居然按贾府内部人的口气叫他“老爷”，似乎已经以贾府内部人自居。曹雪芹的用词真是特别微妙！之后，袭人在王夫人问起宝玉挨打的原因时，果然对薛蟠和贾环的话只字不提，可能就是受了宝钗的这次“指点”。

袭人绵里藏针，准确出招

王夫人派人来，说太太叫一个跟二爷的人。袭人听说，“想了一想”。她在想什么？估计她在想可逮到向王夫人好好进言的机会了。她打算进什么言？防止宝玉、黛玉之间出现“丑祸”之言，她要对付黛玉。这是我根据后面情节做出的分析。

她告诉晴雯等人好生在房里伺候，她去了就来。王夫人见到袭人，就说：“不管叫个谁来也罢了。你又丢下他来了，谁服侍他呢？”王夫人并没指名叫袭人来，只是说叫个跟宝玉的人，谁来都可以。袭人说：“二爷才睡安稳了，那四五个丫头如今也好了，会服侍二爷了。”袭人不仅擅长打小报告，还会打击别人，抬高自己。她贬损其他丫鬟原来都不会服侍，如今在她的带领下都会服侍了。她又说：“恐怕太太有什么话吩咐，打发他们来，一时听不明白，倒耽误了。”别人来都听不明白，只有你袭人来才能听明白，这不是在说其他丫鬟都不如你？其实除此之外，袭人的真实内心是，如果叫她们来，只是汇报宝玉的伤情，就不能像我一样把心里话好好跟太太说说。王夫人问宝玉疼得怎么样了，袭人说，宝姑娘送去的药，我给二爷敷上，比原来好一些了。袭人想成全“金玉良缘”，便在关键时刻向王夫人报告宝钗怎样关心宝玉，向王夫人造舆论，给宝钗记头功。

王夫人又问，吃了什么没有？袭人说，喝了点汤，又说渴得慌，要喝酸梅汤。我想酸梅汤是收敛的东西，挨了打，热毒散不出来，就找了糖腌的玫瑰卤子和了点儿给他喝。王夫人说，你怎么不早点来告诉我？前儿有人送了两瓶香露来，一碗水里挑上一茶匙，就香得不得了。说着就唤彩云：“把前儿的那几瓶香露拿了来。”王夫人之前打金钏儿，就是因为金钏儿告诉宝玉到东小院子里去拿彩云和贾环。金钏儿只是和宝玉开了句玩笑，就被一巴掌“打到井里”，而和贾环胡搞的彩云却还在王夫人身边得宠，后面她还会偷几瓶香露给贾环。香露是元春送的，上面有皇宫的鹅黄标志。

袭人答应了，眼看没有机会跟王夫人讲自己想讲的话，就准备回去。这时王夫人叫住她，说我有话问你。王夫人见屋里没人，便问道：“我恍惚听见宝玉今儿挨打，是环儿在老爷跟前说了什么话。你可听见这个了？你要听见，告诉我听听，我也不吵出来教人知道是你说的。”王夫人想调查是不是贾环陷害宝玉的。她跟袭人交底：不管你打什么小报告，都会烂在我心里。袭人于是就放心大胆地向王夫人进谗言了。王夫人明明问的是贾环是不是在贾政跟前说了宝玉什么话，袭人却回答：“我倒没听见这话。”奇怪！袭人为什么要掩护贾环？难道她和赵姨娘就是《红楼梦》里所说的“黑母鸡一窝儿”？估计袭人还是想让王夫人把注意力集中到黛玉身上，而且她不能因为这事得罪可以给贾政吹枕头风的赵姨娘。袭人说“我倒没听见这话”，令人毛骨悚然，此人太可恶了。接着，她又说了一句更加奇怪的话：“只听说为二爷霸占着戏子，人家来和老爷要，为这个打的。”忠顺王府长史官来找贾政，说外面的人传说琪官和衔玉的那位少爷来往密切；贾政打宝玉时也说他是“流荡优伶”，可以看到，不管是忠顺王府长史官，还是贾政，都没说宝玉是“霸占”戏子，那么为什么袭人要给他加上一个这么严重的罪名呢？王夫人摇头说：“也为这个，还有别的原故。”王夫人还是要调查到底贾环有没有说宝玉坏话。袭人一口咬定：“别的原故实在不知道了。”她明明知道贾环诬陷之事，却咬紧牙关就是不说，心机太可怕了。她又趁机向王夫人说黛玉坏话：“我今儿大胆在太太跟前说句不知好歹的话。论理……”说了一半咽住了，王夫人说你只管说，袭人接着说，“太太别生气，我就说了。”王夫人说：“我有什么生气的，你只管说来。”袭人说：“论理，我们二爷也须得老爷教训两顿。若老爷再不管，不知将来做出什么事来呢。”宝玉能做出什么事？他做过的事不就是和袭人“云雨”？不过，在袭人看来，少爷跟丫鬟发生关系，无关紧要，无伤大雅，少爷想婚姻自主却是大逆不道。这也是当时的社会风气。王夫人一听，什么事会关乎宝玉的前程？于是赶着叫袭人“我的儿”，说：“我何曾不知道管儿子……我已经快五十岁的人，通共剩了他一个，他又长的单弱，况且老太太宝贝似的，若管紧了他，倘或再有个好歹，或是老太太气坏了，那时上下不安，岂不倒坏了，所以就纵坏了他。”王夫人的立场就是她只有这一个儿子，如果这个儿子没了，那么贾环就成贾政的继承人了，她就要落到赵姨娘后面了。她接着说：“我常常掰着口儿劝一阵，说一阵，气的骂一阵，哭一阵，彼时他好，过后儿还是不相干，端的吃了亏才罢了。设若打坏了，将来我靠谁呢！”王夫人对儿子虽是真心疼爱，但儿子也确实是她在荣国府立足的保证。

袭人陪着王夫人落泪，又说：“二爷是太太养的，岂不心疼。便是我们做下人的服侍一场，大家落个平安，也算是造化了。”袭人絮聒一番对宝玉的关心后，又说，“讨太太个主意。只是我怕太太疑心，不但我的话白说了，且连葬身之地都没了。”什么事那么严重，会让她连葬身之地都没了？李嬷嬷之前不是骂袭人装狐媚子哄宝玉吗？她现在又在装狐媚子哄王夫人。王夫人果然上当：“我的儿，你有话只管说。”然后表示自己已经将她“和老姨娘一体行事”，叫袭人放心，有什么话只管说，不要叫别人知道就是。

袭人说，我就想讨太太一个示下，变个法儿，叫二爷搬出园子住。王夫人一听大惊，拉了袭人的手，问：“宝玉难道和谁作怪了不成？”作怪，说白了，就是宝玉和谁上床了。袭人竟然一下子就听懂了，忙对王夫人说“没有这话”。其实早就有“这话”，宝玉之前和谁“作怪”了？袭人自己，她是贼喊捉贼。宝玉甭管住到什么地方，袭人都在他身边，而林姑娘就离得远了。

袭人说：“太太别多心，并没有这话。这不过是我的小见识。如今二爷也大了，里头姑娘们也大了，况且林姑娘、宝姑娘又是两姨姑表姊妹，虽说是姊妹们，到底是男女之分，日夜一处起坐不方便，由不得叫人悬心，便是外人看着也不像一家子的事。”这番话看着似乎是把林姑娘和宝姑娘并提，但真实目的只针对林姑娘，所以才把林姑娘放在前面。袭人还造谣说他们“日夜一处”。宝玉和黛玉、宝钗何曾“日夜一处”？宝玉和袭人才是“日夜一处”。袭人为什么会“悬心”？因为她担心宝玉真把黛玉娶回来做“宝二奶奶”。她接着说：“二爷素日性格，太太是知道的。他又偏好在我们队里闹，倘或不防，前后错了一点半点，不论真假，人多口杂，那起小人的嘴有什么避讳……二爷将来倘或有人说好，不过大家直过；若要叫人说出一个‘不’字来，我们不用说，粉身碎骨，罪有万重，都是平常小事，但后来二爷一生的声名品行岂不完了。二则太太也难见老爷。”袭人仍在贼喊捉贼。她说宝玉喜欢“在我们队里闹”，这个“我们”主要不是指袭人本人，而是指晴雯等丫鬟。如果宝玉和晴雯等丫鬟再出点儿事，叫别人说出来，众人不知道真假，人多口杂，把宝玉的名声弄坏了，那一生品行也就完了。袭人自己已经掉到泥坑，却把脏水泼到其他丫鬟头上。她最后还要表白自己：“近来我为这事日夜悬心，又不好说与人，惟有灯知道罢了。”袭人说的话可能是真的，她整天晚上睡不着觉，可不净在那里琢磨怎么防范宝玉和黛玉亲近，怎么阻止宝玉和晴雯等丫鬟“出事”？她的心事确实只有怡红院的灯看到了。

我们周围常有打击别人、抬高自己的人，还有无中生有、编造谎言、栽赃别人的人，当事者往往会上这些阴险至极者的当。这一回中，曹雪芹借用一件似乎非常小的事情，把袭人这个恶毒的利己主义者刻画得入木三分，明明自己是恶鬼，还要扮演成菩萨。

宝玉神游太虚境时看到袭人的判词是：“枉自温柔和顺，空云似桂如兰。”袭人，在别人眼中非常温柔顺从，但是“枉自”二字，说明“温柔和顺”只是表象，实际上她内心狠毒，不与人为善；姓花，品格应该像桂花、兰花一样散发出迷人的清香，但是“空云”二字，说明她的品格像污泥一样恶臭，只会损害别人。宝玉看到的图画是一簇鲜花、一床破席，即暗含着对袭人的批判。

袭人的谗言起作用了，她自己和宝玉“作怪”，却嫁祸给黛玉和其他丫鬟，既保护了自己，又转移了目标。王夫人稀里糊涂，专听谗言。她听了袭人的话，正触动了金钏儿之事。“金钏儿之死”是王夫人心中的痛，袭人抓住这个时机，说宝玉喜欢“在我们队里闹”，不是暗示已经和金钏儿闹出事来了？王夫人连着说了几个“我的儿”，对袭人笑道：“你竟有这个心胸，想的这样周全！……难为你成全我娘儿两个声名体面，真真我竟不知道你这样好。罢了，你且去罢，我自有道理。只是还有一句话：你今既说了这样的话，我就把他交给你了，好歹留心，保全了他，就是保全了我。我自然不辜负你。”王夫人这番话点到为止，表明我不会辜负你，我已经叫你享受了姨娘的待遇，以后还会提拔、重用你。袭人的这次告密真是精彩，收获更是令她喜出望外。

鲁莽霸王捅破“金玉”真相

袭人告诉宝钗，宝玉挨打的原因之一是她哥哥挑唆人在贾政跟前下的火，宝钗信以为真，回到母亲那里。薛蟠在外面喝酒回来，看到宝钗就说：“听见宝兄弟吃了亏，是为什么？”薛姨妈已听宝钗说了袭人那番话，正不自在，就说：“不知好歹的冤家，都是你闹的，你还有脸来问！”薛蟠满头雾水。薛姨妈说：“你还装憨呢！人人都知道是你说的，还赖呢。”薛蟠说：“人人说我杀了人，也就信了罢？”宝钗“错里错以错劝哥哥”：“是你说的也罢，不是你说的也罢，事情也过去了，不必较证，倒把小事儿弄大了。我只劝你从此以后在外头少去胡闹，少管别人的事。天天一处大家胡逛，你是个不防头的人，过后儿没事就罢了。倘或有事，不是你干的，人人都也疑惑是你干的，不用说别人，我就先疑惑。”薛蟠虽是纨绔子弟，但心直口快。他生气了，抓着一根门闩，嚷道，你们说我告宝玉的状，我去打死他就完了！宝钗赶紧劝住哥哥，说他“顾前不顾后”。薛蟠说：“你只会怨我顾前不顾后，你怎么不怨宝玉外头招风惹草的那个样子！别说多的，只拿前儿琪官的事比给你们听：那琪官，我们见过十来次的，我并未和他说一句亲热话；怎么前儿他见了，连姓名还不知道，就把汗巾子给他了？难道这也是我说的不成？”薛姨妈和宝钗更急了，说，就是为这事打的他，可见是你说的了。薛蟠看妹妹说的话句句在理，没法驳斥，就想拿话把妹妹的嘴给堵住。怎么堵住呢？他不分轻重地说道：“好妹妹，你不用和我闹，我早知道你的心了。从先妈和我说，你这金要拣有玉的才可正配，你留了心，见宝玉有那劳什骨子，你自然如今行动护着他。”无恶不作的阿呆居然说出了大实话。被揭了老底的薛姨妈听见这话，气得浑身乱战。宝钗怕母亲不安，只得流着眼泪告别母亲，回到自己房里哭了一夜。这一段似乎也暗示了“金玉良缘”确实不是什么和尚道士的话，而是薛姨妈和宝钗追求的目标。

第二天早晨，宝钗起来，无心梳洗，稍微整理了一下就赶紧出来去看母亲。恰好黛玉站在花阴下，问她去哪里，宝钗说“家去”，一边说一边往前走。黛玉见她眼睛上有哭泣的痕迹，就在后面笑道：“姐姐也自保重些儿。就是哭出两缸眼泪来，也医不好棒疮。”这嘴真是比刀子还尖。

黛玉《题帕诗》是爱情宣言

——第三十四回　情中情因情感妹妹　错里错以错劝哥哥（下）

宝钗被阿呆气坏了，哭了一夜，第二天出来，黛玉还讽刺她：你哭出两缸子眼泪也治不好棒疮。其实，真正哭出两缸子眼泪，把眼皮都哭肿的是黛玉。

通过宝玉挨打，我们看到宝钗是个雍容闲雅的利己主义者，袭人是个阴险恶毒的利己主义者，那黛玉呢？忘我的爱情至上者。

黛玉的表现和所有人都不一样，她没有像凤姐那样嘘寒问暖，跑前跑后，也没有像宝钗那样细心及时地去给宝玉送棒疮药。她对宝玉的挨打是感同身受，痛彻心扉。贾政的板子是打在宝玉的身上，痛在黛玉的心里。贾政打宝玉，虽然主要原因是“金钏儿之死”和琪官事件，但他一开始质问宝玉的是，为什么贾雨村来了，你一点儿挥洒谈吐都没有，却一副思欲愁闷的样子？贾政不明白，宝玉却心里清楚，因为他刚和黛玉倾诉肺腑，叫黛玉“放心”，而且还想进一步向黛玉表白“睡里梦里也忘不了你”，却倾诉错了对象，说给了最不应该听到这话的袭人。宝玉很是懊恼，所以贾雨村来时，他才不可能跟这个话不投机半句多的庸俗之人有什么挥洒谈吐，以致惹得贾政非常不满意。

绛珠还泪情深意浓

天色将晚，黛玉悄然来到怡红院。宝玉身边的丫鬟都出去了，他一个人待在房间。宝玉在昏睡之中，听到有人悲悲切切地哭，睁眼一看，眼前啼哭的人“两个眼睛肿的桃儿一般，满面泪光”，原来是林妹妹来了。宝玉被打得起不了身，却担心林妹妹的身体，一边“哎哟哎哟”地叫，一边说：“你又做什么跑来！虽说太阳落下去，那地上的余热未散，走两趟又要受了暑。我虽然挨了打，并不觉疼痛。我这个样儿，只装出来哄他们，好在外头布散与老爷听，其实是假的。你不可信真。”自己疼得“哎哟哎哟”的，还跟林妹妹说不疼，宝哥哥对林妹妹真是太体贴了。

黛玉哭得非常伤心。她是无声之泣，比号啕大哭更难受。号啕大哭可以把悲痛发泄出来，无声抽泣却使黛玉“气噎喉堵”，更加难受。这是真正的大悲大痛。

听了宝玉说的话，黛玉觉得他真是太体谅自己了，肚子里虽有千言万语，却一时说不出来，过了半天才抽抽噎噎地说：“你从此可都改了罢！”宝玉被打的原因，其实黛玉很难知道，但她只想着维护宝玉，所以这句话的意思是既然舅舅打你，那让他不高兴的事，就改了吧。

宝玉听了，便长叹一声：“你放心，别说这样话。就便为这些人死了，也是情愿的！”又是一句“你放心”！贾政是因为其他事打的宝玉，为什么宝玉却让黛玉“放心”呢？因为宝玉很清楚，他挨打的内在原因，其实是他之前没有和贾雨村这种人相谈甚欢。他说，你放心，我就是为这些人死了，也是情愿的。“这些人”中虽然包括金钏儿和琪官，但最主要的还是指黛玉。宝玉和黛玉的感情，又一次获得了进一步的发展。

这时，院子外面的人说：“二奶奶来了。”黛玉一听，赶紧起身说：“我从后院子去罢，回来再来。”宝玉一把拉住她：“这可奇了，好好的怎么怕起他来？”黛玉急得跺脚，悄悄地说：“你瞧瞧我的眼睛，又该他取笑开心呢。”凤姐之前不是取笑过黛玉，吃了我们家的茶，为什么还不给我们家做媳妇吗？如果她看到黛玉为宝玉被打，哭得眼睛都肿了，又不知会说出什么玩笑话了。这时宝玉和黛玉之间已经非常默契，不需要多说什么，就能互相理解。宝玉听了，连忙放手，黛玉“三步两步转过床后”，从后院走了。凤姐已经从前头进来，问了宝玉几句话。接着，薛姨妈又来了，然后贾母也打发了人来。

到了掌灯时分，宝玉喝了两口汤，便昏昏沉沉睡去。接着，又有周瑞媳妇、吴新登媳妇、郑好时媳妇等几个有年纪的、常来往的进来请安。这时，王夫人派人叫一个跟宝玉的人，袭人便到王夫人那里去了。等她从王夫人那里回来，正好宝玉睡醒了，她便向宝玉汇报拿了两瓶香露。宝玉非常高兴，立刻命人调来喝了，果然香甜可口。这时宝玉心里还挂念着黛玉，满心要打发个人去看黛玉，但是袭人在这儿，他怕袭人阻拦。宝玉敏感地发现，袭人正在有意无意地阻止他和林妹妹亲近，于是先让袭人到宝钗那里去借本书，把她支了出去。然后，宝玉又把晴雯叫来说：“你到林姑娘那里看看他做什么呢。他要问我，只说我好了。”晴雯为人单纯，对宝玉忠心，办事实诚，现在是宝玉最信赖的人。先支走袭人，后使唤晴雯，可以看出此时宝玉已对房里的丫鬟分出了远近：跟他有肌肤之亲的袭人，开始被他提防；跟他清清白白的晴雯，则成了他的心腹。晴雯说：“白眉赤眼，做什么去呢？到底说句话儿，也像一件事。”宝玉说：“没有什么可说的。”晴雯说，要不就送件东西吧，不然我怎么跟她搭讪呢？这句话一下子提醒了宝玉，他便伸手拿了两条手帕撂给晴雯，笑道，你就说我叫你送这个给她。晴雯一看，两条半新不旧的手帕，她了解黛玉的性情，说："这又奇了。他要这半新不旧的两条手帕子？他又要恼了，说你打趣他。"晴雯天真烂漫，根本想不到这是传递私情，而比晴雯还小的小红，早就知道这个了。宝玉说："你放心，他自然知道。"

晴雯到了潇湘馆，看到黛玉的丫鬟春纤正在栏杆上晾手帕。手帕是用来做什么的？擦眼泪的。春纤正在晾黛玉的手帕，说明黛玉已经哭湿好几条手帕了，所以一双眼睛才会肿得像桃子一样。见到晴雯进来，春纤忙摇手说黛玉睡下了。不过，晴雯还是走了进来。黛玉问，谁呀？晴雯忙回答："晴雯。"黛玉又问："做什么？"晴雯说："二爷送手帕子来给姑娘。"黛玉心中纳闷，说："叫他留着送别人罢，我这会子不用这个。"晴雯说："不是新的，就是家常旧的。"黛玉越发纳闷，想了一会儿，突然醒悟，其中一条手帕应该是上次吵架，他用藕荷色纱衫擦眼泪，我摔到他怀里那条。黛玉想通后，连忙说："放下，去罢。"晴雯就放下手帕回去了，一路上还在琢磨到底是怎么回事。纯真的小丫鬟想不到，她已经执行完热恋中人私相传递的任务了。

当初，元春端午节赏赐节礼把宝玉与宝钗并列，加上张道士又给宝玉提亲，二玉大闹了一场，宝玉砸玉。后来宝玉给黛玉赔不是，两人对哭，偏偏宝玉没带手帕，黛玉只好把自己的手帕摔到他怀里。现在，宝玉连路都不能走，还派心腹丫鬟晴雯来给黛玉送手帕，只是为了向她传递这样的信息：即便被我爹打得不能动，我的心也和你在一起。贾政的这一顿板子，彻底把宝玉赶到了黛玉身边。

曹雪芹接着写道："这里林黛玉体贴出手帕子的意思来，不觉神魂驰荡：宝玉这番苦心，能领会我这番苦意，又令我可喜；我这番苦意，不知将来如何，又令我可悲；忽然好好的送两块旧帕子来，若不是领我深意，单看了这帕子，又令我可笑；再想令人私相传递与我，又可惧；我自己每每好哭，想来也无味，又令我可愧。”黛玉如此左思右想，心内就像着了火一样，余意缠绵，便叫丫鬟点灯，也不管什么避讳、嫌疑了，直接研墨蘸笔，在那两块旧手帕上题诗。

黛玉这段心理活动，说明她完全理解了宝玉送旧手帕的意图，她知道什么“金玉良缘”、什么道士提亲，都不会影响他们的感情。他们两人的感情已经瓜熟蒂落。不过他们可以操纵自己的爱情，却不能操纵婚姻。所以，黛玉又可喜，又可悲，又可笑，又可恨，还可愧。她对宝玉和自己所面临的局势洞若观火，却对如何争取两人的婚姻一筹莫展。黛玉是孤高自许、灵魂清高的仙女临凡的女性，她不会为了婚事而对掌握大权的王夫人阿谀奉承。她只能用痴情偿还宝玉的痴情，圆滑地处理人际关系，不是她的长项。

黛玉写下的三首诗，一般被称为《题帕诗》。对黛玉的《题帕诗》，我们要联系《红楼梦》开头的神话传说来理解。《红楼梦》开头说灵河岸上三生石畔，有绛珠仙草一株，它能久延岁月，是赤瑕宫神瑛侍者用甘露浇灌的结果。绛珠仙草经过甘露浇灌，修炼成绛珠仙子，因为没有报答灌溉之恩，所以五内便凝结着一段对神瑛侍者的缠绵不尽之意。当神瑛侍者要“下凡造历幻缘”时，绛珠仙子也到警幻仙子那里挂了号，说我无水报答他对我的雨露浇灌之恩，那便跟他一起下凡为人，把一生的眼泪还他，也偿还得过他了。

黛玉到人间就是为了向宝玉偿还眼泪，这是古今中外爱情描写中从来没有过的诗意化爱情。宝玉被打，送旧手帕给黛玉后，黛玉写在旧手帕上的诗，和还泪紧紧联系在一起，一首比一首更深刻地写出黛玉的感情。

眼空蓄泪泪空垂，暗洒闲抛却为谁？
尺幅鲛绡劳解赠，叫人焉得不伤悲！

第一首，写眼睛蓄满眼泪，是为谁一个劲儿地抛洒？既是黛玉为宝玉抛洒眼泪，也是绛珠仙子为神瑛侍者偿还眼泪。“尺幅鲛绡”借用了一个美丽的传说：海中有鲛人，织出名为“鲛绡”的美丽绸缎；鲛人流出的眼泪，变成珍珠。所以，“鲛绡”经常被用来代指眼泪。这首诗，四句中有三句在写眼泪。黛玉流泪，是因为她理解绡帕已是爱情的信物。因为其中绡帕，是当初黛玉枕头上的。而另外一条，则是宝玉自己用过的，此时送来给黛玉拭泪。这两条和宝黛有零距离接触的绡帕已然成了他们之间爱情的信物，故而，晴雯担心送旧绡帕，林姑娘会生气时，宝玉说“他自然知道”。

抛珠滚玉只偷潸，镇日无心镇日闲。
枕上袖边难拂拭，任他点点与斑斑。

第二首，还是写流泪，日日夜夜地流泪，偷偷地流泪。黛玉去看宝玉时，眼睛肿得像桃子一样，那就是她在潇湘馆偷偷为宝玉而流的眼泪。黛玉是在为宝玉的痛苦而痛苦，为宝玉的不幸而不幸。所以，枕上、袖边，到处都是她的眼泪。

彩线难收面上珠，湘江旧迹已模糊。
窗前亦有千竿竹，不识香痕渍也无？

第三首，是三首诗的高潮，也是黛玉感情的升华。这里用了一个“湘江旧迹”的典故，出自六朝小说《博物志》：舜南巡死了，葬在苍梧之野。尧的两个女儿娥皇和女英，都是舜的妃子。她们得知舜的死亡后非常痛苦，眼泪洒到湘江一带的竹子上，形成像血珠一样的斑点。黛玉借用这个典故，而且说“窗前亦有千竿竹”，我这些竹子也沾上我的眼泪了。这样一来，黛玉就把自己和宝玉的关系定性为了娥皇、女英和舜的关系，也就是坚贞的夫妻关系。娥皇、女英哭舜，使得湘竹变成“泪竹”，潇湘馆的竹子有朝一日也会因为黛玉的眼泪而变为“泪竹”。

《题帕诗》是毫不隐讳、情深意浓的情诗，把黛玉对三从四德的背叛完整地写了出来。有人说，黛玉不是一直在用三从四德、用闺训约束自己吗？宝玉跟她开玩笑说“我就是个‘多愁多病身’，你就是那‘倾国倾城貌’”，对紫鹃说“好丫头，‘若共你多情小姐同鸳帐，怎舍得叠被铺床？’”，黛玉都要翻脸。现在她却在手帕上毫不隐讳地把自己和宝玉的关系定性为娥皇、女英和舜的关系，这对于一个千金小姐来说，是非常危险的。假如《题帕诗》被人发现，再弄清这是宝玉、黛玉之间私相传递的手帕，他们二人的爱情就会出现危机，黛玉也将万劫不复。

如果是一般小说家来处理这个情节，肯定会让《题帕诗》传到宝玉的手里，引起宝玉共鸣，甚至也和上三首诗；然后两人的感情再往前发展一下，“月上柳梢头，人约黄昏后”；最后，题诗再被别有用心的人发现，拿来诬陷宝玉和黛玉，引起轩然大波。但曹雪芹是天才，绝对不会按常理出牌。黛玉写了像爱情宣言一样的诗，却一直到前八十回结束，宝玉都没有看到。曹雪芹遗失的后三十回是怎么安排黛玉《题帕诗》的？想一下，将来宝玉外出逃亡，黛玉在潇湘馆为他担忧，不断哭泣，终于为宝玉流尽最后一滴眼泪，然后飘然而逝。宝玉逃亡归来，回到潇湘馆，只见人去馆空，“落叶萧萧，寒烟漠漠”。宝玉对景悼颦儿时，会不会从紫鹃手里接过黛玉的诗？我是怎么也琢磨不出较为合适的处理。看来一位天才作家飘然离去后，甭管有多少作家，都不可能补上他留下的谜底。

《葬花吟》是黛玉的代表作，表达了黛玉对爱情的渴望，但主要还是彰显她的人格，因为《葬花吟》没有直接涉及爱情，主要是表达黛玉宁为玉碎、不为瓦全的性格。《题帕诗》才是黛玉的爱情宣言。《题帕诗》似乎只是写给读者看的，读者通过这三首诗，可以知道黛玉对宝玉的感情已经发展到像娥皇、女英对舜那样了。但是宝玉不知道。宝黛爱情的猜谜游戏，还会很有趣味地继续下去。也就是在这样一些非常细微的地方，我们能够切实地体会到鲁迅先生所说：“总之自有《红楼梦》出来以后，传统的思想和写法都打破了。”

有研究者提出这样的观点：后来宝黛爱情发生危机是因为贾环和赵姨娘发现了《题帕诗》，并用来诬陷黛玉，黛玉也才会病重身亡。我觉得这样的推测很难成立：贾环和赵姨娘能拿黛玉的诗做文章？他们有这水平吗？即便他们忽然有了诗歌评论家的水平，又哪儿来的机会？宝黛爱情的毁灭是跟贾府的败落同步的，不是这种耸人听闻的蝇营狗苟造成的。

一碗汤里的深邃世界

——第三十五回　白玉钏亲尝莲叶羹　黄金莺巧结梅花络（上）

这一回是用两个丫鬟的名字做回目。玉钏儿是王夫人的侍女，金钏儿的妹妹。“白玉钏亲尝莲叶羹”，是写玉钏儿被王夫人派遣到怡红院给宝玉送莲叶羹，宝玉因为对金钏儿的事有愧，便低声下气地巴结玉钏儿，赔着笑问长问短。玉钏儿本来不想理宝玉，一脸“丧谤”，奈何宝玉总是和颜悦色的，玉钏儿的脸上才有了三分喜色。接着，宝玉又哄玉钏儿尝了口莲叶羹。

“黄金莺巧结梅花络”，则是写宝钗的侍女莺儿手巧，宝玉烦请她帮忙打络子。莺儿不仅手巧，会搭配颜色，嘴也巧。宝玉看莺儿打络子，听她说话，很高兴。宝钗叫莺儿用金线打个络子，把宝玉的通灵宝玉络上，如此金和玉配在了一块儿，正与“金玉良缘”之说相合，富有深意。

从表面上看这一回回目主要是讲两个丫鬟的故事，其实这两个故事不过是曹雪芹描写主要人物个性和命运的线索而已。这一回最主要的情节是宝玉喝莲叶羹，如果当作短篇小说来看，我会把它命名为《一碗汤里的深邃世界》。曹雪芹就这样借助一碗汤，展现了贵族之家的钟鸣鼎食，写尽了贾府前后的沧桑变化；又通过一碗汤，写活了宝玉、宝钗、贾母、凤姐、薛姨妈、黛玉等人，通过细微的情节写出了他们鲜明的个性。

“你们府上也都想绝了”

宝玉被他爹打了一顿，好像成了功臣，只见在贾母亲自率领下，贾府众人一拨一拨地穿梭在怡红院中，一会儿李纨、迎春、探春、惜春等人来了，一会儿贾母、凤姐、王夫人、邢夫人等人来了，一会儿宝钗、薛姨妈等人也来了。王夫人问，宝玉想吃什么？宝玉说，想吃小荷叶儿小莲蓬儿的汤。凤姐一听，笑了说，口味不算高贵，就是太磨牙了。薛姨妈看到送过来的四副汤模子，说：“你们府上也都想绝了，吃碗汤还有这些样子。若不说出来，我见这个也不认得这是作什么用的。”凤姐笑道：“姑妈那里晓得，这是旧年备膳，他们想的法儿。不知弄些什么面印出来，借点新荷叶的清香，全仗着好汤。究竟没意思，谁家常吃他了。那一回呈样的作了一回，他今日怎么想起来了。”1987年版电视剧《红楼梦》的民俗总顾问邓云乡先生曾对我说过，知道吗，小荷叶儿汤实际上就是面疙瘩汤，类似现在饭店里做的海鲜疙瘩汤。邓云乡先生说得我直想笑，怡红公子的小荷叶儿汤竟是普通的海鲜疙瘩汤？

宝玉想喝的这碗汤很不寻常，写出了国公府令人瞠目结舌的讲究。贾母听了立刻一迭声地叫人去做，凤姐说得先找汤模子。贾府的器皿由很多部门分管，问管厨房的，没有；问管茶房的，也没有；最后还是管金银器皿的送了过来。只见一个小匣子里装着四副银模子，都有一尺多长，一寸见方，上面凿着有豆子大小的三四十种花样，如菊花、梅花、莲蓬、菱角等，非常精巧，难怪薛姨妈看过后，要啧啧赞叹了。薛家是“护官符”上“珍珠如土金如铁”的皇商，竟然都不知道汤还可以这样做。

一碗汤写出了凤姐的机灵，也写出了王夫人的颟顸。凤姐拿到模子，告诉厨房拿几只鸡，再添点东西做出十来碗来。王夫人问：“要这些做什么？”凤姐回答：“有个原故：这一宗东西家常不大作，今儿宝兄弟提起来了，单做给他吃，老太太、姑妈、太太都不吃，似乎不大好。不如借势儿弄些大家吃，托赖连我也上个俊儿[1]。”王夫人问得愚笨，凤姐答得聪明。王夫人想不到虽然是自己儿子想喝这家常不太做的“金贵汤”，但作为儿媳妇要先请贾母喝才对，而凤姐却考虑到了。贾母开玩笑般地说凤姐拿着官中的钱做人情。凤姐表示“这个小东道我还孝敬的起”，便回头吩咐厨房只管做，到时候从她的账上领银子。至于是不是真从凤姐的账上领银子，就只有天知道了。

凤姐懂事，多做几碗汤，就可以让贾母高兴。宝钗也懂事，说：“我来了这么几年，留神看起来，凤丫头凭他怎么巧，再巧不过老太太去。”这句奉承老太太的话说得多聪明。宝钗很懂礼貌，客居别人家，对人家家长就得经常说些好听的话。贾母听了得意起来，说：“我如今老了，那里还巧什么。当日我像凤哥儿这么大年纪，比他还来得呢。他如今虽说不如我们，也就算好了，比你姨娘强远了。你姨娘可怜见的，不大说话，和木头似的，在公婆跟前就不大显好。凤儿嘴乖，怎么怨得人疼他。”凤姐甭管多聪明，贾母总能找到拿她开涮的话，说明贾母非常有幽默感。而宝钗却“上纲上线”，说她数年观察的结果是老太太比凤姐巧。贾母当然爱提“当年勇”了，因

1　上个俊儿：意为尝尝新、沾点光。——编者注

为她当年确实很不错，管家管得比凤姐还要好。宝玉说：“若这么说，不大说话的就不疼了？”贾母说：“不大说话的又有不大说话的可疼之处，嘴乖的也有一宗可嫌的，倒不如不说的好。”贾母很懂得辩证法。宝玉笑道：“这就是了。我说大嫂子倒不大说话呢，老太太也是和凤姐姐的一样看待。若是单是会说话的可疼，这些姊妹里头也只是凤姐姐和林妹妹可疼了。”宝玉本来是想引着贾母夸奖他的林妹妹，却没想到贾母夸起宝钗来：“提起姊妹，不是我当着姨太太的面奉承，千真万真，从我们家四个女孩儿算起，都不如宝丫头。”有的红学家认为，这段话说明贾母选择“宝二奶奶”的天平已经向宝钗倾斜了。这种观点可能和续书中描写贾母选钗弃黛有关。其实，宝钗夸贾母，贾母再夸宝钗，是亲戚之间的客气，也是贵族妇女之间的社交语言，并不带有选择孙媳妇的意味。我反倒从贾母的这番话看出，她真心看中的恰好是她的外孙女黛玉。为什么这样说呢？贾母说“我们家四个女孩儿”，其中肯定不包括元春。元春已经做了皇妃，还能不如宝钗？当然不能。那就得在迎春、探春、惜春三人之外，再添上一个姑娘，才能构成贾母说的“我们家四个女孩儿”。添上谁呢？当然是黛玉。这说明贾母潜意识里是把黛玉算进自己家的，而宝钗则是客居，对客人当然要多说些“过年话”。

忽然有人来请吃饭，贾母便扶着凤姐，让着薛姨妈一起出房去了。贾母问汤做好了没有，又对薛姨妈等人说：“想什么吃，只管告诉我，我有本事叫凤丫头弄了来咱们吃。”薛姨妈客气地说，老太太也会怄她，她时常弄些东西来孝敬，究竟又吃不了多少。凤姐插科打诨：“姑妈倒别这样说。我们老祖宗只是嫌人肉酸，若不嫌人肉酸，早已把我还吃了呢。”听听这话，比宝钗奉承得更好玩、更有趣、更叫贾母开心。可以说，在叫贾母开心上，宝钗是怎样也巧不过凤姐的。她不能像凤姐那样，动不动就在老太太跟前演个“小品”，逗老太太高兴。贾母喜欢这种插科打诨式的玩笑话，而深闺少女宝钗只能“非礼勿言”。

宝玉“爱博而心劳”

一碗汤写出了贵族夫人、小姐之间的人情世故，也写出了宝玉的性格特点。鲁迅先生说，宝玉“爱博而心劳”。宝玉不仅喜爱黛玉，他对所有年轻女孩儿都是香花供养，包括荣国府的丫鬟和小戏子们。金钏儿因为和他开了句玩笑，就被王夫人一巴掌“打到井里”。宝玉非常懊恼愧悔，觉得对不起金钏儿。这时，袭人提醒宝玉，趁着宝姑娘在院子里，你和她说，烦莺儿来打上几根络子。袭人总是在贾母等人跟前极力弘扬宝钗及她周围的人如何懂事，如何能干，所以便趁着众人都在院子里时，让宝玉说这些话。

饭后，荷叶汤做好送来，贾母看过了，王夫人便派玉钏儿给宝玉送去。凤姐正说着荷叶汤一个人拿不了，可巧莺儿来了，宝钗便让她和玉钏儿一块去了。宝玉一看金钏儿的妹妹来了，特别想跟她说话，问：“你母亲身子好？”玉钏儿满脸怒色，正眼都不看宝玉，过了半天，才说了个“好”字。宝玉觉得没趣，过了一会儿，又赔笑说：“谁叫你替我送来的？”玉钏儿说：“不过是奶奶、太太们。”宝玉见她还是这样哭丧着脸，知道她是为了金钏儿，就想方设法，把别人都支出去，赔着笑问长问短。玉钏儿看到宝玉一点儿脾气也没有，自己倒不好意思了，脸上这才有了三分喜色。宝玉笑着求她：“好姐姐，你把那汤拿了来我尝尝。”玉钏儿说：“我从不会喂人东西，等他们来了再吃。”宝玉说，我不是要你喂我，我是没法走路，你要是懒得动，我就自己下来取吧。说完，一边挣扎着要下来，一边“哎哟哎哟”地叫疼。玉钏儿赶紧说：“躺下罢！那世里造了孽的，这会子现世现报。教我那一个眼睛看的上！”玉钏儿这时已经有点儿原谅宝玉了，所以一边说，一边自己也笑了，端过汤来。宝玉喝了两口，故意说：“不好吃，不吃了。”他是要骗着玉钏儿尝尝。玉钏儿说：“阿弥陀佛！这还不好吃，什么好吃。”宝玉说：“一点味儿也没有，你不信，尝一尝就知道了。”玉钏儿果然赌气尝了一尝。宝玉特别喜欢和女孩来往，如果女孩能喝一口汤，带上女儿的香气，他就喝得更有滋味儿了。他笑着说：“这可好吃了。”玉钏儿一听，原来是宝玉哄她吃一口，就说：“你既说不好吃，这会子说好吃也不给你吃了。”宝玉只管赔笑央求，玉钏儿也不给他。

这时，有人插了一杠子。贾政的学生傅试受到贾政另眼看待，他有个妹妹傅秋芳，才貌双全，年已二十三岁，尚未许人，宝玉虽没见过她，但“遐思遥爱之心十分诚敬”。傅试家的两个嬷嬷过来向贾政问安，也顺便来看看宝玉。宝玉平时最讨厌老婆子，然而一听说是傅家来的，就叫她们进来。两个婆子正好看到玉钏儿和宝玉的莲叶羹小风波：宝玉只顾和婆子说话，一面吃饭，一面伸手要汤。两人的眼睛都看着婆子，结果便将碗碰翻了，把汤泼到了宝玉手上。玉钏儿没烫着，宝玉自己烫了手，倒不觉得，反而问玉钏儿：“烫了那里了？疼不疼？”大家都笑了。

两个婆子出去后，边走边议论。这是曹雪芹侧面描写人物。两个婆子说，难怪有人说他家宝玉中看不中吃，果然有些呆气：自己烫了手，倒问别人疼不疼；自己淋了雨，反告诉别人“下雨了，快避雨去罢”。没人的时候，就自说自笑的；看见燕子，就和燕子说话；看见鱼，就和鱼说话；见了星星月亮，就长吁短叹。爱惜东西，连个线头都是好的；糟蹋起来，哪怕值千值万都不管了。

两个婆子一阵讥讽褒贬，把宝玉的呆气作了一番概括论述。下了雨叫别人跑，烫了手问别人疼不疼，这些都写过；和燕子说话，和鱼说话，见了星星月亮长吁短叹，这些都没有写过。这一切构成了宝玉“情不情”的个性特点。两个婆子总结的宝玉的性格特点是“呆气”，这是一种背面敷粉的文学写作方法。脂砚斋于此处加了一段评语：“宝玉之为人，非此一论，亦描写不尽；宝玉之不肖，非此一鄙，亦形容不到。试问作者是丑宝玉乎，是赞宝玉乎？试问观者是喜宝玉乎，是恶宝玉乎？”这段话什么意思？就是说有了这两个婆子的议论，宝玉的为人才被描写得更加透彻；有了她们对宝玉的不以为然、鄙视，宝玉的个性才被形容得更加全面。那么，曹雪芹到底是喜欢宝玉，还是不喜欢宝玉？读者是喜欢宝玉，还是厌恶宝玉呢？这说明了文学创作的一个重要理论，那就是作家写人，不要把好人写成“高大全”，也不要把坏人写成“头顶长疮，脚底流脓”。好人有好人的特点，坏人也有坏人的特点。好人有他的呆傻之处，比如宝玉；坏人也有疼爱母亲和妹妹的优点，比如打死人的薛蟠。这碗汤不就写出了宝玉“爱博而心劳”的呆傻特点吗？

诗意栖居和金线络子

——第三十五回　白玉钏亲尝莲叶羹　黄金莺巧结梅花络（下）

贾宝玉挨打后想吃“小荷叶儿小莲蓬儿的汤”，写出了贾府的豪华奢侈，那么，这碗汤跟两位女主角林黛玉、薛宝钗有没有关系呢？我认为有关系。可能有的朋友会疑惑：不对呀，贾母吃饭的时候，黛玉干脆没来吃饭。但是曹雪芹对这碗汤的描写，恰好反衬出了黛玉的清高和骨气，展现出了宝钗如水银泻地一般的人情关系。

潇湘馆诗意栖居

宝玉受了伤，躺在怡红院，接受众人探望时，黛玉在干什么？品味痛苦，品味宝玉被打的痛苦，品味自己和宝玉感情这么深却没人做主的痛苦；她真心关心宝玉的痛苦。黛玉一早就立在潇湘馆外花阴下，远远地望着怡红院，她看到李纨、迎春、探春、惜春等人都进了怡红院，却不见凤姐，心想：“如何他不来瞧宝玉？便是有事缠住了，他必定也是要来打个花胡哨[1]，讨老太太和太太的好儿才是。

1　打个花胡哨：意为花言巧语、虚情假意地敷衍一下。——编者注

今儿这早晚不来，必有原故。”黛玉实际上“世事洞明”，她很清楚，凤姐擅长打花胡哨，善于做表面文章，惯会花言巧语，讨老太太和太太的好。她的判断果然没错，不一会儿工夫，花花簇簇的一群人就向怡红院内来了。凤姐扶着贾母，后面跟着邢夫人、王夫人，还有姨娘、丫鬟等一大群人，都进院去了。接着薛姨妈、宝钗也进去了。黛玉还是呆呆地站着看。这时紫鹃说：“姑娘吃药去罢，开水又冷了。”黛玉说：“你到底要怎么样？只是催，我吃不吃，管你什么相干！”嗯，千金小姐有点儿小脾气。紫鹃笑着说：“咳嗽的才好了些，又不吃药了。如今虽然是五月里，天气热，到底也该还小心些。大清早起，在这个潮地方站了半日，也该回去歇息歇息了。”紫鹃真是黛玉最好的朋友，虽然身份是丫鬟，却很心疼她。从紫鹃的话，可以看出黛玉已经在这里站了很久，说明她很心疼宝玉。黛玉觉得腿有点儿酸，于是扶着紫鹃，慢慢地回了潇湘馆。

林黛玉是在潇湘馆诗意栖居的贵族少女诗人，她的身上特别能够体现文学青年的特点。一般来说，文学青年总会受到名家名作里经典文学形象的影响，西方文学把这种现象叫作模仿模式、他者愿望、文学种子功能。

西方著名文学评论家勒内·基拉尔在《浪漫的谎言与小说的真实》里说：小说人物常有“觊觎”他者的愿望。所谓“觊觎”，原意是指非分的企图，基拉尔用来说明观察和模仿他人的现象。他说：“在福楼拜的小说里也可以发现由他者产生的欲望和文学的‘种子’功能。爱玛·包法利的头脑里充斥着浪漫主义文学的女性人物，她的欲望就由这些人物产生。”其实，在以他者愿望、文学种子确定人物基调上，曹雪芹要比19世纪的西方文学大师早得多。林黛玉就是深受他者愿望和文学种子影响的形象。她身上集齐了文学女性形象，特别是杜丽娘和崔莺莺的痴情、聪慧和多愁善感，但林黛玉与杜丽娘、崔莺莺相比，感情表达更加内敛。因为内敛，又显得分外优雅，具有更高的文化含量，这是因为林黛玉本身富有深厚的文学修养。我们从林黛玉批贾宝玉乱解《庄子因》、教香菱写诗、评论盛唐三大家中，都能看出她的文学修养之高。当然，她也是天才女诗人。

我们再具体看看林黛玉是如何受到文学形象影响的。黛玉扶着紫鹃一进潇湘馆的院门，就见“满地下竹影参差，苔痕浓淡”，不禁又想起《西厢记》中所说的“幽僻处可有人行，点苍苔白露泠泠”。黛玉总是会不断想起她只看过一遍的《西厢记》里的话。潇湘馆也是一个幽僻的地方，也长满青苔。《史太君两宴大观园》一回中，刘姥姥走进潇湘馆后，不就是在布满青苔的土路上摔了一跤吗？至于“白露泠泠”，倒是和黛玉眼前的景色并不一致。“白露”是进入秋天的节气，“泠泠”是形容清凉的风。宝玉挨打时还是暑热天，不过宝哥哥受到了摧残，林妹妹的心情当然就提前进入了万木凋零的秋天。潇湘馆内“竹影参差，苔痕浓淡”，和黛玉此时的心情是非常吻合的，她触景生情，联想到了崔莺莺。崔莺莺是以叠字为名，所以又可以称为“双文”。黛玉叹息道：“双文，双文，诚为命薄人矣。然你虽命薄，尚有孀母弱弟，今日林黛玉之命薄，一并连孀母弱弟俱无。”黛玉感叹自己命薄，一边想，一边走，不防廊上挂着的鹦哥突然“嘎”的一声扑了下来，吓了她一跳，说：“作死的，又扇了我一头灰。”鹦哥飞到架子上，叫道：“雪雁，快掀帘子，姑娘来了。”这些描写特别温馨，连潇湘馆里的小鹦哥都在关心林姑娘。黛玉止住步，问：“添了食水不曾？”那鹦哥便长叹一声，很像黛玉平时叹气的声音，接着念道：“侬今葬花人笑痴，他年葬侬知是谁？试看春尽花渐落，便是红颜老死时。一朝春尽红颜老，花落人亡两不知！”此时，《葬花吟》又一次从鹦哥的嘴里出现了，进一步加深了读者对有如谶言的诗句的印象。黛玉和紫鹃听了都笑起来。紫鹃说："这都是素日姑娘念的，难为他怎么记了。"黛玉便让丫鬟把鹦哥的架子摘下来，另挂到月洞窗外的钩子上，然后进了屋子，在窗前坐了。吃完药，黛玉看到外面竹影婆娑，便隔着纱窗逗弄鹦哥，又教它念自己素日喜欢的诗词。

这是一个多么富有对比性的电影镜头，一边是潇湘馆里黛玉教鹦哥念诗，心里却惦记着宝玉；一边是怡红院里凤姐、宝钗你一言我一语地逗贾母开心，而宝玉心里也惦记着黛玉。

最妙的是，宝玉点的"小荷叶儿小莲蓬儿的汤"虽然没有黛玉的份儿，但黛玉和宝玉才是"人居两地，情发一心"。他们都不喜欢俗世间的那些套话、假话、场面话。当凤姐、宝钗讨好贾母的时候，黛玉正在和鹦哥说话，而傅试家的两个嬷嬷也说宝玉曾经和鸟儿、鱼儿说话，可见，宝玉和黛玉彼此性情相投。

用金线络子络住宝玉

宝玉挨打后，宝玉和黛玉的感情更上一层楼，而"金玉良缘"也在悄然发展。莺儿打络子，就是富有深意的小事件。宝玉请莺儿打络子，是因为莺儿给探春等人打的络子引起了他的兴趣，至于打什么，他没有打算，也没想过一定要在这个时候请莺儿打络子，这是袭人突然提出来的。宝玉是"富贵闲人"，跟着姐妹们就闺阁中鸡毛蒜皮的小事瞎起哄，是他的日常生活内容之一，也是他"脂粉气"的表现。但莺儿给宝玉打络子这件事却不简单，是曹雪芹描写宝钗的重要笔墨。

莺儿是跟玉钏儿一起去的怡红院，两人都是丫鬟，进了怡红院，表现却完全不同。玉钏儿一进去，就“向一张杌子上坐了”。莺儿却不敢坐下，袭人见状，忙端了个脚踏子来，莺儿还是不敢坐。玉钏儿大大咧咧地坐下，一来因为她是宝玉母亲的丫鬟，二来她还因为姐姐的事一肚子气呢，管他什么礼数不礼数的。莺儿则是宝钗训练出来的，要在主子面前讲规矩，绝不越礼，主子吩咐了才能坐下。但宝玉这时只顾着巴结玉钏儿，根本顾不上莺儿，袭人只好把她请到外面去喝茶说话。等到宝玉和玉钏儿把喝汤的故事“演完”了，莺儿才登场。几人说完打络子的事，袭人等出去吃饭，宝玉便与莺儿闲聊，说明儿不知哪一个有福的消受你们主子、奴才两个。他为什么会说这样的话？因为宝玉觉得莺儿特别懂事，又会说话，又心灵手巧，而且他对“金玉良缘”没有一点儿想法。莺儿说：“你还不知道，我们姑娘有几样世人都没有的好处呢，模样儿还在次。”言外之意是，我们姑娘的好处多着呢，将来为什么不由你来消受我们两个？宝玉让她继续说。有的红学家认为宝玉是想听莺儿讲宝姐姐的好处，我却觉得他好像只是喜欢莺儿的唧唧哝哝、喋喋不休。

两人正说着，宝钗来了，看到莺儿刚打了半截络子，就建议打个络子把通灵宝玉络上。宝玉问配什么颜色才好，宝钗博学，立刻来了一番“色彩学分析”，结论是金线配黑线最合适。多么耐人寻味！宝玉的玉用金线络住，正合“金玉良缘”。通灵宝玉本来有穗子，是黛玉穿的。清虚观打醮时，黛玉因为与宝玉吵架，剪了穗子，当时就后悔了，心想将来还得我穿了他才戴。可是，还没等黛玉穿穗子，宝钗便捷足先登来打络子了。大作家的小说真是细针密线。宝钗主张用金线给通灵宝玉打络子，平时小心谨慎的她，这次连嫌都不避了？她平时不是“不干己事不张口”的吗？通灵宝玉干你何事？干“金玉良缘”的大事。她建议给通灵宝玉打络子，潜意识里就是想络住宝玉。这是一个象征性的情节，以后宝钗还要对宝玉进行思想上的束缚。

宝玉挨打后，贾母、王夫人等人心疼宝玉，一拨一拨地过来探望。这时，薛姨妈、宝钗、莺儿三人一块儿上阵，围着宝玉转，似乎宝钗离“宝二奶奶”的位置更近了。宝钗在“金钏儿之死”上讨好王夫人，在“小荷叶儿小莲蓬儿的汤”上恭维贾母，私下又代做针线活拉拢袭人。当然我们也可以看成宝钗是善待所有人，并不是有意套牢“宝二奶奶”的宝座，但实际上却对“木石姻缘”形成了“十面埋伏”。那么，她做的这些事有没有对宝玉起作用呢？没有。这是下一回“绣鸳鸯梦兆绛芸轩”要写的。

这一回里还有一个情节，就是王夫人兑现了对袭人的承诺，吃饭时，专门给袭人送了两碗菜来。宝玉推测，大概是今天菜多，送给她们大家吃的。袭人却说，不是，是指明给我的。宝钗心里有数，说给你，你就吃，这有什么可猜疑的。袭人说，从来没有的事儿，倒叫我不好意思。其实她心里明白，王夫人这是把宝贝儿子交给她，她成为准姨娘了。宝钗听了，抿嘴一笑说，这就不好意思了？明儿还有比这个更叫你不好意思的呢。宝钗确实是凡事留神，王夫人对袭人的这番苦心，她看得很明白。袭人和王夫人的故事还会继续发展，下一回王夫人就要落实袭人这个准姨娘的月钱了。

谁说“金玉姻缘”，我偏说“木石姻缘”

——第三十六回　绣鸳鸯梦兆绛芸轩　识分定情悟梨香院（上）

宝玉挨打后，出现了一个个小事件，比如，白玉钏尝莲叶羹、黄金莺结梅花络，内容似乎是关于两位丫鬟的，其实描写重点仍是宝玉、黛玉、宝钗及凤姐。这一回的描写重点就直接转到这几人身上了。这一回的回目是《绣鸳鸯梦兆绛芸轩　识分定情悟梨香院》。前一句是写宝钗坐在宝玉午睡的床前，拿起袭人丢下的绣活儿绣鸳鸯，恰好听到宝玉在梦里大骂“金玉良缘”；后一句是写贾府“凤凰”宝玉在梨香院受到龄官冷遇，由此悟到人生情缘各有分定，自己不可能得到所有人的情意、所有人的泪水。这一回还有一个重要内容，就是凤姐给王夫人挑丫鬟，王夫人把袭人的准姨娘身份确定了下来，只是还没告诉贾母。

贾宝玉继续离经叛道

宝玉挨打后，在祖母、母亲的呵护下，恢复得一天比一天好。贾母很高兴，怕贾政再把宝玉叫去，就叫人把贾政的亲随小厮头儿叫来，嘱咐他：以后再有待客的事，你老爷要叫宝玉，你不用来回话，就告诉老爷，说我说的：一来是宝玉给打重了，得着实休息几个月才能走路；二来宝玉的星宿不利，祭了星不见外人，过了八月才能出二门。贾母一道命令，把宝玉和贾雨村之类的人见面及他不愿执行的家族职责一下子推迟了好几个月。小厮头儿领命去向贾政汇报。贾母又把宝玉的奶妈、丫鬟都叫来，让她们把这个话告诉宝玉，让他放心。

贾政打宝玉，本是想叫宝玉好好读书，好好和为官做宰的人来往，不要只是在内帷厮混。结果，贾母一下命令，等于接管了宝玉的教育权，成了宝玉的保护伞。宝玉本来就厌烦和当官的“臭男人”交谈，又最厌恶“峨冠礼服、贺吊往还等事”，现在有了祖母的吩咐，他就更加得意了，不仅杜绝了亲友间的来往，而且连贵族家庭每天早晚向长辈请安的事都随他的便了。贾政也拿他无可奈何。宝玉一天到晚只在大观园里玩，每天早上到祖母、母亲跟前走走就回来了。回到园里干什么呢？给诸丫鬟当差，日子过得非常自在。按说宝玉还得上学，但是小说再也没有写他如何上学。因为之前写过“闹学堂”一事，学堂在曹雪芹笔下就没有什么再描写的必要了，但这并不意味着宝玉可以不上学。

虽然贾政不能再管教儿子，不能让儿子和为官做宰的人交谈，学习未来做官的经验，但是还有个闺阁人物充当了这一角色。谁呢？宝钗。宝钗经常劝导宝玉要好好读四书五经，要光宗耀祖，不要只知在内帷厮混等，惹得宝玉很恼火，说：“好好的一个清净洁白女儿，也学的钓名沽誉，入了国贼禄鬼之流。”在宝玉眼中，达官显宦就是“国贼禄鬼”。所谓“国贼”，即他们不是为国家效力，而是祸害国家；所谓“禄鬼”，即他们骗取高官厚禄自己享受。宝钗一劝，宝玉就说好好的一个清净女孩也这么做，“真真有负天地钟灵毓秀之德”。宝玉说过多次，天地精华都钟于女儿，正因为女儿不受功名利禄的影响，所以他见了女孩就觉得清爽，见了男人就觉得浊臭逼人。

宝玉说出这样离经叛道的言论，甚至把除四书之外的书都烧了。大家见他这么疯癫，就都不向他说这些正经话了。只有黛玉从小就不劝宝玉立身扬名，所以宝玉深敬黛玉。曹雪芹在这里用了一个很不一样的词——“深敬”。恋人间本应是深爱，而宝玉却“深敬”黛玉，说明宝黛爱情是心灵相通、志向相同，非常可贵。

冯其庸先生曾深入剖析过宝玉痛骂“国贼禄鬼”是什么性质。冯先生认为，宝玉骂“国贼禄鬼”一段痛快淋漓，其实是曹雪芹在振笔痛骂，是他对古往今来沽名钓誉之徒的总揭露、总鞭挞，是他对所处时代的总批判。冯先生引用了晚明李贽，清代黄宗羲、顾炎武、傅山、唐甄等思想家的言论来论证这一思想。比如，顾炎武：“八股之害等于焚书，而败坏人才，有甚于咸阳之郊所坑者。”唐甄：“自秦以来，凡为帝王者皆贼也。”曹雪芹借宝玉的嘴，表达了与晚明以来这些反潮流、反正统的思想家一致的思想。

两个聪明的姑娘，两个姑娘的聪明

那么，黛玉为什么会得到宝玉真心痴爱呢？我们从黛玉读《西厢记》、听《牡丹亭》、写《葬花吟》、作《题帕诗》，都能看出来，黛玉的人生是追求心灵自由、追求爱情自由的人生。她是以“情”反“理”的闺阁斗士，虽然她弱不禁风。黛玉居住在“有凤来仪”的潇湘馆，凤凰对环境的要求是非常苛刻的。凤凰非梧桐不栖，非竹实不食，非醴泉不饮，象征着清高脱俗的黛玉不肯向污浊的环境屈服。所以说，宝黛爱情虽扎根于情定三世的神话和别出心裁的“还泪说”，但更是两个叛逆者的相知相悦，是令人心动神移的至爱真情。宝玉挨打，是贾政考虑荣国府的家族利益，要把他推到仕途经济的所谓“正途”上去。贾政甚至不惜使用几乎让宝玉伤残的“大棒”教育他，还说出绝对不能把他“酿到弑君杀父”的地步的话。黛玉明明知道舅舅严厉管教宝玉的目的是什么，如果她真想争取两人的合法婚姻，就应该也劝宝玉读书上进，同时把自己修炼成“非礼勿言，非礼勿动”的宝钗式淑女，然后凭着贾母唯一疼爱女儿的遗孤身份，凭着林如海的丰厚遗产，这段与宝玉的尘世姻缘还不是水到渠成？但是黛玉偏偏不这样做。她一直我行我素，从不劝宝玉立身扬名，从不对王夫人等人说恭维、讨好的话，她保持着自己内心的清洁，只在潇湘馆诗意栖居，“质本洁来还洁去，强于污淖陷渠沟”。

大观园里最聪明的两个姑娘，她们的表现实在精彩。宝钗在人事关系上，总是方方面面出击，讨好王夫人，讨好贾母，甚至讨好袭人、赵姨娘。劝导宝玉读书上进，追求功名，也成了她自认为的“职责”。结果，她越是“关心”宝玉，宝玉越是和她格格不入。而黛玉感兴趣的是大自然的风花雪月，甚至廊下吟诗的小鹦哥。她强烈感受到的，似乎都是这些和人生大事没有一丝一毫关系的细枝末节。黛玉对爱情，更是“情重愈斟情”。就是在这样的思想前提下，宝玉和宝钗越来越不合拍，心里越来越向着黛玉。这就出现了这一回的重要情节：“绣鸳鸯梦兆绛芸轩”。

袭人、宝钗同绣鸳鸯

中午，宝钗、黛玉在王夫人那里吃过西瓜，说了一会儿闲话，便各自散去。宝钗约黛玉到藕香榭去，黛玉说要洗澡，两人就此分手。“宝钗独自行来，顺路进了怡红院”，她想和宝玉聊天“以解午倦”。这处描写特别有趣。中午困倦，那就回蘅芜苑睡会儿觉嘛，人家宝玉也得午睡，干吗非要找宝玉聊天解困呢？看来，表姐是时时刻刻惦记着表弟啊！当然，宝钗有惦记宝玉的权利，可以理解，也无可厚非。

宝钗进了怡红院，鸦雀无声，连仙鹤都睡着了。宝钗顺着游廊走进宝玉房间，只见外间床上横三竖四，丫头们都在睡觉。宝钗这位大家闺秀不经通报，也没找丫鬟带路，就径直进入宝玉房内。而宝玉睡着了，袭人正坐在宝玉身边做针线，旁边放着一柄白犀牛的尾毛做的拂尘。宝钗对袭人说：“你也过于小心了，这个屋里那里还有苍蝇、蚊子，还拿蝇帚子赶什么？”袭人没想到宝钗会来，吓了一跳，放下针线说：“姑娘不知道，虽然没有苍蝇、蚊子，谁知有一种小虫子，从这纱眼里钻进来，人也看不见，只睡着了，咬一口，就像蚂蚁夹的。”

宝钗见袭人在绣白绫红里的兜肚，“上面扎着鸳鸯戏莲的花样，红莲绿叶，五色鸳鸯”。有不有趣？袭人坐在宝玉身边绣宝玉穿的兜肚，兜肚上的花样居然是鸳鸯戏水。袭人向宝钗解释，做得好看一点儿，哄着宝玉戴上，夜里盖不严，也冻不着肚子。这明显是强词夺理。要好看一点儿，绣梅花不成？仙鹤不成？为什么偏要绣鸳鸯戏水？这是袭人个人情绪的表露，她希望自己跟宝玉能够永远像鸳鸯一样。按照常理，宝钗来了，袭人应该放下手中的活儿，叫其他丫鬟来看着宝玉，她去外间给宝钗沏茶，可奇怪的是，袭人没按这套礼数去做，反而对宝钗说：“好姑娘，你略坐一坐，我出去走走就来。”袭人是宝玉的贴身大丫鬟，本应时刻守在宝玉身边，但她看到宝钗来了，居然要出去，把这个位置让给宝钗，这是什么用意？作为讲究男女有别的大家闺秀，宝钗本应拒绝袭人的请求。你一个丫鬟，怎么能叫一个金尊玉贵的小姐坐在这里代替你，看着少爷睡觉？但是宝钗没有吭声。袭人说完就走，宝钗拿着她绣的兜肚，一蹲身，正好坐在袭人方才坐的地方，又看着那个活计可爱，不由得拿起针来替她绣。

古人主张，男女七岁不同席。一个大家闺秀，午睡时间，坐在表弟身边绣鸳鸯，这是无意间的作为吗？可能是。因为宝钗毕竟只是十几岁的女孩，一时考虑不了那么多。但是一个人隐秘的内心世界，哪怕她再含蓄、再慎重，也会通过她的行为透露出来。晚清红学家话石主人看到宝钗坐在宝玉身边绣鸳鸯这段描写时说："自奇缘识锁，宫赏两同，遂有儿女之私。虽务为持重，而送丸药显露情言，绣鸳鸯难云无意。"《贾宝玉奇缘识金锁》，是高鹗续书中第八回的回目。话石主人这段话的意思是：自从宝钗、宝玉互相看了通灵宝玉和金锁，元春端午节又给二人相同赏赐，宝钗对宝玉就有了儿女私情。虽然宝钗一直极力保持稳重，但宝玉被打之后，她送丸药时显露出了对宝玉的真实感情；坐在宝玉身边绣鸳鸯，也很难说是宝钗无意之间的行为。话石主人的话很有道理。宝钗内心深处确实对宝玉存有一份真实感情，不妨称之为豆蔻少女对清俊少男的爱慕之心。这当然完全可以，宝钗也有爱宝玉的权利。但是宝钗不像黛玉那样可以将这份儿女真情尽情挥洒出来，她总是用妇德约束自己，甚至不敢正视这份感情，还极力掩饰乃至排斥，就像蘅芜苑里被大石头遮挡的风光，宝钗的感情也被她自己用道学家的面具遮挡着。不过她的行为偶尔也会泄露出一点儿儿女真情的春光，泄露出她对宝玉的真实感情，比如，不由自主地坐在宝玉身边绣鸳鸯。

有的红学家说，在这个绣鸳鸯的情景中，薛宝钗俨然是一位女主人。曹雪芹不仅用言语诗谜作谶，也以行动举止来显现命运的先兆。也就是说，薛宝钗坐在贾宝玉身边绣鸳鸯，是她命运的先兆。到底是什么样的命运先兆呢？

这其实是一个非常富有寓意的场面，前袭人后宝钗，两人共同给宝玉绣鸳鸯戏水花样的兜肚。两个身份完全不同的女性，都想和宝玉成为鸳鸯，但是大自然中的鸳鸯向来是一雄一雌，哪有一雄两雌的？这本来就是讽刺。而且根据曹雪芹的构思，袭人虽然和宝玉有肌肤之亲，但并没有和宝玉正式成为“鸳鸯”，只是在王夫人的安排下，接受了和赵姨娘一样的待遇，身份仍是丫鬟，甚至不是通房大丫鬟。后来她嫁给蒋玉菡，更是没有和宝玉成为“鸳鸯”。而宝钗虽然和宝玉成了亲，但宝玉心里一直装着黛玉，也没和她成为真正的“鸳鸯”，更何况后来宝玉还出家了。

“什么是‘金玉姻缘’，我偏说是‘木石姻缘’”

更具有讽刺意味的是，宝钗坐在那儿绣鸳鸯，刚做了两三个花瓣，忽然听到宝玉在梦里喊骂：“和尚、道士的话如何信得？什么是‘金玉姻缘’，我偏说是‘木石姻缘’！”宝钗听了这话，不觉怔住了。宝玉连梦里想的都是“木石姻缘”。谁是“木石”？单林为木，通灵宝玉为石。“木石姻缘”指的就是黛玉和宝玉。《红楼梦》说凤姐“机关算尽太聪明，反算了卿卿性命”，薛姨妈母女其实也是“机关算尽太聪明”，结果换来宝玉的梦中大骂，实在是很有意思。

宝钗坐在宝玉身边绣鸳鸯，恰好让黛玉看到了。黛玉在王夫人那里听说袭人被内定为宝玉的准姨娘，便和湘云一起来向袭人道喜，却看到了做梦都想不到的场景：宝玉穿着纱衫躺在床上睡觉，宝钗坐在他身边绣鸳鸯戏水兜肚。这不就是古代常见的夫妻恩爱的场景吗？黛玉觉得好玩，招手叫湘云过来看。湘云本来也想笑，忽然想起宝钗素日待她不薄，便赶快把嘴捂住；又知道黛玉嘴不让人，怕她再借这个因由取笑宝钗，就拉起黛玉，说："走罢，我想起袭人来，他说午间要到池子里去洗衣裳，想必去了，咱们那里找他去。"黛玉冷笑两声，只得跟她走了。

宝钗做的这件事体不体面？不太体面，说给谁听，都会认为她不应该这么做。你是没出阁的贵族小姐，你表弟是没娶妻的贵族公子。他睡午觉时，你怎么可以跑到他的房间，尤其是像妻子一样在旁边看护他，而且还给他绣鸳鸯戏水的兜肚？如果黛玉喜欢飞短流长，传了出去，宝钗不是很丢人？但是黛玉襟怀坦荡，她平时虽然喜欢刻薄人，连湘云咬舌子说"爱哥哥"都要取笑一番，但宝钗坐在宝玉床边绣鸳鸯之事，黛玉却从没对第三个人说过，只是跟宝玉开玩笑时提过一嘴。薛姨妈生日时，宝玉不想去参加生日宴会，黛玉就用宝钗曾替他赶蚊子一事劝他还是得去。黛玉什么时候这么宽宏大量了？这正是宝黛爱情成熟的标志。黛玉和宝玉是生死恋人，她居然会来祝贺宝玉有了准姨娘，且是真心真意。当代读者对此可能很不理解。这也是《红楼梦》中的爱情描写和其他小说很不一样的地方。宝黛爱情是最美丽的爱情，但黛玉并不在乎王夫人给宝玉安排一个事实上的通房大丫鬟。这就是封建上层社会男女之间的爱情，与宝玉、黛玉的生死之恋并不矛盾。

袭人得上位，宝玉识分定

——第三十六回　绣鸳鸯梦兆绛芸轩　识分定情悟梨香院（下）

这一回还有一个重要内容，就是王夫人和凤姐商量挑丫鬟、发月钱和提高袭人待遇的事情。琐细小事写出了凤姐的精明干练、王夫人的懵懵懂懂及袭人的“求仁得仁”。

玉钏儿辛酸替补

金钏儿投井自杀后，有几家仆人时常来给凤姐请安、奉承、送礼，凤姐很敏感，知道他们必有所求，但她没琢磨出是怎么回事，就问平儿：“这几家人不大管我的事，为什么忽然这么和我贴近？”平儿不仅是凤姐的一把总钥匙，对于下人的事也门儿清。平儿说：“奶奶连这个都想不起来了？我猜他们的女儿都必是太太房里的丫头，如今太太房里有四个大的，一个月一两银子的分例，下剩的都是一个月几百钱。如今金钏儿死了，必定他们要弄这两银子的巧宗儿呢。”凤姐说：“他们几家的钱容易也不能花到我跟前，这是他们自寻的，送什么来，我就收什么，横竖我有主意。”凤姐已想好让谁来接替金钏儿，但她不开口，王夫人就想不起来这事，等那些人把礼送够了，凤姐才去回王夫人。凤姐贪财真是不择远近，不分大小，捡到篮里就是菜，送多送少都是钱。绝妙的是，凤姐并不是谁送的礼多，就把这个巧宗儿给谁，她只按照人之常情，按照怎样获得下人的心来办。凤姐早掂量好了，就叫玉钏儿补她姐姐的缺。金钏儿含冤而死，白老婆子躲凤姐还怕躲不及，怎么会给凤姐送礼？凤姐却偏偏卖她的账。应该说，凤姐多少还是有些人情味的。金钏儿死得冤，得叫她家不能吃太多亏，就把她那份月钱仍给白家，这样也可以收买奴仆们的心。而且不是好几家人都来给凤姐送礼，想弄到这个巧宗儿吗？既然给张三必定得罪李四，给李四必定得罪王五，怎么都摆不平，那就安排给玉钏儿吧，这样谁也没话说。凤姐心里打定主意，却不直说，而是巧妙地引导王夫人自己提出来。

我们听听凤姐是怎样向王夫人汇报这件事的："自从玉钏儿姐姐死了，太太跟前少着一个人。太太或看准了那个丫头好，就吩咐，下月好发放月钱的。"金钏儿，这么现成的名字，王夫人每天要叫好多遍，凤姐为什么反而绕个弯子说什么"玉钏儿姐姐"？这既是避免提起王夫人心中永远的痛，也是用话外之音提醒王夫人——太太要补丫鬟，玉钏儿是最现成、最合理的。果然，懵懵懂懂的王夫人先说了句什么定例，够使就罢了，免了吧。凤姐便劝了她一番，说，太太说的也是，但这是旧例，"别人屋里还有两个呢，太太倒不按例了"。她说的"别人屋里"是指谁呢？赵姨娘和周姨娘。凤姐的意思是，她们屋里还有两个丫鬟，你怎么可以少了个丫鬟不补呢？凡事慢半拍的姑妈终于琢磨出内侄女话里有话了，说："就把这一两银子给他妹妹玉钏儿罢。他姐姐服侍了我一场，没个好结果，剩下他妹妹跟着我，吃个双分子也不为过逾了。"事情完全按照凤姐的想法进行，结果却是由王夫人来宣布。那些给凤姐送礼的人能埋怨吗？他们只能哑巴吃黄连——有苦说不出。凤姐太聪明了，一件小事办了个八面玲珑，既收了很多礼物，又叫王夫人出面，让玉钏儿吃双份月例，使她对金钏儿的愧疚之心得到安抚。

一个月多得一两银子，玉钏儿大喜，赶紧来给造成姐姐冤死的王夫人磕头。这是多么匪夷所思的一幕，却又是国公府中的寻常一幕，也是宗法社会中常见的一幕。

袭人逆袭上位

安排完玉钏儿，王夫人又问凤姐，赵姨娘、周姨娘的月钱是多少？凤姐说："那是定例，每人二两。赵姨娘有环兄弟的二两，共是四两，另外四串钱。"王夫人就说："可都按数给他们？"凤姐很奇怪："怎么不按数给！"王夫人说："前儿我恍惚听见有人抱怨，说短了一吊钱，是什么原故？"什么缘故？当然是凤姐扣了一吊钱，但是她把扣钱的事栽到了外面账房身上。凤姐忙笑道："姨娘们的丫头，月例原是人各一吊。从旧年他们外头商议的，姨娘们每位的丫头分例减半，人各五百钱，每位两个丫头，所以短了一吊钱。这也抱怨不着我，我倒乐得给他们呢，他们外头又扣着，难道我添上不成？……如今我手里每月连日子都不错给他们呢。"凤姐这番话，全是谎话。姨娘的钱就是她扣的，她之后还宣布，将来会继续扣。"连日子都不错给他们"也是谎话，因为她要拖几天放高利贷。王夫人听了，稀里糊涂的，也就罢了，又问："老太太屋里几个一两的？"凤姐说："八个。如今只有七个，那一个是袭人。"看来袭人的编制还在老太太那儿。凤姐接着说："袭人原是老太太的人，不过给了宝兄弟使。他这一两银子还在老太太的丫头分例上领。如今说因为袭人是宝玉的人，裁了这一两银子，断乎使不得。若说再添一个人给老太太，这个还可以裁他的。若不裁他的，须得环兄弟屋里也添上一个才公道均匀了。就是晴雯、麝月等七个大丫头，每月人各月钱一吊，佳蕙等八个小丫头，每月人各月钱五百，还是老太太的话，别人如何恼得气得呢？”她的另一个姑妈薛姨妈笑了：“只听凤丫头的嘴，倒像倒了核桃车子的，只听他的帐也清楚，理也公道。”薛姨妈客居贾府，不仅对贾府的老封君贾母经常恭维，对亲姐姐王夫人、亲侄女凤姐，也经常说些“过年话”。薛姨妈表扬凤姐口才好，说像是“倒了核桃车子”。“倒了核桃车子”，不就是哗啦啦地响吗？她还说凤姐“帐也清楚，理也公道”。薛姨妈为人聪明，她听出了王夫人问话中的机关，这是在替凤姐争理。

凤姐说到老太太房里丫鬟的分例，实际上是给王夫人出了个难题，那就是宝玉有个一两银子月钱的丫鬟，虽然是在老太太那里领钱，但也得给贾环同样添上个一两银子月钱的丫鬟才公道。凤姐是荣国府实际的“家务总管”，她再讨厌赵姨娘，对待宝玉和贾环也得尽量公平。她这番话实际上是将了王夫人一军。结果，王夫人不仅连理都没理，还进一步扩大了宝玉和贾环之间在拥有丫鬟上的差距——宝玉有了实际上的通房大丫鬟。

实际上，宝玉不仅跟贾环的待遇是一个天上一个地下，跟贾琏享受的待遇也是一个天上一个地下，甚至可以这样说，宝玉在荣国府是被当作“凤凰”捧着的，而贾琏简直像被当成“野鸭”养着。我们看看两位荣国府公子享受的完全不同的丫鬟待遇。宝玉身边有多少丫鬟？红学家们做过各种统计，我的统计是宝玉至少有袭人、晴雯、麝月等八个大丫鬟，小红、佳蕙、坠儿等八个小丫鬟。有的丫鬟如小红，宝玉自己都不认识。宝二爷的丫鬟比贾母的都不少！

琏二爷身边又有多少丫鬟呢？他可以使唤凤姐的丫鬟平儿、丰儿，以及从怡红院“调”过去的小红，还有后来跟鲍二家的偷情时替他看守门户的两个小丫鬟。除此之外，再也没有。到第七十二回，凤姐算月钱时明确地说她跟贾琏总共只有四个丫鬟。一位琏二爷，一位凤二奶奶，总共只有四个丫鬟，仅是宝玉丫鬟的四分之一！

贾环身边的丫鬟不能跟宝玉比，那是因为嫡庶不同。贾琏跟宝玉同样是嫡出，差距也这么大，真是不可思议。（贾琏肯定是嫡出，是贾赦死了的嫡妻所生。如果贾琏不是嫡出，“东海缺少白玉床，龙王来请金陵王”的王家也不会把王熙凤嫁给他。）同样是国公府里的王孙公子，为什么贾琏和宝玉在丫鬟的待遇上会有这么大的差别？这是《红楼梦》里一个非常奇怪的现象。是贾府公子们结婚后都要把丫鬟放出去，还是贾琏的大小丫鬟都被凤姐赶走了？可能曹雪芹是故意这样安排的，体现了小说艺术构思的丘壑：如果贾琏像宝玉那样天天被十几位美貌少女围绕着，他还需要饥不择食地与鲍二家的偷情，又把尤二姐偷娶到小花枝巷吗？贾琏这只“馋兔子”好好地吃窝边草不就成了？

我们还是回过头来看王夫人挑丫鬟。

王夫人想了半天，对凤姐说，明儿挑个好丫头给老太太补上，把袭人这一份裁了，从我的月例二十两银子里拿出二两来，再加一吊钱给袭人。就是说，袭人作为丫鬟，和晴雯一样，每个月都是一吊钱；她又是宝玉的准姨娘，和赵姨娘一样都有二两银子。但这二两银子不是从公账上出，而是王夫人自己出。凤姐答应了。然后，几人开始给袭人评功摆好。王夫人更是含着眼泪说，袭人比我的宝玉强十倍，如果能得她长长远远地服侍宝玉一辈子，就好了。

人世险恶，宝玉挨一次打，得到最大利益的竟是袭人。怎么得到的？靠在王夫人跟前进献谗言得到的。凤姐听了，便对王夫人说，既然这样，干脆给她开了脸，放在房里。凤姐和王夫人，一个聪明一个颟顸，但她们都没想到，袭人早就“开脸”了，自己开的。当然，也可能凤姐早就观察出袭人已与宝玉“暗度陈仓”，所以干脆替她公开算了。王夫人说，那不好，一则都还年轻，二则老爷也不许，三则宝玉见她是个丫头，还能听劝，如果给他做了跟前人，那么袭人该劝的也不敢劝了，现在就先“浑着”，过两三年再说吧。

凤姐、袭人双变脸，宝玉越加发狂言

凤姐在王夫人跟前满面笑容、低声下气地汇报了半天，出来后就凶相毕露，大骂赵姨娘，可以看出来，她向王夫人汇报的全都是假话。袭人知道自己的“身份”变了，也在宝玉跟前挺直了腰杆，以“太太的人”自居。而宝玉则在不经意间说出了更加离经叛道的话。

凤姐出来，走到廊檐上，几个媳妇赔笑，说：“奶奶今儿回什么事，这半天？可是要热着了。”接着，曹雪芹这样描写贵族少奶奶的形象：“凤姐把袖子挽了几挽，跐着那角门的门槛子，笑道：‘这里过门风倒凉快，吹一吹再走。’”国公府的管家少奶奶，怎么能把袖子挽起来，把玉臂露出来，脚踩门槛子呢？太不雅观了！但是凤姐就这么做了。她是从小被当作男孩养大的，又在婆家说一不二。凤姐又对众人说：“你们说我回了这半日的话，太太把二百年头里的事都想起来问我，难道我不说罢。”她心里记恨王夫人竟然问她月钱有没有少发、有没有按时发，说明不止少了一吊钱，还没按时发放。凤姐又冷笑道：“我从今以后倒要干几样刻毒事了。抱怨给太太听，我也不怕。”下面几句，则是故意让传话给赵姨娘的人听见的，

“糊涂油蒙了心、烂了舌头、不得好死的下作东西，别作娘的春梦！明儿一裹脑子扣的日子还有呢。如今裁了丫头的钱，就抱怨了咱们。也不想一想是奴儿[1]，也配使两三个丫头！”这位少奶奶太泼辣了，真是令赵姨娘恨极、荣国府下人怕极。

袭人的身份定下来了。黛玉、湘云是怎么跟袭人说的？不知道。宝钗问袭人：“他们没告诉你什么话？”袭人说：“左不过是他们那些顽话，有什么正经说的。”从她们二人的对话中，可以看到黛玉、湘云已经把王夫人的决定告诉袭人了。这时凤姐打发人来叫袭人，告诉她王夫人的话，叫她向王夫人磕头，先不要去见贾母。到夜深人静，袭人才把这事告诉宝玉。宝玉喜不自禁，因为袭人成了他的屋里人，虽然还没公开，但也不可能回家了。宝玉说：“我可看你回家去不去了！”

袭人得到王夫人“重用”，在宝玉跟前态度都变了，冷笑道：“你倒别这么说。从此以后我是太太的人了，我要走连你也不必告诉，只回了太太就走。”不知道她将来嫁蒋玉菡时回了太太没有？宝玉赶紧说：“就便算我不好，你回了太太竟去了，叫别人听见说我不好，你去了你也没意思。”袭人说：“有什么没意思，难道作了强盗贼，我也跟着罢？”这话非常可恶。袭人当面对宝玉说这样的话，说明她内心十分阴险。贾政打宝玉时说“明日酿到他弑君杀父”，“弑君杀父”不就是“强盗贼”？袭人这句话等于表示，如果你不按照老爷的教导去做，你就是强盗贼，我就不跟着你了。袭人又说：“再不然，还有一个死呢。”宝玉赶紧捂住她的嘴，不让她再说了。两人继续说到春花秋月、粉淡脂浓，接着又谈到女儿之死。

1　奴儿：意为奴才辈。儿：指排列、辈分。——编者注

这时宝玉说了一番绝对不亚于他原来那些离经叛道学说的话，简直是所谓的“强盗贼宣言”。宝玉说：“人谁不死，只要死的好。那些个须眉浊物，只知道文死谏，武死战，这二死是大丈夫死名死节。竟何如不死的好！”“文死谏，武死战”，是中国古代最高的道德。在封建社会，皇帝是天子，天下所有土地都属于皇帝，文臣要为直言进谏而死，武臣要为开拓疆土而死。但是宝玉却说“何如不死的好”。为什么呢？宝玉接着说：“必定有昏君他方谏，他只顾邀名，猛拼一死，将来弃君于何地！必定有刀兵他方战，猛拼一死，他只顾图汗马之名，将来弃国于何地！所以这皆非正死。”这番话是对袭人说的，被红学家们多次引用。这是一番振聋发聩的叛逆之论。明代末年，李贽就曾有过这样的议论，曹雪芹在思想上是和李贽相通的。宝玉最后说，那些死的都是沽名，并不知道大义。我现在如果有造化，趁你们都在时死了，你们哭我的眼泪再能够流成大河，把我的尸首送到鸦雀不到的地方，随风化了，从此不再托生为人，就是死得得时了。贵族少爷连人都不想做了，愤世嫉俗到极点。为什么呢？因为他虽然生活在钟鸣鼎食之家，每天吃香的、喝辣的，但太不自由了。

袭人做了准姨娘之后，宝玉发的这番文死谏，武死战，何如不死的高论，是《红楼梦》经常被提到的重要思想成就之一。

宝玉梨香院识分定

宝玉在各个地方玩腻了，有一天突然想起《牡丹亭》来，想到梨香院有个小旦龄官唱得最好，便去找她。他来到梨香院内，问龄官在哪儿，大家告诉他，在她自己房里。宝玉便来到龄官房里。

宝玉甭管和大观园里哪个女孩交往，都觉得你应该是我的朋友，我叫你干什么你就应该干什么。他拿着这套处事规则对待龄官，没想到居然不灵。龄官躺在床上，见他进来，文风不动。宝玉和别的女孩玩惯了，认为龄官也和别人一样，便到她身旁坐下，赔笑央求她起来唱“袅晴丝”一套。这是《牡丹亭》里的唱词。龄官见他坐下，忙起身躲避，板起脸来说：“嗓子哑了。前儿娘娘传进我们去，我还没有唱呢。”宝玉碰了个大钉子：人家连坐都不挨着你坐，更不用说给你单独唱折子戏了。宝玉仔细一看，原来龄官就是那日蔷薇花下画“蔷”字的姑娘。

宝玉从没被别人这么嫌弃过，自己讪讪地出来了。别的女孩问他怎么回事，宝玉便说了。宝官说：“只略等一等，蔷二爷来了叫他唱，是必唱的。”宝玉是荣国公的正枝正叶、贾府“凤凰”，贾蔷虽是宁国公的正派玄孙，却父母早亡，跟着贾珍过活，难道他的面子比宝二爷的还大？宝玉很纳闷，问：“蔷哥儿那去了？”宝官说，一定是龄官要什么东西，他去买去了。宝玉好奇地等着，过了一会儿，看到贾蔷回来了，手里“提着个雀儿笼子，上面扎着个小戏台”，进来找龄官。贾蔷见了宝玉，只好站住。宝玉问他：“是个什么雀儿，会衔旗串戏台？”贾蔷说：“是个玉顶金豆。”宝玉又问：“多少钱买的？”贾蔷回答：“一两八钱银子。”贾蔷说完，让宝玉先坐着，自己则到龄官房间去。

宝玉此时听曲儿的心都没了，只想看看贾蔷和龄官是怎么回事。只听贾蔷对龄官说，起来，瞧这个玩意儿。龄官起来问是什么东西。贾蔷说，买个雀儿给你开心。说着，便用谷子哄得“那个雀儿在戏台上乱串，衔鬼脸旗帜”。别的女孩都说“有趣”，只有龄官冷笑两声，仍然到床上去躺着。贾蔷还只管赔笑问好不好。龄官说：“你们家把好好的人弄了来，关在这牢坑里学这个劳什子还不算，你这会子又弄个雀儿来，也偏生干这个。你分明是弄了他来打趣形容我们，还问我好不好。”

这个女孩说话像谁呢？像嘴如刀子的黛玉。龄官的话如此尖锐犀利，简直就是女奴的怒吼。有的红学家说，龄官的话就是曹雪芹对封建社会的讽刺。贾蔷慌了，连忙说，我今天糊涂了，花了一二两银子买它来，原是给你解闷的，你又生气，算了算了，放生吧。说着，便把笼子拆了，把鸟放了。因为龄官咳嗽，还吐了两口血，贾蔷急忙去给龄官请大夫看病，刚要走，龄官却叫住他：“站住，这会子大毒日头地下，你赌气自去请了来我也不瞧。”

这些描写太生动了。贾蔷巴结龄官，龄官向贾蔷撒娇。贾蔷要出去给龄官请大夫，龄官又说，太阳那么毒，晒坏了你怎么办，请来我也不看。她爱惜贾蔷，不愿贾蔷冒着大毒日头去给她请大夫。贾蔷听她这样说，只得站住了。宝玉见到如此情景，不觉得痴了，他领会到这个女孩为什么要画“蔷”了。

宝玉站不住，抽身走了。贾蔷一心都在龄官身上，连宝二叔也顾不得送了，还是别的女孩子把宝玉送出来的。宝玉回怡红院的路上“一心裁夺盘算”。我们可以设想一下他的心理活动：整个大观园中，谁不和我玩，不听我的？可是龄官就不听我的，她听贾蔷的。贾府“凤凰”从唯我独尊的美梦中猛然惊醒，越想越呆，痴痴地回到了怡红院。黛玉正在和袭人说话。宝玉一进来，就对着袭人长叹：“我昨晚上的话竟说错了，怪道老爷说我是‘管窥蠡测’。昨夜说你们的眼泪单葬我，这就错了。我竟不能全得了。从此后只是各人各得眼泪罢了。”

宝玉昨天晚上不是和袭人说，他死了以后，大家的眼泪流成河，把他的尸首漂起来，送到一个鸦雀不到的地方，再也不托生为人吗？

现在他领悟到自己得不到所有人的眼泪。他的领悟还是很有深意的。“各人各得眼泪”，得谁的眼泪？宝玉得黛玉的眼泪，神瑛侍者得绛珠仙子的眼泪。对神瑛侍者来说，绛珠仙子一个人为他流眼泪就够了，黛玉一个人的眼泪也就对得起宝玉的人生了。

袭人已经把昨天的话忘了，此刻听宝玉又提起来，便说：“你可真真有些疯了。”宝玉不回答，自此深悟人生情缘，各有分定，只是暗暗感伤，不知道将来葬我洒泪者是谁。其实，他应该感伤黛玉那句话——“侬今葬花人笑痴，他年葬侬知是谁？”。

宝玉从此悟得人生各有分定，是一个新境界。他的感情上了一个层次：各人各得自己所应得的，不要妄想不属于自己的。这样一来，宝玉就从泛情主义转变到了纯情主义，就和黛玉对他的感情联系了起来。因为黛玉向来不劝他去立身扬名，而黛玉的眼泪又永远只为他一个人而抛洒。宝玉在感情上进一步觉悟了。

大观园结诗社

——第三十七回　秋爽斋偶结海棠社　蘅芜苑夜拟菊花题

大观园结诗社是这一回最重要的内容。住在秋爽斋的探春给宝玉写信，邀请宝玉和众姐妹起诗社，恰好贾芸送白海棠给宝玉，几人就以白海棠为名，将诗社叫作海棠社。史湘云赶来参加诗会，打算做东，宝钗便和她在蘅芜苑拟定写菊花的题目。

这一回开始，贾政点了学差，八月二十日起身。有的红学家认为，贾政被点学差，是讽刺笔墨，因为贾政没有什么学问，大观园题额时除了对宝玉“断喝”外，并没有什么出彩之处，他也承认自己于文章上生疏，写东西迂腐古板。所以，让这样的人做学差，就像《儒林外史》里范进做山东学道，却不知道苏轼是谁。其实《聊斋志异》中早就写过，学差头脑冬烘，缺乏文采还算较好，更有甚者，只认得银钱。《红楼梦》里贾政被点学差，我看主要还是为了给贾宝玉创造一个更加自由的环境。贾母虽然接管了宝玉的教育权，但是如果贾政仍在荣国府，他就还会坚持让宝玉读四书五经。贾政如果知道大观园结社写诗一事，难道不会横加干涉？因此，让贾政“出差”最合适。

两封迥然不同、妙趣横生的书信

贾政一走，宝玉更加任性，纵情闲逛，“真把光阴虚度，岁月空添”。就在这时，他接到了妹妹探春的信。原来，探春要发起诗社。

《红楼梦》和中国古代其他小说的一个很大不同是“文备众体”，即用诗词文赋等各种文学形式写人物、讲故事。而大观园诗会在世界各国小说里，都很少见。大观园诗会成为《红楼梦》中最有诗情画意的部分，也是《红楼梦》文化底蕴深厚的原因。

按照我们的想法，《红楼梦》中诗写得最好的是林黛玉，如果大观园搞诗歌活动，发起人应该是黛玉才对，但偏偏不是，而是探春。仔细想想，也可以理解。黛玉天马行空，独往独来，喜欢独处，喜欢独立思考，而且喜散不喜聚。探春则“才自精明志自高”，喜聚不喜散，又有管理才能，由她发起成立诗社顺理成章。这很像现在的一些协会，主持工作、经常露面的，常常是具有一定领导、公关能力的人，而真正的行业高手，都悄悄地躲在书斋里干自己的活儿。

据脂砚斋评语，宝玉是十二金钗之冠，大观园的各种活动都得在他这儿挂号。探春建议成立诗社的信，就是写给宝玉的。信写得非常有文采，像六朝文人的书启[1]。她用了骈文写法，讲究对仗、用典。探春跟宝玉说：我前段时间因贪看月色感冒了，你派了侍儿问候我，还送了荔枝和颜真卿的真迹给我，我很感激。我想到古人在争名夺利之场，仍没忘记写诗，我们生活在大观园这个有泉有石的

---

1 书启：古代专指下级给上级的信件，后来成为“信札”的通称；旧时官署里专管起草书信等事的人。——编者注

地方，还有宝钗、黛玉两个现成的诗人，为何不举办一个风雅诗会，让大观园姐妹的才能有展示的机会呢？难道吟诗作赋的只能是男人？这次就让我们巾帼展示一下吧。

探春的信特别有文采，几乎是一句一典，我们看看她最后几句："孰谓莲社之雄才，独许须眉；直以东山之雅会，让余脂粉。若蒙棹雪而来，娣则扫花以待。""孰谓莲社之雄才"的典故是东晋名僧慧远在庐山创立东林寺，曾招陶渊明、谢灵运等人参加诗会，因寺里有白莲池，后人便用"莲社"代指诗人聚会。"东山之雅会"也用了典故，东山是东晋谢安曾经隐居的地方，他常和文人聚会，吟咏山水。"棹雪而来"的典故是《世说新语》里记载的王子猷雪夜乘小船访戴安道的故事。"扫花以待"的典故，则来自杜甫《客至》："花径不曾缘客扫，蓬门今始为君开。"这首诗我非常喜欢，还把这一联写到了我的长篇小说《感受四季》里。

探春的信，使宝玉非常高兴。宝玉本就认为女儿是水做的骨肉，男人是泥做的骨肉，山川日月之精华，独钟于女儿。他一看妹妹提出这么好的建议，便跑得比兔子还快，立马往秋爽斋而去。巧的是，在去秋爽斋的路上，大观园后门值班的婆子又给他送来一封信，说是芸哥儿请安，正在后门等着。

宝玉于是打开贾芸的信看起来。从这两封先后出现的信来看，曹雪芹这个小说家真是了不起。他能在一回里同时写出两封迥然不同的信。探春的信是六朝文人的书启；贾芸的信，则是市井俗人的家书。贾芸是贾府旁支，很会抓机会，和贾琏、凤姐、宝玉拉关系。宝玉开玩笑说他像自己的儿子，他就马上顺杆儿爬，认宝玉为父亲。贾芸巴结宝玉的过程中，还穿插了他和小红私相传递、宝钗扑蝶嫁祸黛玉的情节。贾芸找理由不断地往怡红院跑，一方面是和宝玉套近乎，另一方面是寻找接近小红的机会。不过，现在他往怡红院跑，只是为了巴结宝玉，因为小红已调到凤姐那里了。贾芸的信，不文不白，不伦不类，能让人把肚皮都笑破了。开头："不肖男芸恭请父亲大人万福金安"，郑重其事地给"父亲大人"请安。下面更好玩："男思自蒙天恩，认于膝下，日夜思一孝顺，竟无可孝顺之处。"十八岁的贾芸拜在十三岁的宝玉膝下承欢，琢磨怎么孝顺"父亲大人"，又没可孝顺之处，这不是互相矛盾吗？贾芸接着又说："前因买办花草，上托大人金福，竟认得许多花儿匠，并认得许多名园。"认得花儿匠、认得名园就是了，还要加上个"竟"字？"因忽见有白海棠一种，不可多得"，因为不可多得，所以他变尽方法，弄到两盆，"大人若视男是亲男一般，便留下赏玩"。脂砚斋说，贾芸的信"直欲喷饭，真好新鲜文字""皆千古未有之奇文，初读令人不解，思之则喷饭"。探春和贾芸的两封信显示出了伟大小说家曹雪芹掌握不同笔墨的超人才能，而贾芸送的白海棠则成了大观园第一次诗会的题目。

因人制帽的大观诗歌

起诗社的建议是探春提出来的，而大观园里最好的诗人则是黛玉，这不仅因为黛玉早就有了《葬花吟》，还因为她是在用生命写诗。黛玉的冰雪聪明和单纯率真，在诗歌活动中表现得最充分。黛玉平时虽然爱使小性儿，但在诗歌活动中，她从没使过小性儿，她的个性都和平时不太一样了。这时的黛玉仍然聪明伶俐，但不再愁眉紧锁、泪眼蒙蒙，而是活泼可爱、喜笑颜开。黛玉首先提出来，既然要起诗社，那大家就是诗翁了，就不要再叫姐妹、叔嫂了。李纨听了表示同意，说何不起个诗号。她一提建议，探春马上给自己取了个“秋爽居士”的名字。宝玉说，“居士”不妥，还不如借院子里现有的梧桐、芭蕉来取号。探春于是便取名为“蕉下客”。别人还没反应过来，黛玉已笑着说，快把她牵去炖了脯子吃酒。原来黛玉已敏捷地想到了“蕉叶覆鹿”的典故。《列子·周穆王》写道：郑国有个樵夫，无意中遇到一头鹿，把它打死后，怕别人看到，就用蕉叶把鹿盖好藏起来，谁知过后他忘记了藏鹿的地方，还以为是做了一场梦。后人便用“蕉鹿”比喻世事无常。探春无意之中给自己取了这么一个诗号，是不是暗含这样的寓意：大观园里尊贵的三小姐，将来要离乡背井，远赴三千里外？

大观园起诗号，实际上是曹雪芹在巧妙地描写各个人物的个性，可以说，起出了个性，起出了未来，起出了命运。最典型的是黛玉和宝玉的诗号。黛玉用“蕉叶覆鹿”调侃了探春，探春也不是等闲之辈，马上对黛玉说，你不用使巧话骂人，我已替你想了个极当的美号，就叫“潇湘妃子”。探春顺便说出了娥皇、女英哭舜帝的典故。黛玉住的潇湘馆种有竹子，她又爱哭，探春便说，将来她想“林姐夫”时，那些竹子也是要变成斑竹的。这段话其实说出了黛玉将来的结局，即为哭“林姐夫”泪尽而亡。“林姐夫”是谁？宝玉。只不过这个“林姐夫”永远不可能成婚。其实，黛玉在《题帕诗》里已经使用了娥皇、女英哭舜帝的典故，写到自己窗前的竹子将来也要变成斑竹。探春这番话无疑成了黛玉命运的谶语。

给宝玉起诗号，最起劲儿的是宝钗。宝钗不是“不干己事不张口”吗？她却总是就宝玉之事而开尊口。她先是给宝玉送了个“无事忙”，后来又送了个“富贵闲人”，都是嘲笑的态度。这两个诗号说明了宝钗的人生态度。宝钗关心人生大事，关心升官发财，关心富和贵，而偏偏宝玉对这些事都不关心、不争取，只天天做一些闲散之事，这就叫既想做“宝二奶奶”，又望“婿”成龙的宝钗满心不自在，便借机调侃。对宝玉的诗号，探春处理得最到位。她对宝玉说：“我们爱叫你什么，你就答应着就是了。”令人奇怪的是，宝玉对黛玉的诗号一言不发，黛玉对宝玉的诗号也一言不发。其实，宝玉原来的“绛洞花主”和黛玉的“潇湘妃子”恰好相对应：“主”对“妃”，“绛洞”的红对“潇湘”的绿。

大观园成立了诗社，创作出的诗歌也是人物个性的有机组成部分，还会隐隐地透露出各人的未来命运。曹雪芹设计得特别巧妙。记得我上初中时，对于《三国演义》《西游记》里的诗歌，时常跳过去不看；对于《红楼梦》里的诗歌，却总要一字一字、一句一句地推敲，因为它和人物的命运联系得非常紧密。曹雪芹在《红楼梦》之外的诗歌只传下了两句，但他替红楼人物所写的诗歌，却写一人肖一人，真是天才。

不仅每个人所写的诗歌不一样，每个人写诗时的表现也不一样。这次大观园诗会吟咏白海棠，又限题，又限韵，应该很难创作，别人都在那儿苦思冥想，只有黛玉好像全不在乎，或抚弄梧桐，或欣赏秋色，或和丫鬟说笑，好像根本没在构思，其实她一想就得。宝钗也早就写出来了，但她谦虚地说，我虽然有了，却不好。可见宝钗为人低调。宝玉则急得背着手走来走去。不多时，大家都写好了，凑在一起讨论哪一句好，又催促黛玉，这时黛玉提笔一挥而就。这么几段简单的文字，将黛玉的恃才傲物、宝钗的谨慎小心、宝玉的毛毛躁躁活灵活现地描写了出来。

黛玉是大观园里最灵秀、最聪慧的，她对生活的感受特别敏感，对事物的想象别出心裁。在她眼里，白海棠清纯洁白，不是从普通的泥土里长出来的，也不是种在普通的瓦盆里，而是以碾碎的冰做土，以玉做盆，即“碾冰为土玉为盆”。白海棠又从人们熟悉的梨花那儿偷来了花蕊，从人们尊敬的梅花那儿借来了一缕芳魂，即“偷来梨蕊三分白，借得梅花一缕魂”。白海棠像月中仙女，穿着自己缝制的素衣，又像闺中愁苦的少女一般，悄悄擦眼泪，即“月窟仙人缝缟袂，秋闺怨女拭啼痕”。这样的诗句既表现了黛玉的巧思，也可以看成黛玉个性的写照。脂砚斋早就注意到，这些诗“不脱落自己”，咏的是白海棠，表现的是黛玉的个性。

李纨自封“诗社社长”，管评论。宝钗和黛玉都写得好，但是李纨主张宝钗第一，探春也同意。宝玉则说到底谁是第一还得再斟酌。而黛玉却没有表示不服气，她的小性儿一点儿也没表现出来。李纨对宝钗诗歌的评价是“含蓄浑厚”，评得很到位。宝钗是大观园里最稳重、最深沉，也最有雄心大志的，她为人低调不张扬，她的诗歌雍容、沉稳、含蓄。黛玉笔下娇羞的白海棠，到宝钗笔下则成了端庄自重、有意识地把自己严密封闭起来的白海棠，所谓“珍重芳姿昼掩门”。宝钗又是入世的人，绝对不是一味退缩、一味低调，她知道自己是什么分量，知道自己有什么能力和魅力，所以又有“淡极始知花更艳”之句，正因不加修饰，素面朝天，才显出天然的艳丽。这是写白海棠，也是写宝钗。

成立诗社的时候，宝玉总觉得心里有件事，一时想不起来。袭人派宋妈妈给史湘云送东西，才提醒宝玉，原来忘了史湘云。

湘云终于在宝玉的一再恳求下，由贾母请来。湘云入社和其他人不一样，她兴致勃勃，宣布只要入社，扫地焚香都愿意。她一出手，就把宝钗的“首席”夺走了。史湘云起号“枕霞旧友”，因史侯家一处名叫“枕霞阁”的小亭子恰好是贾母当年玩的地方。史湘云豪放爽朗，她的诗洋洋洒洒，写出“也宜墙角也宜盆”之句，实际上表现了湘云和什么人都能和谐相处的性格。湘云未来的命运是“白首双星”，和她嫁的“才貌仙郎”两地分居，所以她的诗里还出现了“自是霜娥偏爱冷”“幽情欲向嫦娥诉”这样的句子，似乎寂寞的月中嫦娥和史湘云的命运有一些关系。

探春是诗社的发起人，她性格刚强而有志气，所以她的白海棠诗中就出现了这样一联：“玉是精神难比洁，雪为肌骨易销魂。”这和探春的个性紧密联系。

大观园诗会真的存在过吗？真的有这样一群贵族少女、少爷凑在一块儿，写出这么好的诗歌来吗？实际上，这是曹雪芹把同时代文人的特点搬进了大观园。与曹雪芹同时代的诗人常在一块儿吟诗，传下很多佳话，爱新觉罗·永恩就曾写过《菊花八咏》。曹雪芹把永恩的访菊、对菊、种菊等八咏，再加上菊影、画菊、忆菊、咏菊四种，凑成了十二个诗题，就是下一回大观园吟诗的主要内容。然后，曹雪芹又按照人物个性把访菊、问菊、咏菊、菊影等题目分派到大观园各位“诗人”名下，构成了大观园的菊花诗。读者看了大观园诗会，就能知道古代文人雅士是怎么生活的，古代有文化的贵族是怎么生活的，古代才女又是怎么生活的。所以，大观园诗会是凝聚着古代诗人、古代闺阁才人的生活而创造出来的。

曹雪芹把大观园诗会的诗歌当成人物个性的组成部分来写，当成贾府日常生活的片断来写，格外有味道，读起来就不像《镜花缘》里的诗歌那样呆板枯燥。

晴雯不会做人，宝钗会做人

这一回还有一个似乎不太重要的内容，却影响着人物的命运，我把这个内容总结为两个不同身份姑娘的不同为人。

袭人要派人去给史湘云送东西，她找盛东西的好看器皿，却见架子上的碟槽空了，便问大家，那个缠丝白玛瑙碟子哪儿去了？众人面面相觑，晴雯想了一会儿，说给三姑娘送荔枝用过，还没拿回来。接着，又说到上面的一对联珠瓶也没收回来，秋纹便说了个关于丫鬟的有趣的生活小事。秋纹说，讲到联珠瓶，我想到一个笑话。我们二爷孝心一动，也孝敬到二十分。那日园子里桂花开了，他折了两枝，原是要自己插瓶的，忽然想起来说，这是园子里刚开的新鲜花，不敢自己先赏玩，就赶紧把那对联珠瓶取下来，亲自灌水插好，给老太太、太太各送了一瓶。那天可巧是我送过去的，老太太见了，高兴得不得了，说到底还是宝玉孝顺我，连一枝花儿都想得到。说完就赏了我几百钱。到了太太那里，太太正和琏二奶奶、赵姨娘等人翻箱子，找太太年轻时穿的衣服，不知要给谁，一看见那花，衣服都不找了，先看花。琏二奶奶又在旁边凑趣儿，夸二爷怎样孝敬，怎样知好歹，有的没的说了两车话。当着众人，太太脸上增了光，越发欢喜，现成的衣裳就赏了我两件。衣裳是小事，年年横竖也会得，却不像这个彩头。

秋纹得了几百钱和两件衣裳很高兴，晴雯却说："呸，没见世面的小蹄子！那是把好的给了人，挑剩下的才给你，你还充有脸呢。"这句话其实是说，王夫人的好东西首先给了袭人，挑剩下的才给秋纹。秋纹说，这反正是太太的恩典，凭她给谁剩下的，我也愿意。晴雯就说："要是我，我就不要。……难道谁又比谁高贵些？把好的给他，剩下的才给我，我宁可不要，冲撞了太太，我也不受这口软气。"秋纹忙问："给这屋里谁的？我因为前儿病了几天，家去了，不知是给谁的。好姐姐，你告诉我知道知道。"晴雯说："我告诉了你，难道你这会退还太太去不成？”秋纹说：“胡说，我白听了喜欢喜欢。那怕给这屋里的狗剩下的，我只领太太的恩典，也不犯管别的事。”众人一起笑起来：“骂的巧，可不是给了那西洋花点子哈巴儿了。”袭人把这个骂接过去，说：“你们这起烂了嘴的！”为什么她会接过去？因为她姓花，知道这句话是在说她。秋纹连忙给袭人道歉。晴雯还是不依不饶，说，我现在去把联珠瓶取回来，虽然碰不到太太整理衣裳，“或者太太看见我勤谨，一个月也把太太的公费里分出二两银子来给我，也定不得”。一句话把袭人的老底当众揭了出来。说着，她又笑道：“你们别和我装神弄鬼的，什么事我不知道。”同样是宝玉身边的大丫鬟，现在晴雯和袭人的月钱差了好几倍，不平则鸣。但是晴雯却想不到，当她痛快地说出这番话时，也就敲定了自己未来的悲惨命运。后来王夫人听到很多谗言，整治晴雯，这些谗言都是谁告诉她的呢？后面再说。

史湘云写完白海棠诗，表示自己来晚了，干脆明天做东再邀一社。宝钗当时没吭声，到了晚间，她把湘云邀到她房里安歇。湘云在灯下和宝钗讨论怎样拟题。宝钗听她说了一会儿，感觉都不妥当，便说：“既开社，便要作东。虽然是个顽意儿，也要瞻前顾后，又要自己便宜，又要不得罪了人，然后方大家有趣。你家里你又作不得主，一个月通共那几串钱，你还不够盘缠呢。这会子又干这没要紧的事，你婶子听见了，越发抱怨你了。况且你就都拿出来，做这个东道也不够。难道为这个家去要不成？还是往这里要呢？”史湘云大大咧咧、兴高采烈地要做东，却没想到请客得有钱才行，此时得宝钗提醒，便踌躇起来。这时，宝钗说，我已经有个主意了。我们当铺里有个伙计，他家的田里出好螃蟹。咱们这园子里的人大部分都爱吃螃蟹，老太太那些人也爱吃螃蟹。前日姨娘还说要请老太太在园子里赏桂花、吃螃蟹，因为有事还没请呢。你现在先别提诗社，只管把大家都一请。等他们散了，咱们有多少诗不能作？我告诉哥哥，要几篓又大又肥的螃蟹，再到铺子里取几坛好酒，准备四五桌果碟，岂不又省事又热闹？

湘云请客，宝钗操作，螃蟹让她哥哥去拿，酒和果碟也从她家铺子里拿，想得真是太周到了。宝钗不仅自己破费，还跟湘云说，我是一片真心为你，你千万别多心，认为我小看你，那咱们两人就白好了。宝钗确实会关心别人，也会说话。湘云表示，我如果不是把你当亲姐姐看，我家里那些烦难事也不会尽情告诉你了。

薛宝钗设身处地地替他人着想，处事得当、大方；史湘云有口无心，脱口而出要做东，结果是她请客，宝钗拿钱。到第三十八回，大观园众人又创作出不少有趣的菊花诗、螃蟹咏。而在年轻人作诗之前，贾母、王夫人、王熙凤等都参与了螃蟹宴，发生了非常好玩的故事。

菊花诗、螃蟹咏

——第三十八回　林潇湘魁夺菊花诗　薛蘅芜讽和螃蟹咏

中国古代文人喜好把菊花当作品格的象征，比如，《离骚》“夕餐秋菊之落英”，赞叹高洁的品性；陶渊明“采菊东篱下，悠然见南山”，世代传诵；《聊斋志异》也写过菊花精的故事——《黄英》。

这一回，林黛玉在菊花诗会中以《咏菊》《问菊》《菊梦》夺得前三名，所以叫作“魁夺菊花诗”。写完菊花诗后，贾宝玉又写了首《螃蟹咏》，薛宝钗和了一首，被大家认为是“食螃蟹绝唱”。

这一回主要描写大观园儿女在藕香榭作诗的场景，诗的题目是薛宝钗和史湘云在蘅芜苑灯下拟定的。宝钗说，我们咏菊花，要以菊花为宾，以人为主。这很有创意，不是单纯咏菊花，而是写人和菊花的关系。她们一共拟了十二个题目，又编出次序先后来：起首是《忆菊》；忆之不得，故访，第二是《访菊》；访之既得，便种，第三是《种菊》；种了盛开，要赏，第四是《对菊》；对菊而兴有余，折来供瓶，第五是《供菊》；供而不吟不行，第六是《咏菊》；既然进入词章，那还得供之笔墨，第七是《画菊》；菊花到底有什么妙处，还得问问它，第八是《问菊》；菊可解语，让人喜不自禁，第九便是《簪菊》；这时人和菊花的关系似乎已经写尽，但还有可写之处，《菊影》《菊梦》二首便放在第十、第十一；最后以《残菊》结束。宝钗说，这样的话，三秋的好景妙事就都有了。那要不要像海棠诗一样限韵呢？宝钗说，我生平最不喜欢限韵，分明有好诗词，却往往被韵所束缚。所以这次不限韵，拟上十二个题目，谁愿意写哪个就写哪个。

大观园诗会前，先请贾母等人赏桂花，也是宝钗提出来的。

湘云一说请贾母等人赏桂花，她们都很高兴。到第二天，贾母便带了王夫人、王熙凤及薛姨妈等进园来，大观园里出现了少有的欢乐祥和的场面。这是从贾母到丫鬟都参加的宴会，也是除宝玉之外，没有别的男人参加的宴会。“女儿国”的聚会一派欢声笑语、其乐融融。而之所以能这么热闹、这么快乐，和王熙凤的关系很大。

“寿星老儿头上原是一个窝儿”

1980年我给外国留学生讲《红楼梦》，讲到王熙凤时，在黑板上写了四个字——“蛇蝎美人”，分析她如何迫害别人，如何放高利贷，如何阴险毒辣。当时我教的瑞典留学生傅瑞东（后来做到瑞典国家安全事务助理）说：“马老师，我不同意你的观点。王熙凤非常能干。我如果娶妻子，就娶王熙凤这样的。”傅瑞东的观点对我后来理解王熙凤起了很大作用，可谓教学相长。

凤姐也有柔美、智慧的一面，她是特别擅长营造欢乐气氛的“外交家”，或者说是高明的“主持人”。凤姐走到哪儿，就把笑声播撒到哪儿，把幽默风趣带到哪儿。这一点宝钗没法比，黛玉也没法比。凤姐主要照顾的人是贾母。贾母有着崇高的威信，她把管家的责任委托给王夫人，王夫人又委托给凤姐。凤姐对贾母这位“退居二线”的最高领导采取的是什么方针呢？就是时时刻刻地尊着她、敬着她、捧着她，让她觉得自己过去很了不起，现在这些当家人都望尘莫及。

贾母进了园子，问：“那一处好？”王夫人回答：“凭老太太爱在那一处，就在那一处。”王夫人正如她婆婆对她的评价，是块木头，只知听老太太的。凤姐就直接说，已经在藕香榭摆下了。她又解释摆在藕香榭的原因：“那山坡下两棵桂花开的又好，河里的水又碧清，坐在河当中亭子上岂不敞亮，看着水，眼也清亮。”虽然凤姐不是诗人，可她对大自然的美随时都能感受到，而且她的感受是和“智者乐水”联系在一块儿的。贾母一听，这话很对，便领着大家往藕香榭来。

藕香榭盖在池子当中，四面有窗，后面有一个曲折竹桥相接。大家上了竹桥。凤姐赶紧上来搀着贾母，说：“老祖宗只管迈大步走，不相干的，这竹子桥规矩是咯吱咯喳的。”她不仅搀扶贾母，还用语言巧妙解除了贾母可能产生的畏惧心理。曹雪芹为何不厌其烦地描写凤姐搀扶贾母这么一个如头发丝一般的细节呢？因为贾母身边最好的位置已被凤姐抢占，所以很多随从都没过来。那王夫人为什么不上来扶呢？还是那句话，这个人是块木头，反应迟钝。而贾母一踏上竹桥，发出“咯吱咯喳”的响声，凤姐估计到老太太会害怕，便赶紧上来搀扶，并告诉她，只管大步走，没事的。曹雪芹的设计非常巧妙。如果是王夫人或鸳鸯扶着，能讲出凤姐这套关于“竹子桥规矩”的有趣的话吗？凤姐做再小的事，也是与众不同的。

到了藕香榭，看到布置得很好，贾母非常高兴，说这个地方东西干净，茶也想得周到。湘云不肯掠人之美，便告诉贾母：“这是宝姐姐帮着我预备的。”于是，宝钗又得到了贾母的赞赏：“我说这个孩子细致，凡事想的妥当。”贾母称赞得很对，但也并不意味着她会让宝钗做她宝贝孙子的媳妇。贾母一边说，一边看“柱子上挂的黑漆嵌蚌的对子”，说你们念念。湘云念道：“芙蓉影破归兰桨，菱藕香深写竹桥。”这副对子是什么意思呢？上一句是说水动影破才知道船来了，下一句是说竹桥架在水面生长菱藕的幽深地方。有评论家考证，说上一句是从王维“莲动下渔舟”改来的。又有评论家说，贾母不识字，所以叫别人给她念。我认为，说贾母不认字的这位朋友理解错了。贾母是史侯家的大小姐，第五十三回提到她特别欣赏慧绣。慧绣是把草书的诗词歌赋绣在景色旁边的一种刺绣。贾母不识字，又怎会欣赏慧绣呢？而贾母既然识字，又为什么叫别人念柱子上黑漆嵌蚌的对子呢？因为这副对子是用蚌壳组合而成的，老眼昏花的贾母看不太清，所以才叫别人念给她听。这些都是细节，曹雪芹写得特别好。

贾母听了，想起自己小时候，家里也有一个这样的亭子，叫作“枕霞阁”，某日她不小心掉下去，差点被淹死，好容易救上来，木钉还是把头碰破了，现在鬓角上还有指头顶大一块窝儿。众人都说经了水，冒了风，活不得了，谁知竟好了。贾母这个话题很难接。为什么？因为贾母破相了，鬓角上有个小瘢痕。一般人听了，都不敢接茬儿，只有凤姐居然巧妙地接上了。凤姐不等别人说话，先笑道：“那时要活不得，如今这大福可叫谁享呢！可知老祖宗从小儿的福寿就不小，神差鬼使碰出那个窝儿来，好盛福寿的。寿星老儿头上原是一个窝儿，因为万福万寿盛满了，所以倒凸高出些来了。”真是随机应变，神思妙想，妙语如珠，巧舌如簧，居然把贾母幼年的倒霉事转变成了万福万寿的好事。凤姐这样不分老少地取笑，王夫人是看不下去的，但贾母认为，“家常没人，娘儿们原该这样。横竖礼体不错就罢”。贾母对凤姐的行为做了高度评价和经典概括。确实，凤姐的一切取笑都严格遵循着“为长者折枝”的理儿，遵循着让长者开心、舒心、顺心的理儿。在贾母跟前，她做任何事都会察言观色，投其所好。贾母难道不知道吗？贾母很知道，但她乐意沉浸在体味福寿的所谓天伦之乐中。

让封建家庭的老者、尊者，从闲聊中感受到快乐，这样的年轻人算不算孝顺？当然算。这是多么富有功利心的孝顺啊！

平等祥和的螃蟹宴

凤姐让这次螃蟹宴名义上的东道主湘云只管自己吃，又让鸳鸯、平儿等只管随意坐了吃喝，她自己则里里外外地张罗。凤姐站在贾母跟前剥蟹肉，先奉给薛姨妈，这是待客之道。薛姨妈说：“我自己掰着吃香甜，不用人让。”凤姐就奉给贾母。接着又剥了一个给贾母的心肝宝贝宝玉。贾母这边吃得差不多了，凤姐还没捞着吃上一口，一时来到廊上。丫鬟们都在这吃。见她过来，鸳鸯说，我们在这里刚清闲一会儿，你又来了。凤姐便信口和鸳鸯开个玩笑：你琏二爷爱上了你，要和老太太讨了你做小老婆呢。这句玩笑话引得丫鬟们大声起哄。琥珀说，鸳丫头要去了，平丫头还饶她？平丫头没吃两个螃蟹，倒喝了一碟子醋。平儿听如此奚落她，便拿着满黄的螃蟹往琥珀脸上抹。琥珀一躲，平儿往前一撞，蟹黄正好抹到了凤姐脸上。众人禁不住哈哈大笑起来。贾母问什么事那么乐，鸳鸯便即兴来了个“歪曲式创作”：“二奶奶来抢螃蟹吃，平儿恼了，抹了他主子一脸的螃蟹黄子。主子奴才打架呢。”贾母说，可怜见的，把那些小腿子、脐子给她吃点儿吧。鸳鸯故意高声说，这满桌子的螃蟹腿，二奶奶只管吃吧！

鸳鸯是贾府丫鬟中当之无愧的“首席”，因有贾母撑腰，她能和管家奶奶开玩笑。凤姐深知鸳鸯的分量，也乐意放下身段跟鸳鸯开玩笑，而且这个玩笑还起到了“提前预示”的作用：不是贾琏看上了鸳鸯，而是贾琏他爹。有趣不？琥珀、平儿等一起起哄笑闹，大观园里形成了一派不分主子奴才、互相取乐打趣的欢乐场面。此时的凤姐真是走到哪里，就把欢声笑语带到哪里。

贾母一时不吃了，众人才散去，都洗了手，有看花的，也有弄水看鱼的。王夫人劝贾母说，这里风大，又吃了螃蟹，老太太还是回房去歇歇吧。王夫人很是孝敬婆母。贾母同意了，嘱咐湘云“别让你宝哥哥、林姐姐多吃了”，她心里总是惦记着她的二玉。贾母又嘱咐湘云和宝钗，你们也别多吃，这东西虽然好吃，但吃多了肚子疼。贾母走后，湘云又另摆一桌，命人“拣了热螃蟹来”，把袭人、紫鹃等都叫过来一块儿坐下。山坡桂树底下铺上两条花毡，叫老婆子、小丫头们也都坐了，只管随意吃喝。真是一个不漏，皆大欢喜。大观园里一时欢声四起。这样平等祥和的场面，在贾府是很少见到的。

这时湘云才把菊花诗题钉在墙上，大观园出现了其乐融融的吟诗场面。《三国演义》中像曹植《七步诗》之类的诗歌，虽然是与情节紧密联系在一块儿的，但大部分诗歌都与情节联系不大，比如引用的杜甫诗、苏轼诗，基本不影响读者对故事和人物的理解。而读《红楼梦》，如果略过诗歌，可能就会漏掉关于人物交往的富有深意的描写，漏掉展现人物不同性格的描写。

林黛玉是大观园里的李清照

贾母走后，大观园的菊花诗会构成了一幅美丽的仕女画：黛玉拿着钓竿钓鱼；宝钗掐了桂花蕊喂鱼；迎春用花针穿茉莉花；探春、李纨、惜春在柳树下看池子里的鸥鹭；宝玉一会儿看黛玉钓鱼，一会儿跟宝钗说笑，一会儿又看袭人吃螃蟹。大观园儿女此时真是无忧无虑，心情舒畅。

菊花诗会成了黛玉大展诗才的舞台。十二个菊花诗题，从各个方面写人和菊花的关系。黛玉选了三首，其他人有选两首的，也有选一首的。最后李纨评价，《咏菊》第一，《问菊》第二，《菊梦》第三，都是黛玉写的。李纨诗写得一般，但却是个很有见解的诗评家，她对黛玉诗歌的评价是"风流别致"。黛玉这三首诗都有警句，而警句都和黛玉的为人、黛玉的形象挂得上钩。比如，"满纸自怜题素怨，片言谁解诉秋心"，"素怨"和"秋心"都有洁白、高洁之意，既是写菊花，也是借菊花的高洁表达自己的胸怀。再如，"孤标傲世偕谁隐，一样花开为底迟"，那么多花都开了，为什么你开得这么晚？因为"孤标傲世"。这样既把菊花的孤高品格写了出来，又暗喻黛玉自己孤高自许的品格。又如，"毫端蕴秀临霜写，口齿噙香对月吟"，则显示了天才女诗人黛玉迷人的地方。

红学家们都注意到，唐伯虎的《落花诗》对黛玉的《葬花吟》有很大影响，而据我的研究，李清照对黛玉也产生了很大的影响。李清照特别关注菊花，她有一首《多丽・咏白菊》："小楼寒，夜长帘幕低垂。恨萧萧、无情风雨，夜来揉损琼肌。也不似、贵妃醉脸，也不似、孙寿愁眉。韩令偷香，徐娘傅粉，莫将比拟未新奇。细看取、屈平陶令，风韵正相宜。"李清照借和大自然中的白菊融为一体，抒发自己与既有文名、骨气又爱菊花的屈原、陶潜一脉相通的情怀。她写白菊经历了萧萧无情的风雨，被打得花垂叶落，不像牡丹花那样艳丽，不做妖媚打扮，没有迷人的香气，更不做奇态怪形，只有屈原笔下的风骨、陶潜笔下的风韵才与它相符。

看完李清照的《多丽·咏白菊》，再看黛玉的“咏白菊”：“一从陶令平章后，千古高风说到今”“休言举世无谈者，解语何妨片语时”“喃喃负手叩东篱”“忆旧还寻陶令盟”……从这些词句来看，黛玉对李清照的承传关系，一目了然。后面第七十回，黛玉的《桃花行》干脆把李清照的词句稍加改动变成了自己的诗句：“桃花帘外开仍旧，帘中人比桃花瘦。”这是李清照“人比黄花瘦”之句的翻版。所以，黛玉可以说是中国古代文学史上具有重要地位的“女诗人”之一，虽然这个“女诗人”是小说家虚构出来的。黛玉就是大观园里的李清照。

大观园菊花诗会，黛玉虽然夺魁，但她很谦虚，还赞扬别人的诗句写得好。耐人寻味的是，只要涉及写诗，黛玉的脾气就特别好。她说，头一句好的是“圃冷斜阳忆旧游”，这句背面敷粉。李纨说，这当然不错，但你的“口齿噙香”也敌得过了。大家你一言我一语地又评了一会儿。

这次诗会黛玉夺魁，那么谁垫底呢？宝玉。只要和姐姐妹妹们凑在一块儿，宝玉总是垫底的那个，不过他也不恼火，还是高高兴兴的，自嘲道，我又落第了。

大观园诗会是太虚幻境的悠扬神曲

大家评完，又要了热螃蟹来吃。宝玉又挑头道：“今日持螯赏桂，亦不可无诗。我已吟成，谁还敢作呢？”宝玉很有信心：我写的螃蟹诗好得不得了，谁还敢作？真是有点儿不知天高地厚。宝玉说完，提笔写了出来。宝玉这首诗肯定比薛蟠的强，但和黛玉没法比。首句“持螯更喜桂阴凉，泼醋擂姜兴欲狂”，是说吃螃蟹的事；最后两句“原为世人美口腹，坡仙曾笑一生忙”，则是嘲笑螃蟹。这样的诗，怎能叫黛玉看得上？黛玉说：“这样的诗，要一百首也有。”宝玉笑说：“你这会子才力已尽，不说不能作了，还贬人家。”黛玉听了，也不理他，也不思索，提起笔来，一挥而就。虽然也是写怎样吃螃蟹，但黛玉形容得更为生动：“铁甲长戈死未忘，堆盘色相喜先尝。螯封嫩玉双双满，壳凸红脂块块香。”大家一看，确实写得好，宝玉也称赞不已。黛玉却一把撕了，叫人烧去，说：“我的不及你的，我烧了他。你那个很好，比方才的菊花诗还好，你留着他给人看。”黛玉这是在做什么？调侃宝玉。宝钗笑了说：“我也勉强了一首，未必好，写出来取笑儿罢。”宝钗就是宝钗，不说自己才思敏捷，而说勉强写了一首，还未必好，结果大家一看，不禁叫绝。宝玉之前并没有表示黛玉的螃蟹诗写得比自己好，现在宝钗的螃蟹诗一出来，宝玉就说：“骂得痛快！我的诗也该烧了。”宝钗的螃蟹诗共八句，其实只有两句好：“眼前道路无经纬，皮里春秋空黑黄。”写得真是太棒了！为什么宝玉说“骂得痛快”呢？“眼前道路无经纬，皮里春秋空黑黄”，字面意思就是螃蟹一般都是横着走路，因此眼前的道路不管是经是纬，对它都没有意义；蟹壳里只有黑的膏膜和黄的蟹黄，但不管是黑的还是黄的，最后都会被人吃掉。“皮里春秋”，出自《晋书·褚裒传》，意思是表面不露好恶而内心深藏褒贬，引申来说就是，世人啊世人，不管你如何搞阴谋诡计，不管你想出什么高招，都不会有好下场。

有的红学家给这首诗上纲上线，说这两句画出了那些政治掮客、官场野心家、大奸大恶之徒的肖像，他们心怀叵测，横行一时，结果机关算尽，却逃脱不了可悲可耻的下场，就好像蟹壳里的黑膏膜和蟹黄，终不免被别人吃掉。还有的红学家说“眼前道路无经纬”倒也罢了，“皮里春秋空黑黄”是不是就是宝钗自比？这可能有点儿发散过头。应该说，宝钗的螃蟹诗写得确实好，是在小题目上寄予大意思，只是讽刺世人太过狠了点儿。而这样深刻的讽世之作，只能出于宝钗之手，这是由她稳重的性格和博学多闻所决定的。黛玉能写出这样的诗吗？不能，她只能感受落花之类的细腻情感。宝玉能写出这样的诗吗？也不能，他只能写《四时即事》。至于李纨、探春，也都不能。只有既有丰富的社会经验，又有深沉心机的宝钗能写出这样的诗。

咏螃蟹是大观园里青年男女吟咏诗歌的代表，也是他们热爱生活、明朗坦荡的写意图画。当他们聚在一起写菊花诗、螃蟹咏时，似乎抛弃了原来的不和，丢弃了你亲我疏的“分别心”。宝玉虽然是黛玉心中的“二哥哥”，但是黛玉一点儿也不因此就称赞他的诗写得好，因为他确实写得不怎么样。宝玉写完螃蟹诗，得意之时，还调侃黛玉，说她已经才尽，现在轮到他露脸了。如果宝玉平常敢这样对待黛玉，黛玉早就恼了，早就哭了，早就走了，但是现在她一点儿也不在意。宝钗的螃蟹诗一出来，马上压倒宝玉，也压倒黛玉，而两人都心服口服。这说明什么？说明诗是智慧的较量，是才情的较量，和现实生活中的钩心斗角扯不上一毛钱关系。诗是大观园的欢乐颂。大观园里的人只要写起诗来，什么大事小事都不存在了，存在的只是诗题、诗韵、诗意。这样的情景超出了日常生活中的鸡争鹅斗，进入了和美的境界。

在大观园诗会中，宝玉和姐姐妹妹们的性情得到了充分的发展，他们也度过了人生中最美好的阶段。如果说大观园是曹雪芹心目中的人间太虚幻境，那么大观园诗会就是太虚幻境的悠扬神曲。大观园的故事还会继续下去，而且会越来越热闹。为什么呢？因为刘姥姥来了。

刘姥姥二进荣国府

——第三十九回　村姥姥是信口开河　情哥哥偏寻根究底

这一回里刘姥姥二进荣国府，贾母喜欢她，便留她住了几天。刘姥姥这个“村姥姥”讲了很多乡村见闻，讲到一个女孩雪下抽柴时，宝玉这个“情哥哥”寻根究底，打听这个女孩是谁。这一回主要浓墨重彩地写出了两位身份不同、地位不同的老妇人的鲜明个性。

“你就是你奶奶的一把总钥匙”

宝钗的螃蟹诗写完，平儿来了。大家就问平儿，你奶奶做什么呢，怎么不来了？平儿说，她哪儿有空来。刚才因为没好生吃，又来不了，所以叫我来问问还有没有螃蟹，她要拿几个回家去吃。湘云说有的是，忙命人用盒子给凤姐装了十个极大的螃蟹。大家又拉平儿坐，平儿不肯坐。李纨笑说：“偏要你坐。”说完，就拉着她在自己身旁坐下，亲自端了杯酒，送到她嘴边。李纨又命老婆子们先把盒了送过去，让她们告诉凤姐自己留下平儿了。平儿便留下喝酒、吃螃蟹。李纨继续揽着她，说：“可惜这么个好体面模样儿，命却平常，只落得屋里使唤。不知道的人，谁不拿你当作奶奶、太太看。”

李纨说得不错，刘姥姥第一次见平儿时，不就把她当成姑奶奶要下跪吗？这说明平儿不仅长得漂亮，还很有大家风度。平儿一面吃喝，一面回过头来对李纨说："奶奶，别只摸的我怪痒的。"李纨问，你身上这硬的是什么东西？平儿说，是钥匙。李纨说，什么要紧体己的东西怕人偷了去，还得带在身上？

接着，李纨便和宝钗、探春议论起贾府的几个丫鬟，如鸳鸯、彩霞、平儿、袭人等，都是其中的佼佼者。

李纨说平儿："有个唐僧取经，就有个白马来驮他；刘智远打天下，就有个瓜精来送盔甲；有个凤丫头，就有个你。你就是你奶奶的一把总钥匙。""凤丫头就是楚霸王，也得这两只膀子好举千斤鼎。他不是这丫头，就得这么周到了？"李纨看得很对，凤姐和平儿确实性格互补。凤姐做得过分的地方，往往由平儿替她缓和。

几人论到其他丫鬟时，李纨说，比如老太太那儿，要没有鸳鸯，如何使得？从太太起，谁敢反驳老太太？鸳鸯就敢。偏偏老太太只听她一个人的话。老太太那些穿戴，她记得最清楚，要不是她管着，还不知叫别人诓骗了多少去。鸳鸯心也公道，常替别人说好话，绝不仗势欺人。

宝玉说，太太屋里的彩霞是个老实人。探春说，太太佛爷似的，事情上不留心，彩霞都知道。凡事都是她提着太太行。连老爷在家出外去的一应大小事，她都知道。太太忘了，她就暗地里提醒太太。宝玉确实善良，按说彩霞是所谓的"贾环派"，宝玉却替她说话。"金钏儿之死"的一个重要原因就是，金钏儿告诉宝玉到东小院子里拿贾环和彩云去。彩云和贾环的风流韵事，王夫人知道，却始终没有处理她，看来彩云是她离不了的左右手，所以逃过了清洗。而在《红楼梦》中，彩霞和彩云经常被曹雪芹弄混，都被说成是贾环的"情人”，红学家们研究了两百多年，还在争论彩云与彩霞到底是一个人还是两个人。

李纨又指着宝玉说：“这一个小爷屋里要不是袭人，你们度量到个什么田地！”

这些日常生活的闲谈，把《红楼梦》中的一些次要人物做了精彩的刻画。写小说，有时候生动精彩的情节，不见得比画龙点睛的人物对话更重要，因为往往可以在人物对话中交代人物的性格，甚至命运。这里就由李纨开头，大家分别对平儿及其他丫鬟做了一番评价。平儿最后的结局是取凤姐而代之。曹雪芹到底是怎么让平儿和凤姐地位互换的？那应该是一个扑朔迷离的有趣故事，可惜我们看不到了。

李纨为什么这么感叹呢？因为她想到自己现在身边连个帮手都没有。贾珠在时还有两个人，但“天天只见他两个不自在”，所以贾珠一死，她就都打发了。

众人吃完，便一起去向贾母、王夫人问安。这时插进一段小插曲，袭人问平儿：“这个月的月钱，连老太太和太太还没放呢，是为什么？”平儿急忙对袭人说，快别问了，再过两天就放了。袭人说，你干吗吓成这样？平儿便悄悄地告诉她，这个月的月钱，我们奶奶早就领来了，现在放出去给人使呢。等别处的利钱收了来，凑齐了才发放月钱呢。你可别告诉别人。袭人说，她还缺钱？还不满足？平儿说，谁说不是呢。她拿着这一项银子，一年不到，赚了上千两呢。袭人笑说，拿着我们的钱，你们主子奴才赚利钱，却叫我们呆等。袭人很会说话，她不说“二奶奶拿着我们的钱去赚钱”，只说“你们主子奴才赚利钱”。平儿说，你不要说这样没良心的话，你难道还少钱使？这是什么意思呢？意思是说，你现在一个月拿二两银子一吊钱，比赵姨娘还多一吊钱，你还少钱使吗？袭人说，我虽不少，只是我也没地方使，就只预备着我们那一个。现在袭人干脆把宝玉当成了“我们那一个”，几乎相当于现在的“我老公”。这段话说明平儿和袭人是“铁姐们儿”，什么知心话都说，而袭人则对宝玉一心一意，自己的月钱都给他花。

平儿告别袭人，回到家里，只见凤姐不在房里，而上次打秋风的刘姥姥和板儿又来了。这下，荣国府又有一场好戏看了。

天上的缘分

刘姥姥这是二进荣国府。她一进荣国府时，有枣无枣打一竿，结果居然打下个大甜枣来。凤姐施舍的二十两银子，相当于刘姥姥家一年的生活费，应验了刘姥姥的那句话：“你老拔根寒毛比我们的腰还粗呢。”刘姥姥一进荣国府，紧张得说恭维话都差点儿得罪人。凤姐对刘姥姥说“大有大的艰难去处”，刘姥姥居然回了句“瘦死的骆驼比马大”。这话既不合适，也不吉利，好像贾府这个骆驼已经瘦了，败落了。刘姥姥二进荣国府，之前那些紧张、不足，突然就都不见了，说话始终得体。刘姥姥讲话仍然带有浓重的乡土气，但她见什么人说什么话，怎么说都叫人喜欢。这说明刘姥姥虽然不识字，但是智商和情商都高，能够适应新环境，应对复杂局面。与一进荣国府时相比，刘姥姥现在真是今非昔比，让人佩服。

刘姥姥上次来是打秋风，借着多多少少存在的亲戚关系弄点儿钱花，说穿了，就是“高级乞丐”。刘姥姥二进荣国府，平儿的第一感觉是上次打秋风的又来了。但这次刘姥姥不是来打秋风的，她是来送礼还情的，这多体面。刘姥姥说得很诚恳，今年好容易多打了两石粮食，瓜果菜蔬也丰盛。这是头一起摘下来的刚成熟的新鲜瓜果，不舍得卖，留的最好的送给奶奶、姑娘们尝尝，“姑娘们天天山珍海味的也吃腻了，这个吃个野意儿，也算是我们的穷心”。

刘姥姥所谓的“穷心”，感动了凤姐的富心。凤姐表示，难为她大老远扛这么沉的东西来，天晚了，住一夜再走。在曹雪芹的笔下，人是复杂多变的。凤姐虽然势利，但她心中也有一个柔软的角落。一个年纪这么大的老太太，扛这么多东西过来，凤姐被感动了。凤姐一挽留，刘姥姥的“人气”立即上升，但这股“人气”像火箭一样快速往上蹿，还是因为贾母参与了进来。

《红楼梦》中一些人物的名字都特别有意思，谐音特别有趣。刘姥姥一进荣国府时，是谁陪着的？周瑞家的。这次还是她陪着，但还有个“张材家的”也陪着。周瑞家的是王夫人的陪房，是刘姥姥上次来荣国府时的牵线人，因此这次她应该陪着。那张材家的为什么也陪着呢？因为她的名字。贾政身边的清客卜固修、单聘仁，谐音是“不顾羞”“善骗人”，而这个“张材家的”，谐音则是“长财”。张材家的的出现意味着刘姥姥二进荣国府是一次财富的大增长。刘姥姥这次来荣国府虽然没打算打秋风，但却大大地打了次秋风。等她离开荣国府时，我们再帮她仔细算算这笔账。

和第一次进荣国府时一样，这次刘姥姥也是还没见到凤姐就先见到了平儿。刘姥姥本来坐在炕上，两三个丫头在地上倒口袋里的枣子、倭瓜及野菜，这时平儿来了。“刘姥姥因上次来过，知道平儿的身分，忙跳下地来问‘姑娘好’。”刘姥姥虽然已经七十五岁了，但还能伶俐地一下子从床上跳下来，比她小好几岁的贾母出去却得好几个人跟着、扶着。比如，上一回贾母过竹桥，凤姐就赶紧上去小心搀扶她。

刘姥姥的“螃蟹账”

平儿从大观园螃蟹宴回来，周瑞家的和张材家的都说平儿脸上有春色，平儿说因为被灌了酒，脸就红了。张材家的便开玩笑说：“明儿再有人请姑娘，可带了我去罢。”说完，大家都笑了。周瑞家的说，早上我就看见那螃蟹了，一斤也就称两三个，这么三大篓，应该有七八十斤。刘姥姥听了，便给她们算了笔“螃蟹账”。

刘姥姥算的账，很好地说明了当时社会贫富差距之大。1983年，日本留学生小岛英夫随我读了一年《红楼梦》。有一次，他问我，刘姥姥的“螃蟹账”是怎么算出来的？当时我拿着笔，一边写中文，一边写阿拉伯数字，在纸上算了半天，最后发现刘姥姥算的账并不对。刘姥姥是怎么算的呢？“这样螃蟹，今年就值五分一斤。十斤五钱，五五二两五，三五一十五，再搭上酒菜，一共倒有二十多两银子。阿弥陀佛！这一顿的钱够我们庄家人过一年了。”我当时和小岛英夫算的，五分一斤，十斤五钱，八十斤是多少银子？四两银子。但刘姥姥算的，加上酒菜有二十多两银子，不知道她的账是怎么算出来的。估计，她在计算三十斤螃蟹时，误把“三五一十五”中的“一十五”当成了十五两银子，而不是一两五钱银子。这样，十五两加上“二两五”，再加上一点儿酒菜钱，就凑成了“二十多两银子”。刘姥姥的“螃蟹账”，虽然是一笔糊涂账，算清的却是庄稼人一年的生活需要多少银子。其实，曹雪芹让刘姥姥算这笔“螃蟹账”，主要有两个作用：一个是有意无意地表现贫富差距，一个是描写刘姥姥这个人物。刘姥姥并不太会算账，却又偏偏喜欢算，体现了乡村老太太的一个鲜明特点——絮絮叨叨。

刘姥姥投了凤姐的缘，被她留宿一日。没想到，刘姥姥又投了贾母的缘。周瑞家的向凤姐汇报刘姥姥来了，被贾母听到，马上问刘姥姥是谁，并下令请来见一见。贾母为什么要见刘姥姥呢？因为她整天处在珠围翠绕之中，很想有个与自己年龄相仿且地位不同的老人家聊聊，所以便让请刘姥姥过来见见。而贾母见刘姥姥的结果是，她又挽留刘姥姥住了几天。贾母说，我们这儿也有个园子，园子里也有一些果子，你明天也去尝尝，然后带些回家，也算是来了一趟。

这样一来，刘姥姥一进荣国府时，还差点儿将平儿认成凤姐；二进荣国府时，居然就成了贾母的座上客。

贾母和刘姥姥巧妙对比

两个出身、个性完全不同的老太太，形成了巧妙的对比。

出身于四大家族之一的金陵史家的贾母，是一品诰命夫人、贵妃的祖母、荣国府的“宝塔尖”。人们一般用“一跺脚，四街乱颤”来形容某人的权势之大。我们没见过贾母跺脚，只看到宝玉挨打时，她气喘吁吁地走来，贾政的书房就“四角乱颤”，贾政立即跪倒在地，磕头求饶。而刘姥姥既没有显赫家世，也没有显贵的亲戚，甚至连自己的家都没有，她在女婿家里帮着看孩子，穷得吃不上饭。这样的两个老太太却投了缘，她们有没有相同的地方呢？有。她们都是祖母辈的人，都喜欢念佛，都见多识广。贾母对富贵人家的事没有没经过、没见过的；刘姥姥对乡村农户的事，也是没有没经过、没见过的——二人恰好形成互补。贾母后来曾说，贾府的人都是“一个富贵心，两只体面眼”，对他们的嫌贫爱富、以势压人看得很清楚，而她本人则最怜贫惜贱。

两个祖母辈的人第一次见面，应该怎样称呼呢？曹雪芹的这段描写很妙。刘姥姥进了贾母的房间，看到满屋子珠围翠绕，花枝招展，不知道都是什么人。此时大观园姐妹们——宝钗、黛玉、湘云、迎春、探春、惜春——都围在贾母身边。刘姥姥“只见一张榻上歪着一位老婆婆，身后坐着一个纱罗裹的美人一般的丫鬟在那里捶腿”。这位“老婆婆”当然就是贾母，而“纱罗裹的美人一般的丫鬟”应该是鸳鸯。刘姥姥见到平儿，能“噌”的一下从床上跳下来，而贾母此时却躺在那里被人捶腿。刘姥姥知道这就是贾母了，忙上来道福，说：“请老寿星安。”这是贾母最喜欢的称呼。贾府的人一般都叫贾母什么呢？王夫人、邢夫人、众姐妹、鸳鸯等一般叫“老太太”，凤姐、宝玉一般叫“老祖宗”，有时还叫“亲祖宗”。刘姥姥见了贾母，如果也叫“老太太”，就很平常，但她无师自通，自己创造了一个“老寿星”的称呼。看来刘姥姥很懂心理学，知道像贾母这样的人什么都不缺，要钱有钱，要地位有地位，而且儿孙满堂，还有做贵妃的孙女儿，她最希望的就是福寿康宁，所以便叫她一声“老寿星”。事实上，刘姥姥比贾母还大好几岁呢。

贾母则叫刘姥姥“老亲家”。这是对刘姥姥最亲切的称呼，贾府其他人都叫她“刘姥姥”，只有贾母叫她“老亲家”。其实，贾母和刘姥姥既不沾亲，也不带故。贾母称刘姥姥为“老亲家”，是给她儿媳妇面子。刘姥姥是王夫人娘家的挂名亲戚，不管关系多远，贾母都接受了刘姥姥的“亲家”身份，这是在给王夫人面子。

不过贾母的这个称呼又是铁定的事实，只是提前叫了出来。根据曹雪芹的构思，贾府败落后，凤姐被关进狱神庙，唯一的女儿巧姐被“狠舅”王仁和“奸兄”贾蓉卖进妓院。刘姥姥知道后，便把巧姐赎出来，并让她跟自己的外孙板儿成了亲。贾母的重孙女儿成了刘姥姥的外孙媳妇。这样一来，贾母和刘姥姥岂不就成了真正的亲家？

老太太们见面时最喜欢问的话是“你多大年纪了”，贾母也不例外。刘姥姥回答说：“我今年七十五了。”贾母马上夸奖，说：“这么大年纪了，还这么健朗。比我大好几岁呢。我要到这么大年纪，还不知怎么动不得呢。”刘姥姥唯一的资本就是身体好，虽然又穷又没有地位。刘姥姥的回答很得体，也很符合贾母的心理，她说，我们生来是受苦的，老太太天生是享福的，我们要也这样，庄稼活就没人做了。贾母也很会说话：“我老了，都不中用了，眼也花，耳也聋，记性也没了。你们这些老亲戚，我都不记得了。”这话说得多么巧妙！贾母怎会不记得自己的老亲戚呢？她只是不知从哪儿又冒出这么个穷亲戚。贾母非常善于辞令，她这是在给刘姥姥面子呢。接着，她又说：“亲戚们来了，我怕人笑我，我都不会，不过嚼的动的吃两口，睡一觉，闷了时和这些孙子孙女儿顽笑一回就完了。”这实际上是说自己无忧无虑、福寿双全，但贾母说得自然、舒缓，一点儿没有摆谱、盛气凌人的口气。刘姥姥知趣，说这就是老太太的福了。贾母说：“今儿既认着了亲，别空空儿的就去。不嫌我这里，就住一两天再去。”贾母说“认着了亲”，说明她很清楚，刘姥姥不是什么亲戚，只是来认亲的，不过贾母也算是承认她的“亲戚”身份了。两人又说了会儿闲话，“凤姐儿便令人来请刘姥姥吃晚饭”，贾母又把自己的菜拣了几样，命人送过去。这可是非常高的待遇。贾母的菜平时只送给宝贝二玉，极个别情况下，才送点儿给凤姐、贾兰等。可以说，在贾府只有最得宠的人，才能吃到贾母桌上的菜。而刘姥姥一来，就吃上了贾母的菜，聪明的凤姐马上就敏感地发现了贾母的倾向，找到一个讨好贾母的机会，于是就有了下一回“史太君两宴大观园”的热闹场面。

雪下抽柴娇娃变青脸红发瘟神

刘姥姥心里非常清楚，贾母虽然在贾府的地位至高无上，但她的生活有点儿枯燥，所以对外面那个不熟悉的世界很好奇，想了解一下。因此，刘姥姥刚开始和贾母打交道，就充分发挥自己的优势，用底层见闻博得贾母欢心。刘姥姥还是一个乡村“小说家”，能够针对听众的心理，现场编造故事。此时，刘姥姥就在贾母跟前现场编了个“月下抽柴”的故事。她说，我们村庄上种地种菜，春夏秋冬，风里雨里，天天都在那地头子上作歇马凉亭[1]，什么奇怪的事不见呢。去年冬天，下了几天雪，地上压了三四尺深。我那日起得早，还没出房门，只听外头柴草响，我想肯定是有人来偷柴草，从窗户眼儿一瞧，却不是我们村庄的人。贾母说，可能是过路的客人们冷了，看到有现成的柴草，就抽点儿去烤火。刘姥姥说：“也并不是客人，所以说来奇怪。老寿星当个什么人？原来是一个十七八岁的极标致的一个小姑娘，梳着溜油光的头，穿着大红袄儿，白绫裙子——”这番话编得太有趣了，虽然不一定会引起贾母的兴趣，但肯定会引起宝玉的兴趣。宝玉不是“情不情”吗？他会对所有和自己没什么关系的女孩发生兴趣，甚至产生感情。但是刘姥姥刚说到这儿，外面就吵嚷起来，说是马棚失火了。贾母最是胆小，听到后赶紧扶了人出去看，一边口中念佛，一边命人去火神跟前烧香。等火光熄了，众人才转身回房。宝玉忙问刘姥姥，那个女孩为什么要抽柴草？贾母说，都是刚才说抽柴草惹出火来了，还问呢。别说这个了，再说

---

1 歇马凉亭：本指驿路中供人歇马休息的亭子，这里是说农民把地头当作“歇马凉亭”来休息。——编者注

别的吧。此处，脂砚斋有段评语：“一段为后回作引，然偏于宝玉爱听时截住。”红学家们认为，刘姥姥讲抽柴草，贾府恰好马棚失火，预示着将来贾府抄家后还会有一场大火。

刘姥姥见状，又编了个故事：有个九十多岁的老奶奶本来应该绝后，但因为积德行善，死了一个孙子后，观世音菩萨又给她送来一个孙子，有了后代。这个故事不仅投合了贾母的心理，也投合了王夫人的心理。刘姥姥讲老奶奶原来只有一个孙子，养到十七八岁时死了，这像不像王夫人的长子贾珠？然后老奶奶积德，上天又赐给她一个孙子，“十三四岁，生的雪团儿一般，聪明伶俐非常”，这不就是宝玉？刘姥姥肯定不知道贾府的那些陈年往事，但她社会经验丰富，胡诌个故事，恰好符合贾府的现状，无怪乎等她离开时，王夫人要送她一百两银子。王夫人此举，也有惜老怜贫以求保子孙的想法吧？

宝玉一心只记挂着抽柴的故事，想问清楚到底是怎么回事。探春问他，昨天史大妹妹请了咱们，咱们回去再邀一社，还了席，也请老太太赏菊花，怎么样？宝玉说，老太太喜欢下雨下雪的，不如咱们等下了头场雪，请老太太赏雪。咱们雪下吟诗，也很有趣。黛玉说，咱们雪下吟诗？依我看，还不如弄一捆柴火，雪下抽柴，更有趣呢。宝玉有什么心思，黛玉都门儿清，她看透了这位“情哥哥”的心思，便借机调侃他一下。

宝玉瞅了黛玉一眼，也不答话，到底还是背地里拉住刘姥姥，细问那女孩是谁。刘姥姥不得已，只得又现编这个姑娘是谁家的，怎么死的，怎么会有她的祠堂，以及祠堂在什么地方。傻乎乎的宝玉便派茗烟到刘姥姥所说的地方打探，茗烟回来后说：找了半天，才找到一个破庙，可是哪有什么女孩，里面竟是一位青脸红发的瘟神爷。这一段描写特别像侯宝林的相声，一路抖包袱，结果到最后，美丽的雪下抽柴女孩竟然变成了青脸红发的瘟神爷，出人意料。宝玉真是痴得太妙了。曹雪芹用风趣、幽默的笔触，把宝玉的呆劲儿写活了。宝玉虽然想到“若是他哄我们呢，自然没了”，但还是嘱咐茗烟改日闲了再去找。当然，小滑头茗烟肯定是不会再去的。

刘姥姥二进荣国府，和贾母形成了典型的对比。这是曹雪芹特别喜欢采用的技巧：一对一写人物，在对比中写人物。宝钗沉稳内敛，和骄纵任性的黛玉对着；袭人稳健阴毒，和坦率直爽的晴雯对着；凤姐爱财敛财，和清心寡欲的李纨对着；王夫人少言寡语，和善于辞令的薛姨妈对着；贾母富贵享乐，和贫穷辛苦的刘姥姥对着。长篇小说里这种一对一的人物双面相，是曹雪芹了不起的发明创造。与《三国演义》《水浒传》《西游记》相比，一对一地描写人物是曹雪芹最突出的成就之一。

曹雪芹把贾母和刘姥姥这两个天差地别的人物，巧夺天工地凑到一块儿，平起平坐，下一回中就出现了一段花团锦簇的文字。两个老太太都是诙谐的、善于辞令的，安富尊荣的贾母和来自乡野的刘姥姥，联手上演了一出对手戏，十分精彩。

欢声笑语大观园

——第四十回　史太君两宴大观园　金鸳鸯三宣牙牌令（上）

刘姥姥二进荣国府，贾母把她当作座上客，挽留她多住几天，并且说我们也有个园子，明儿带你到园子里看看。贾母带着刘姥姥进大观园游玩，两次设宴招待。午宴上，金鸳鸯做令官行酒令，她行的是牙牌令。牙牌，又叫骨牌、牌九，用来行酒令就叫“牙牌令”。规则是宣令者说一张，受令者答一句，“说完了，合成这一副儿的名字。无论诗词歌赋，成语俗话，比上一句，都要叶韵”，所以叫“三宣牙牌令”。

“史太君两宴大观园”，是《红楼梦》中最热闹、最有人情味的场面，也是大观园欢乐的顶峰。贾府在大观园里搞的大型活动，第一次是元妃归省，第二次是“史太君两宴大观园”，形成了有趣的对比。元春处在社会最高层，归省时却出现了一派悲惨凄切的场面，众人动不动就哭，表现了被扭曲的人性、被淹没的亲情；“史太君两宴大观园”的客人处于社会最底层，刘姥姥进入大观园后却出现了一派欢乐祥和的场面，大家动不动就笑，展现了青年男女张扬恣肆的个性、青春洋溢的年华，以及两位老太太不同的鲜明个性，这在中国古典小说中非常少见。

曹雪芹一共用了三个角度来描写大观园：第一是贾政带着宝玉游园题额，以宝玉的角度来描写大观园；第二是元妃归省，以皇妃的角度来描写大观园；第三则换成农妇的角度，对大观园做陌生化观察和描写。

按说，大观园建成后，没等元春归省，贾母就已游玩过，而且平时她也常到园子里闲游，可曹雪芹却偏偏借刘姥姥的到来详细描写贾母游园。因为元春归省，从贾母到众姐妹都不可能唱主角，主角只能是皇妃。而刘姥姥进大观园，则是贾母带领众姐妹唱主角，其中凤姐有着很重的“戏份”，黛玉、探春、宝钗也都各有“戏份”。

刘姥姥进大观园，既是《红楼梦》中最有人情味的大场面，也是对荣国府豪华生活的全面描写。曹雪芹描写贾府讲究、奢华的生活，描写美景、美器、美食，“两宴大观园”之间，还有乘船游玩。前一日，贾母把宝贝孙子叫来，商量明天怎么给史湘云还席，宝玉建议，每人面前放一个高几，选每人平时爱吃的一两样东西放到盒子里，用自斟壶。宝玉主张个性自由，不想让那么多人在旁伺候，要自己挑几样爱吃的东西放在茶几上，然后自己斟酒，贾母居然也接受了。

菊花须插满头归

第二天一大早，李纨正看着婆子、丫头擦抹桌椅，预备茶酒器皿，见刘姥姥来了，便说：“我说你昨儿去不成，只忙着要去。”刘姥姥说：“老太太留下我，叫我也热闹一天去。”这时丰儿拿出几把钥匙交给李纨，说我们奶奶说了，外面的高几恐怕不够用，不如把楼上的拿下来用一天。奶奶原本应该亲自来的，因为和太太说话呢，所以请大奶奶开了楼，带人搬吧。按理来说，李纨是长嫂，兄弟媳妇不能给长嫂派任务，但丰儿很会说话，她说凤姐正在和太太说话，李纨就不得不干这活了。

李纨先是派婆子出去叫来几个二门上的小厮，然后令人开了缀锦阁，自己站在大观楼下，看小厮、婆子、丫头们上上下下地抬高几，嘱咐他们小心，不要慌慌张张的，仔细碰了牙子[1]。李纨知道刘姥姥好奇，便对她说："姥姥，你也上去瞧瞧。"刘姥姥巴不得这一声，忙拉了板儿上去，只见里面乌压压地堆着围屏、桌椅、大小花灯等，都不认得，只觉得"五彩炫耀"，念了几声佛就下来了。李纨又说，老太太今天高兴，可能还要坐船，干脆把划子、篙桨、遮阳幔子都搬下来预备着。李纨想得不错，后面贾母果然要坐船游玩。

李纨正安排着，贾母已带了一大群人进来。李纨赶紧迎上去，笑着说："老太太高兴，倒进来了。我只当还没梳头呢，才撷了菊花要送去。"一边说，一边叫碧月捧过一个大荷叶式的翡翠盘子，里面盛着各色折枝菊花。贾母便拣了一朵大红菊花簪在鬓角上。贾母虽然人老了，趣味却不老，爱美之心不老。白发配红花，多好看啊！活一天就要自在一天，活一天就要快乐一天，这是贾母的生活态度。

贾母叫刘姥姥戴花，凤姐便拉过刘姥姥，笑说："让我打扮你。"贾母戴了朵大红菊花，刘姥姥戴朵紫色的不就行了？凤姐却横三竖四地给刘姥姥插了一头。这不是在恶作剧？贾母和其他人笑得不行。刘姥姥说："我这头也不知修了什么福，今儿这样体面起来。"众人说，你还不拔下来摔到她脸上？她把你打扮成老妖精了！刘姥姥说："我虽老了，年轻时也风流，爱个花儿粉儿的，今儿老风流才好。"

1　牙子：指镶在桌、凳、茶几表面或边沿的雕花装饰。——编者注

刘姥姥是老江湖，识玩知趣，凡事看得开。凤姐捉弄她，她则解释成“老风流”。刘姥姥整天“阿弥陀佛”不离嘴，她做事的宗旨就是与人方便，自己方便。其实，一个人活在世上，不管身份、地位怎样，只要自己不和自己过不去，别人就很难真正让你难堪。

看到刘姥姥菊花满头的场景，我怀疑曹雪芹是不是把杜牧的诗句发展成了小说情节。杜牧《九日齐山登高》中有这样两句：“尘世难逢开口笑，菊花须插满头归。”刘姥姥插了一头菊花，大家哄堂大笑，不正符合这两句诗的意境？曹雪芹把人们耳熟能详的名句，稍加点缀，文人雅兴就变成了闺阁笑谑。伟大的作家总是能从前人的作品中获得创作灵感。我研究《聊斋志异》几十年，常常会发现，某篇目是从魏晋某人的诗句发展而来的，某篇目是从唐代某人的诗句发展而来的。《红楼梦》也是这样。

后面沁芳亭的情节，也明显是从前人诗词发展而来的。到了沁芳亭，丫鬟给贾母铺了个大锦褥子。贾母倚柱坐下，叫刘姥姥坐在自己旁边，问她：“这园子好不好？”贾母这是在求表扬呢。刘姥姥也很会表扬，她念佛道：“我们乡下人到了年下，都上城来买画儿贴。时常闲了，大家都说，怎么得也到画儿上去逛逛。想着那个画儿也不过是假的，那里有这个真地方呢。谁知我今儿进这园里一瞧，竟比那画儿还强十倍。怎么得有人也照着这个园子画一张，我带了家去，给他们见见，死了也得好处。”这段话讲的不就是柳永的两句词吗？据传，柳永《望海潮·东南形胜》引起金兵南下，其中最后两句是：“异日图将好景，归去凤池夸。”《红楼梦》里将其变成了：“异日图将好景，归去乡村夸。”曹雪芹仍然是把人所共知的名词名句稍加点缀，变历史传说成闺阁笑谑。曹雪芹写刘姥姥戴菊花、刘姥姥想要画儿，是不是先想到杜牧和柳永的名句，然后才把它们变成小说情节的呢？我之所以这样想，是因为我自己就多次这样做过。

贾母听了刘姥姥的话，就指着惜春说："你瞧我这个小孙女儿，他就会画。等明儿叫他画一张如何？"刘姥姥一听，喜得忙跑过来，拉着惜春说："我的姑娘，你这么大年纪儿，又这么个好模样，还有这个能干，别是神仙托生的罢。"这是乡下老太太的典型语言。刘姥姥这样说，贾母也高兴。可怜惜春虽然不是神仙托生的，将来却要与青灯古佛相伴一生。

"那个纱，比你们的年纪还大呢"

歇了一会儿，贾母便带着刘姥姥到处见识见识，先到了潇湘馆。一进门，翠竹夹路，青苔布满，中间一条羊肠石子小道。刘姥姥让出路来给贾母等人走，自己却小心地走布满青苔的土路。琥珀拉着她说："姥姥，你上来走，仔细苍苔滑了。"刘姥姥说："不相干的，我们走熟了的，姑娘们只管走罢。可惜你们的那绣鞋，别沾脏了。"她只顾着和别人说话，不防脚底打滑，"咕咚"一声跌倒了。众人都拍着手笑起来。贾母笑骂道："小蹄子们，还不搀起来，只站着笑。"贾母心善。她说话的工夫，刘姥姥就爬了起来，自己也笑了，说："才说嘴就打了嘴。"贾母问："可扭了腰了不曾？叫丫头们捶一捶。"刘姥姥说："那里说的我这么娇嫩了。那一天不跌两下子，都要捶起来，还了得呢。"一个穷苦老太太，比贾母还大好几岁，跌倒后马上就爬了起来，真是身体好比什么都强。

"紫鹃早打起湘帘，贾母等进来坐下。林黛玉亲自用小茶盘捧了一盖碗茶来奉与贾母。"看来贾母接到这杯茶后，黛玉还要再端茶给王夫人、薛姨妈，因为紧接着王夫人就说："我们不吃茶，姑娘不用倒了。”王夫人挺体谅她。黛玉又命丫鬟把自己窗下常坐的一张椅子挪到贾母座位下首，请王夫人坐。长辈到晚辈的住处，再娇贵的晚辈也得亲自奉茶，这是大家族的规矩。后面午饭时，贾母和薛姨妈在上首对坐，儿媳妇王夫人只能坐到下首，因为薛姨妈是客人，这也是规矩。刘姥姥一看桌案上那么多笔砚，书架上那么多书，便说："这必定是那位哥儿的书房了。”我觉得刘姥姥是故意这样说的。众人进屋后，黛玉又是奉茶，又是给王夫人搬座椅，显然是屋主。刘姥姥又不傻，岂能分不清？而她故意说是“哥儿的书房”，是要给贾母另一个炫耀的机会。果然，贾母笑着指指黛玉，说：“这是我这外孙女儿的屋子。”刘姥姥留神打量了黛玉一番，才笑道：“这那像个小姐的绣房，竟比那上等的书房还好。”真是有趣！刘姥姥哪儿见过上等的书房？刘姥姥听说惜春会画画后，便拉着惜春，说是神仙托生的；听到这是黛玉的住处，就认为比上等的书房还好，不过她这次没过去拉着黛玉夸奖。这是不是说明，在刘姥姥心中，神仙也没有黛玉好呢？

说笑了一会儿，贾母看到黛玉的窗纱旧了，便和王夫人说：“这个纱新糊上好看，过了后来就不翠了。这个院子里头又没有个桃杏树，这竹子已是绿的，再拿这绿纱糊上反不配。”贾母懂得美学，对于窗纱和院中树木的颜色如何和谐搭配很懂行。她吩咐说，我记得咱们还有好几样糊窗户的纱呢，明儿把她窗上的纱换了。凤姐说：“昨儿我开库房，看见大板箱里还有好些匹银红蝉翼纱，也有各样折枝花样的，也有流云卍福花样的，也有百蝶穿花花样的，颜色又鲜，纱又轻软，我竟没见过这样的。拿了两匹出来，作两床绵纱被，想来一定是好的。”贾母一听，笑了：“呸，人人都说你没有不经过不见过，连这个纱还不认得呢，明儿还说嘴。”薛姨妈等都笑起来，道：

“凭他怎么经过见过，如何敢比老太太呢。老太太何不教导了他，我们也听听。”凤姐也笑着说：“好祖宗，教给我罢。”

贾母笑向众人说：“那个纱，比你们的年纪还大呢。怪不得他认作蝉翼纱，原也有些像，不知道的，都认作蝉翼纱。正经名字叫作‘软烟罗’。”凤姐说：“这个名儿也好听。只是我这么大了，纱罗也见过几百样，从没听见过这个名色。”贾母说：“你能够活了多大，见过几样没处放的东西，就说嘴来了。那个软烟罗只有四样颜色：一样雨过天晴，一样秋香色，一样松绿的，一样就是银红的。”说着，贾母便令人把银红的“霞影纱”找出来，给黛玉糊窗子。这样一来，黛玉屋子外面是绿竹，窗纱是银红，非常相配。这个情节说明贾母非常疼爱黛玉，看她的窗纱旧了，且颜色不对，就立刻给换成银红色的“软烟罗”。曹雪芹写潇湘馆的窗纱不是闲笔，这是在写荣国府往日的奢华和讲究。连薛姨妈和凤姐都不知道名字的高级纱罗，贾母却拿来给潇湘馆糊窗子，所以才有了刘姥姥的那句话：“我们想他作衣裳也不能，拿着糊窗子，岂不可惜？”贾母听了，便下令再找一找，若有青色的，送两匹给刘姥姥。贾母再次郑重其事地叫刘姥姥为“刘亲家”，是为后面巧姐和板儿的亲事提前叫的。

笑和不笑各有道理

离开潇湘馆，远远看到一群人在那里撑船，贾母等便向紫菱洲蓼溆一带走来。未到池前，只见几个婆子手里捧着五彩大盒子。凤姐忙问王夫人早饭在哪里摆。王夫人说，老太太说在哪里，就在哪里摆吧。贾母说，去你三妹妹那里吧！我们从这里坐船过去。凤姐听了，便和李纨、探春、鸳鸯、琥珀带着端饭的人，抄近路到了探春那儿，将早饭摆在秋爽斋的晓翠堂。这时，鸳鸯对凤姐说：“天天咱们说外头老爷们吃酒吃饭都有一个篾片[1]相公，拿他取笑儿。咱们今儿也得了一个女篾片了。”凤姐一听，说，对，咱们今儿就拿刘姥姥取个笑儿。凤姐平时想方设法地逗贾母开心，但是只她一人唱独角戏，贾母都快产生审美疲劳了，现在有了新鲜人、新鲜事，还不得大做文章？李纨善良厚道，说：“你们一点好事也不做，又不是个小孩儿，还这么淘气，仔细老太太说。”鸳鸯笑说：“很不与你相干，有我呢。”大丫鬟就是有面子，用这种口气和大奶奶说话，连个“大奶奶”都不叫，直接叫“你”。鸳鸯不仅摸透了贾母的脾气，也摸透了李纨的脾性。

正说着，“贾母等来了，各自随便坐下……凤姐手里拿着西洋布手巾，裹着一把乌木三镶银箸”。贾母说：“把那一张小楠木桌子抬过来，让刘亲家近我这边坐着。”大家听了，忙抬过来。凤姐递眼色给鸳鸯，鸳鸯便把刘姥姥拉出去，悄悄地嘱咐了她一席话。凤姐是当家奶奶，不能安排刘姥姥逗笑；鸳鸯是丫鬟，可以安排。鸳鸯是怎么安排的呢？曹雪芹之妙，就在于他不明写鸳鸯是怎么嘱咐刘姥姥的。如果把那些话都写出来，刘姥姥后面的逗笑就出不来效果了。鸳鸯嘱咐完刘姥姥之后，又说：“这是我们家的规矩，若错了我们就笑话呢。”

薛姨妈已吃过饭，只坐在一边喝茶。贾母带着宝玉、湘云、黛玉、宝钗一桌，王夫人带着迎春三姐妹一桌。刘姥姥的桌子挨着贾母。贾母平时吃饭都是小丫鬟伺候，鸳鸯早就不当这差了，今天她却偏偏站在旁边伺候，丫鬟们知道她是要捉弄刘姥姥，便躲开让她。

1　篾片：指旧时富贵人家帮闲凑趣的清客。——编者注

鸳鸯悄悄地对刘姥姥说："别忘了。"刘姥姥说："姑娘放心。"

刘姥姥入了座，拿起筷子来，沉甸甸的不称手。这是凤姐和鸳鸯商量好了的恶作剧环节：大家用的都是乌木三镶银筷子，只有刘姥姥用的是一双老年四楞象牙镶金筷子，又笨又重。这是国公府摆大宴席，请重要客人时用的筷子，凤姐异想天开地拿来给刘姥姥用，还专门叫刘姥姥用这样的筷子夹鸽子蛋。刘姥姥说："这叉爬子比俺那里铁锨还沉，那里犟的过他。"刘姥姥把筷子说成"叉爬子"，生动有趣；不说"我哪里拿得动它"，而说"那里犟的过他"，形象好玩。一句话，众人已经笑起来。

只见一个媳妇端了一个盒子站在当地，里面盛了两碗菜，李纨端了一碗放在贾母桌子上。凤姐故意拣了一碗鸽子蛋放在刘姥姥桌上。贾母刚说了声"请"，刘姥姥便站起来，高声说道："老刘，老刘，食量大似牛，吃个老母猪不抬头。"说完，自己鼓着腮帮子不笑。刘姥姥的这次表演是鸳鸯教的，还是鸳鸯只大概提了要求，叫刘姥姥自己发挥呢？估计是刘姥姥自己随意发挥的。因为刘姥姥说的话完全是乡村老太太才能想出来的。她鼓着腮帮子不笑，就像相声大师侯宝林，抖完包袱，只看大家笑，自己却不笑。

刘姥姥"异军突起"，大观园宴席上的人都愣住了。为什么愣住呢？当初，黛玉进府和贾母吃第一顿饭时，一个个敛声屏气，鸦雀无声，伺候的人很多，却连一声咳嗽都听不到。这次刘姥姥吃了熊心豹子胆，竟敢在贾母的宴席上"胡作非为"，所以大家都愣住了。接着，"上上下下都哈哈大笑起来"。这是恍然大悟的笑。"上上下下"包括贾母等人，也包括丫鬟和粗使婆子。曹雪芹只用了两百多个字，就像高明的摄像师摇镜头，一人一个姿态，每个姿态都和这人的身世、个性相符合。

这些人虽然是同时大笑，但曹雪芹“摇镜头”般的描写却有一个先后次序。

第一个笑得撑不住，一口饭都喷了出来的是湘云。湘云性格豪放，对个人行为不加掩饰，饭都喷出来了。

第二个笑岔了气，伏着桌子“哎哟”的是黛玉。黛玉身体虚弱，猛然一笑，岔了气。她也不擅长掩饰感情，想哭就哭，想笑就笑。

第三个笑得滚到贾母怀里的是宝玉。而贾母搂着宝贝孙子叫“心肝”，她是第四个笑的。

第五个是王夫人，她认为刘姥姥这番话肯定是凤姐教的，就笑着用手指凤姐，但却说不出话来，因为笑得太厉害了。

第六个是薛姨妈，她已吃了早饭，只在旁边喝茶，结果一个撑不住，口里的茶喷了探春一裙子。

第七个将手里的饭碗倒在迎春身上的是探春。探春也心胸开阔，想笑就笑，还连带着比较夸张的动作，把饭碗都倒在了姐姐身上。

第八个是惜春，她笑得离了座位，拉着奶妈让揉揉肠子。惜春还小，所以出来时，奶妈还得跟着。

各人有各人的表现，且都和各自的身份、个性相符合。

下面还有三句话：“地下的无一个不弯腰屈背，也有躲出去蹲着笑去的，也有忍着笑上来替他姊妹换衣裳的。”这是描写丫鬟和老婆子们的笑。

有没有不笑的呢？有。“独有凤姐、鸳鸯二人撑着，还只管让刘姥姥。”

真的只有凤姐和鸳鸯没笑吗？不是。此时还有三个人在宴席上，估计她们也没笑。这三个人是谁呢？

薛宝钗，大家闺秀，甭管多么可笑，都得端庄，不能开怀大笑。

迎春，二木头，凡事慢半拍，等她领悟过来再笑时，别人都已笑过了。

李纨，青春守寡，心如槁木，理所当然不能当众大笑。

什么样的人该笑，什么样的人不该笑，什么样的人会笑成什么样儿，对于天才作家来说，都不是随意而为的。曹雪芹摄取的八人大笑的特写场面，是经过认真思考的；他不写宝钗、迎春、李纨，也是经过严密思考的。曹雪芹到底是怎么想象出这样一个场面来的？真是不可思议。

看《红楼梦》的“大观园群笑图”，我总会联想到达·芬奇的名画《最后的晚餐》。达·芬奇巧妙地将十二门徒的感情和性格展现了出来，而曹雪芹则寥寥几笔把不同人物的个性刻画了出来。

这段神奇的情节，我没能从托尔斯泰、屠格涅夫、陀思妥耶夫斯基、巴尔扎克、雨果、狄更斯、罗贯中、施耐庵、吴承恩等世界长篇小说巨匠的作品中找到类似描写，只有《聊斋志异·婴宁》中按照庄子“撄宁”的人生态度处世的狐女算是“笑”出了千姿百态。

去了金筷换银筷

笑完还得吃。凤姐故意给刘姥姥用沉甸甸的筷子，上的菜又是鸽子蛋。用笨重的筷子夹鸽子蛋，太难了，而刘姥姥还有临场发挥的戏剧才能，她说：“这里的鸡儿也俊，下的这蛋也小巧，怪俊的。我且肏攮一个。”程高本把“我且肏攮一个”改成“我且得一个”，文雅多了。其实刘姥姥的话，粗野放肆，乡野气息极其浓厚。从来没听过这类话的贾母，笑得眼泪都出来了。试想，贾母如果听到“我且得一个”，能笑吗？贾母说，这一定是凤丫头闹的，快别相信她的话了。凤姐说，这鸽子蛋一两银子一个呢。刘姥姥想，一两银子一个，那一定得尝尝，便伸着筷子要夹，结果“满碗里闹了一阵，好容易撮起一个来，才伸着脖子要吃，偏又滑下来滚在地下。忙放下箸子要亲自去捡，早有地下的人捡了出去了”。刘姥姥叹息道：“一两银子，也没听见响声儿就没了。”曹雪芹描写刘姥姥吃鸽子蛋，夹不起来，满碗闹腾，终于撮起来，伸着脖子要吃，简直像慢镜头分解，好看极了，惹得众人都没心思吃饭了，只看着她笑。

凤姐说鸽子蛋“一两银子一个”，是不是夸张？不是。据冯其庸先生考证，清代笔记小说记载，富贵人家先用冬虫夏草、人参之类的大补药喂养鸡、鸽子、鹌鹑，再叫它们生蛋。然后吃的这个蛋，就合一两银子一个。

贾母接着发现了刘姥姥筷子上的奥秘：怎么大家都用乌木三镶银筷子，只有刘姥姥用老年四楞象牙镶金筷子？贾母说：“谁这会子又把那个筷子拿了出来，又不请客摆大筵席。都是凤丫头支使的，还不换了呢。”贾母明白这出戏的“导演”是凤姐。刘姥姥换上银筷子，说：“去了金的，又是银的，到底不及俺们那个伏手[1]。”凤姐说：“菜里若有毒，这银子下去了就试的出来。”凤姐本是炫耀，刘姥姥却说：“这个菜里若有毒，俺们那菜都成了砒霜了。那怕毒死了也要吃尽了。”用土话巧妙地给凤姐捧了哏。

贾母看刘姥姥这么有趣，吃得这么香甜，就把自己的菜端过来给她吃。一时吃完了，贾母等都到探春卧室里闲话。这里收拾完残桌，又放了一桌，一直在旁边伺候贾母吃饭的李纨和凤姐坐下来吃饭。刘姥姥叹息道：“别的罢了，我只爱你们家这行事。怪道说‘礼

1 伏手：意为顺手、称手。——编者注

出大家’。”

乡村老太太看到国公府的这些规矩，很是感叹。凤姐笑道：“你可别多心，才刚不过大家取笑儿。”话没说完，鸳鸯也进来说道：“姥姥别恼，我给你老人家赔个不是。”刘姥姥说：“姑娘说那里话，咱们哄着老太太开个心儿，可有什么恼的！你先嘱咐我，我就明白了，不过大家取个笑儿。我要心里恼，也就不说了。”刘姥姥的心态太好了，凡事都往对自己有利的地方去想，还很有幽默感。本来是李纨和凤姐两个少奶奶对坐着吃饭的，凤姐看鸳鸯进来了，便拉她坐下一块儿吃，由此可以看出鸳鸯的面子有多大。鸳鸯也不忘自己的伙伴，下令把这里剩下的好菜给平儿、袭人送去。凤姐说平儿吃过了，鸳鸯就说吃不了喂你的猫。奇怪的是，鸳鸯居然没有吩咐给彩霞这个王夫人身边最得意的丫鬟送菜。

大观姐妹露真情

——第四十回　史太君两宴大观园　金鸳鸯三宣牙牌令（下）

贾母见刘姥姥吃得香甜，便令人把自己的菜端给她吃，又命一个老嬷嬷把各样菜夹到板儿碗里。老封君不仅关心自己的孙子、孙女、外孙女、孙媳妇，还关心刘姥姥带来的外孙。现在吃她菜的“刘亲家”，未来会成为她名副其实的真亲家；现在吃她菜的穷娃娃，未来则是她地地道道的重孙女婿，当然她现在是想不到的。

贾母等吃完饭，到探春的房间闲话。凤姐吃完饭也进入探春房间。

烟霞闲骨格，泉石野生涯

黛玉住“有凤来仪”的潇湘馆，刘姥姥看到满架书籍，满桌笔砚，以为是哪个哥儿的书房。如果说潇湘馆是诗人诗意栖居的地方，那么秋爽斋就是高士高卧之处，这高士还是一位书法家。探春喜欢阔朗，房间没有隔断，“当地放着一张花梨大理石大案，案上磊着各种名人法帖，并数十方宝砚，各色笔筒、笔海内插的笔如树林一般”。探春喜欢书法，因为字写得好，元春归省后所作之诗，都是交给她来抄写。探春生病时，宝玉送给她一幅颜真卿真迹，词云："烟霞闲骨格，泉石野生涯。"意思是说，住在这个地方的人，天性风流闲散，像烟霞一样，以泉石为伴，有山野志趣。这是《新唐书》里关于田游岩喜欢烟霞、泉石成癖的典故。那么，颜真卿有没有写过这副对联呢？有人考证，颜真卿传下来的字里并没有这副对联。与秦可卿房里秦少游所写的对联一样，这里也是曹雪芹虚构的，把唐代著名大书法家的真迹挂在了探春的墙上。对联中间挂了一幅米襄阳的《烟雨图》。米襄阳，即宋代大画家米芾，襄阳人，以画烟雨中的景物闻名。在探春的花梨木大理石大案上，还摆着"斗大的一个汝窑花囊，插着满满的一囊水晶球儿的白菊"，这是探春清高脱俗个性的表现。

贾府"四艳"分别叫元春、迎春、探春、惜春，曹雪芹赋予她们的命运是"原应叹息"。这四个姑娘具备贵族小姐的文化修养，她们的侍儿也各有特色：元春的侍儿叫抱琴，迎春的侍儿叫司棋，探春的侍儿叫待书（有的版本写作"侍书"。探春还有个侍儿叫翠墨，都和写字有关），惜春的侍儿叫入画。四个侍儿的名字连在一块儿，就是"琴棋书画"。

探春的花梨木大理石大案上还摆了个大鼎，左边一个紫檀架上放着一个大观窑[1]的大盘，盘里盛着几十个娇黄玲珑的大佛手[2]。请注意这个佛手，下一回将会成为板儿与巧姐未来命运的关键。右边洋漆架上悬着一个白玉比目磬[3]，旁边挂着小锤。板儿此时略微熟了些，

1 大观窑：指建于北宋大观年间的瓷窑，窑址在今河南开封，也即通常所说的"北宋官窑"。——编者注

2 佛手：即佛手柑，状如手指，秋天成熟，皮色鲜黄，有芳香。——编者注

3 比目磬：比目鱼形状的磬。磬，是中国古代可悬挂的小型打击乐器和礼器。——编者注

男孩子调皮，便要摘那锤子敲击，丫鬟们忙拦住他。他又要吃佛手，探春便拣了一个给他，说拿着玩吧，不过不能吃。

探春的屋子不是没有隔断吗？大家便看到东边摆着卧榻，“拔步床[1]上悬着葱绿双绣花卉草虫的纱帐”。葱绿色的纱帐，很有青春气息。板儿一看，便跑过来指手画脚：“这是蝈蝈，这是蚂蚱。”小男孩活泼点儿不足为奇，刘姥姥却“啪”地打了他一巴掌，骂道：“下作黄子[2]，没干没净的乱闹。倒叫你进来瞧瞧，就上脸了。”刘姥姥这是第二次打外孙：一进荣国府时，板儿要吃肉，被她打了一巴掌；这次板儿只是指手画脚地说蝈蝈、蚂蚱，又被她打了一巴掌。贾母看了心里恐怕很不是滋味。贾母也是做外祖母的，她是怎么对待外孙女黛玉的呢？捧在手里怕摔了，含在嘴里怕化了。而刘姥姥却一巴掌把外孙打得哭起来，大家劝解半天才罢。贾母见状，只好顾左右而言他，隔着纱窗往后院看，说：“这后廊檐下的梧桐也好了，就只细些。”正说着，忽然一阵风吹过，隐隐听到鼓乐之声。贾母问：“是谁家娶亲呢？这里临街倒近。”王夫人等说：“街上的那里听得见，这是咱们的那十几个女孩子们演习吹打呢。”贾母便说：“既是他们演，何不叫他们进来演习。他们也逛一逛，咱们可又乐了。”

老太太一心一意享乐，既要玩得奢华，玩得气派，也要玩得雅致，玩得有文化。贾母深知临水听乐的好处，便让戏班子到藕香榭的水亭子上演奏，大家在缀锦阁底下，借着水音听，意境绝美。大观园宴会在箫管悠扬、笙笛并发下继续进行，一派钟鸣鼎食之象。

1　拔步床：又叫八步床，是明清时期流行的一种大型床，床前留空二至三尺，与床门围子形成小廊屋，两侧可以安放桌、凳等小型家具，用以放置杂物。拔步床大致分成两类：廊柱式拔步床和围廊式拔步床。——编者注

2　下作黄子：即“下流种子”。——编者注

贾母对薛姨妈笑道："咱们走罢，他们姊妹们都不大喜欢人来坐着，生怕脏了屋子。咱们别没眼色，正经坐一回子船喝酒去。"老太太这是跟孙女儿开玩笑呢。探春笑道："这是那里的话，求着老太太、姨妈、太太来坐坐还不能呢。"贾母又笑了，说："我的这三丫头却好，只有两个玉儿可恶。回来吃醉了，咱们偏往他们屋里闹去。""两个玉儿"是谁？宝玉和黛玉。真的可恶吗？当然不是。这是贾母的反话。其实，她心里最爱、最怜、最操心、最放不下的，就是这"两个玉儿"。

琏二奶奶要撑船

大家一起走出来，姑苏驾娘已经把船准备好了。众人扶了贾母、王夫人、薛姨妈、刘姥姥等上了船。凤姐也上去了，她要撑船。贾母在舱内说："这不是顽的，虽不是河里，也有好深的。你快不给我进来！"凤姐笑了："怕什么！老祖宗只管放心。"说着就拿起篙子，一篙把船点开。到了池子当中，凤姐只觉得乱晃，赶紧把篙子递给驾娘，自己蹲下。

凤姐简直是"孙悟空的妹妹"，什么事都敢做。撑船是你这贵族少奶奶能干的吗？金陵十二钗，谁会干这个？黛玉会吗？不会，黛玉只会在潇湘馆教鹦哥吟诗。宝钗会吗？更不会，她只会在蘅芜苑看书绣花。大大咧咧的湘云会吗？也不会，她只会醉卧石凳，梦中吟诗。性格豪爽的探春会吗？也不会，她只会在秋爽斋窗下练书法、下围棋。至于李纨，就更不会了，她只会在稻香村教导儿子，颐养性情。只有凤姐会在大观园里撑船，公开做不是少奶奶该做的事。这时的凤姐，不再是手握重权的管家奶奶，而是一个好奇爱玩的孩子，一个从小被当作男孩教养长大的女孩。

迎春姐妹和宝玉也上了一只船，跟着贾母的船过来了。其他的老嬷嬷和丫鬟都沿河随行。如果拍成电视剧，应该是一幅非常好看的场景：水里两只船，一只坐着尊贵的贾母和她请来的客人刘姥姥，还有王夫人、薛姨妈，另一只坐着宝玉和姐妹们；岸上则是随船而走的丫鬟和老嬷嬷。宝玉说，这里的破荷叶太可恨，怎么还不叫人拔了去？黛玉说，我最不喜欢李义山的诗，只喜欢他这一句“留得残荷听雨声”，偏偏你们又不留着残荷了。宝玉一听，林妹妹喜欢残荷，那以后就别叫人拔去了。真是林妹妹说什么都是圣旨。

年轻姑娘这样素净也忌讳

贾母看到“岸上的清厦旷朗”，便问：“这是你薛姑娘的屋子不是？”得到肯定答案后，贾母忙命拢岸，要上去看看。众人“顺着云步石梯上去，一同进了蘅芜苑，只觉异香扑鼻。那些奇草仙藤愈冷愈苍翠，都结了实，似珊瑚豆子一般，累垂可爱。及进了房屋，雪洞一般，一色玩器全无，案上只有一个土定瓶中供着数枝菊花，并两部书，茶奁、茶杯而已。床上只吊着青纱帐幔，衾褥也十分朴素”。

薛家是皇商之家，但宝钗的房间却这样简朴，跟庶出的探春都没法比。探春的床上吊着葱绿双绣花卉草虫的帐幔，宝钗的床上却吊着青纱帐幔；探春的桌案上摆着名贵瓷器，宝钗的桌案上却只有土定瓶。贾母感叹道：“这孩子太老实了。你没有陈设，何妨和你姨娘要些。我也不理论，也没想到，你们的东西自然在家里没带了来。”一边说一边叫鸳鸯去取些古董来，又嗔着凤姐，“不送些玩器来与你妹妹，这样小器。”王夫人、凤姐等一边笑，一边回道：“他自己不要的。我们原送了来，都退回去了。”薛姨妈也说：“他在家里也不大弄这些东西的。”贾母摇头说：“使不得。虽然他省事，倘或来一个亲戚，看着不像；二则年轻的姑娘们，房里这样素净，也忌讳。我们这老婆子，越发该住马圈去了。你们听那些书上戏上说的小姐们的绣房，精致的还了得呢。他们姊妹们虽不敢比那些小姐们，也不要很离了格儿。”这是干什么呢？批评。

贾母又说：“我最会收拾屋子的，如今老了，没这闲心了。”这是自谦的话，然后又说，“他们姊妹们也还学着收拾的好，只怕俗气，有好东西也摆坏了。我看他们还不俗。”老太太可能是在暗暗赞扬她的玉儿（即黛玉）和三丫头（即探春）的屋子收拾得好，一点儿也不俗气。黛玉和探春的屋子正是散发着书卷气的同时，也没有丢掉贵族小姐的“格儿”。贾母说着，还要亲自给宝钗改变房屋格局：“如今让我替你收拾，包管又大方又素净。我的体己两件，收到如今，没给宝玉看见过，若经了他的眼，也没了。”说着叫过鸳鸯来，亲自吩咐道：“你把那石头盆景儿和那架纱桌屏，还有个墨烟冻石鼎，这三样摆在这案上就够了。再把那水墨字画白绫帐子拿来，把这帐子也换了。”贾母人老眼光不老，爱美之心不老，气派不老。鸳鸯答应着，说：“这些东西都搁在东楼上的不知那个箱子里，还得慢慢找去，明儿再拿去也罢了。”

贾母准备给宝钗换上的这几件摆设分别是什么呢？石头盆景，是将植物、巧石、水布置在盆里，变成自然景物的缩影。第五十三回具体写到了贾母花厅布置的盆景：八寸来长，四五寸宽，两三寸高，点着山石布满青苔的小盆景。贾母既然一直珍藏着，没给宝玉，可能是因为盆景是玉石制造的，比较珍贵。纱桌屏，是文人雅士摆在桌案上的小座屏，也叫“砚屏”。据记载，自苏东坡、黄庭坚始作砚屏。墨烟冻石鼎，是用墨烟冻石制作的鼎。墨烟冻石是指黑白相间、半透明的名贵石头，可以制作印章等工艺品。这三样东西都非常上档次，跟宝钗原来摆的土定瓶有天壤之别。土定瓶，是定窑烧制的一种粗质瓷瓶。定窑是宋代五大名窑之一，它的白釉剔花瓷非常名贵，而土定瓶却是质地粗糙的瓶子。怪哉，“珍珠如土金如铁”的薛家，从哪儿淘来个这么土气的低档花瓶？这瓶子使得一品诰命夫人心里很不舒服，要用石头盆景、纱桌屏、墨烟冻石鼎取而代之。

贾母稍加点缀，房间气象立刻和原来不一样了，虽然仍然素净，却很大方。蘅芜苑俭朴得超出常规，是不是宝钗有意为之的？可能是吧，不过不管怎样，这种做法都使贾母很不舒服，接连说“离了格儿”“忌讳”“来一个亲戚，看着不像”。“不像”什么？不像贵族小姐的闺房，倒像穷人寡妇的住处。

有的红学家认为，贾母出资给宝钗过十五岁生日，把珍藏的体己送给宝钗作摆设，说明贾母对“金玉良缘”感兴趣，对黛玉的疼爱有所减退。我觉得不是这么回事。贾母是什么样的人呢？贾母是享乐型人物。她也按照这个理念，教养她的宝贝孙子。她能忍受宝玉娶个像宝钗这样“离了格儿”、“素净”、“省事”、不求享受的媳妇吗？一点儿可能都没有。而且贾母喜欢凤姐、秦可卿、黛玉、晴雯这样伶牙俐齿、风流纤巧的女孩，她对粗粗笨笨的袭人就兴趣不大，估计对宝钗那张银盆脸也未必感兴趣。贾母把银红色的“霞影纱”给外孙女糊窗子，体现的是血浓于水的亲情；把水墨字画白绫帐给宝钗挂在床上，体现的则是礼貌周全的待客之情。后面情节也可以验证这一点，比如，过节放鞭炮，贾母本能地把黛玉搂到了怀里。

我是从黛玉进府的年龄开始读《红楼梦》的。有的红学家不是说黛玉是七岁进府的吗？那我就是从七岁开始读《红楼梦》的。读了七十多年，到贾母杖朝[1]的年龄仍在读。每次读，都有新体会；每次读，都更能理解贾母为什么那样心疼二玉。所以，贾母为了宝钗而疏远，甚至冷待黛玉，除非太阳从西边出来。

贾母在潇湘馆跟王夫人等商议给黛玉换窗纱，在蘅芜苑跟凤姐等商议给宝钗摆古董、换帐子，黛玉和宝钗，虽然性格完全不一样，却不约而同，一句话不说，好像贾母说的事与她们无关一样。这是为什么呢？因为在众人面前，在长辈面前，深闺小姐三缄其口是贵族家庭的规矩，是她们必须具备的修养。不管是所谓的“封建叛逆”林黛玉，还是“封建信徒”薛宝钗，都自觉遵守着这一规矩。

林黛玉涉《牡丹亭》《西厢记》

凤姐带着人去藕香榭布置整齐，上面左右两张榻，铺着讲究的锦裀蓉簟，即华美的毯子和绘有荷花图样的竹席。每张榻前摆着两张茶几，有海棠花式的，有梅花式的，有荷叶式的，有葵花式的，有方的，有圆的。上面两榻四几，是贾母和薛姨妈的，下面一椅两几是王夫人的，其他都是一椅一几。东边是刘姥姥，刘姥姥之下才是王夫人。这是待客之道。如此把位置摆好，大家坐定，就要吃午饭了。贾母说，咱们今天也行个令才有意思。薛姨妈说：“老太太自然有好酒令，我们如何会呢，安心要我们醉了。我们都多吃两杯就有了。”薛姨妈的马屁拍得真是精彩，她才是贾母身边真正的篾片。

1　杖朝：意思是八十岁可拄杖出入朝廷，出自《礼记·王制》：“八十杖于朝。”所以八十岁，又称“杖朝之年”。——编者注

这个高级篾片不吃贾府的饭，不拿贾府的分例，只陪着贾母取乐，随时说些叫贾母高兴的话。宝玉要喝“小荷叶儿小莲蓬儿汤”，薛姨妈就说贾府喝碗汤也这么讲究，银模子她都没见过；贾母要行酒令，还不知道是什么酒令呢，薛姨妈就先说老太太的酒令好，她说不来。王夫人说：“便说不上来，只多吃一杯酒，醉了睡觉去。”姐妹俩一唱一和地讨好贾母。

凤姐比薛姨妈、王夫人更能把握贾母的心思，她说老太太行令，得叫鸳鸯来。众人都知道贾母所行的令必得鸳鸯提醒着，便说“很是”。凤姐便把鸳鸯拉了过来，王夫人则命人把鸳鸯的座位排到李纨和凤姐之上。这看起来好像出格了，丫鬟怎能坐在当家奶奶的上面？不过王夫人解释说：“既在令内，没有站着的理。”鸳鸯行的酒令，是贾母常用的酒令，成语、俗话、诗词都可以，大白话也可以。鸳鸯便从老太太起，到刘姥姥止，开始行酒令。鸳鸯先说规矩：“比如我说一副儿，将这三张牌拆开，先说头一张，次说第二张，再说第三张，说完了，合成这一副儿的名字。无论诗词歌赋，成语俗话，比上一句，都要叶韵。错了的罚一杯。”众人均点头同意。

鸳鸯说：“有了一副了。左边是张‘天’。”贾母说：“头上有青天。”大家都说“好”。鸳鸯说：“当中是个‘五与六’。”贾母说：“六桥梅花香彻骨。”鸳鸯说：“剩得一张‘六与幺’。”贾母说：“一轮红日出云霄。”鸳鸯说：“凑成便是个‘蓬头鬼’。”贾母说：“这鬼抱住钟馗腿。”老太太说得非常娴熟。

接着薛姨妈、湘云、宝钗都说了令。引人深思的是黛玉的酒令。鸳鸯说：“左边一个‘天’。”黛玉说：“良辰美景奈何天。”宝钗一听，便回过头看她。宝钗听出问题来了，这是大人们不让她们看的“淫书艳词”。黛玉只顾着怕罚，没注意到宝钗在看她。鸳鸯说：“中间‘锦屏’颜色俏。”黛玉又来了一句：“纱窗也没有红娘报。”宝钗听了，当然还得继续盯着她。黛玉后面说的就不是违禁的话了。宝钗一听到“良辰美景奈何天”，就回过头看黛玉，这是在提醒她不可以说这样的话，却没想到黛玉继续说出了“纱窗也没有红娘报”。这两句，分别出自《牡丹亭》和《西厢记》。黛玉行酒令时脱口而出这两本书里的戏词，说明她受《牡丹亭》《西厢记》的影响越来越深，也成了后来宝钗教育黛玉的伏笔。

刘姥姥的酒令特别好玩。鸳鸯说：“左边‘四四’是个人。”刘姥姥想了想说：“是个庄家人罢。”大家哄堂大笑。刘姥姥说：“我们庄家人，不过是现成的本色，众位别笑。”鸳鸯说：“中间‘三四’绿配红。”刘姥姥说：“大火烧了毛毛虫。”大家笑道：“这是有的，还说你的本色。”鸳鸯说：“右边‘幺四’真好看。”刘姥姥说：“一个萝卜一头蒜。”大家又笑了。鸳鸯说：“凑成便是‘一枝花’。”刘姥姥两只手比着，说：“花儿落了结个大倭瓜。”众人大笑起来。

藕香榭第二次开宴，和第一次不太一样，这次坐席讲究上下尊卑，喝酒要行酒令。贾母讲得熟练，黛玉讲得犯禁，刘姥姥居然用乡土本色闯过了这一关。刘姥姥在大观园的“搞笑”活动还会继续进行下去。

宝玉、妙玉品梅花雪

——第四十一回　栊翠庵茶品梅花雪　怡红院劫遇母蝗虫（上）

这一回乡村老太太刘姥姥和妙玉、宝玉发生联系，刘姥姥的外孙和王熙凤的娇女交换玩意儿，都和《红楼梦》的大结局有很大关系。

贾母带着刘姥姥到栊翠庵，把喝过半盏的茶递给刘姥姥，妙玉因此弃用昂贵的成窑[1]杯。妙玉用梅花上扫下来的雪烹茶，招待黛玉、宝钗和宝玉。刘姥姥醉酒后，稀里糊涂地误入怡红院，躺在宝玉的床上睡觉。“母蝗虫”是林黛玉给刘姥姥取的外号，形容刘姥姥吃东西既多又快。

刘姥姥吃茄鲞

刘姥姥二进大观园是两个身份不同的老太太的重头戏。贾母知道刘姥姥和自己没有任何关系，却称她为“老亲家”，还亲自当“导游”给刘姥姥开眼界，饭桌上也把刘姥姥当贵宾看待。刘姥姥知道富人什么都不缺，就盼着万寿无疆，就称呼贾母为“老寿星”；知道

1　成窑：指明代成化年间景德镇官窑烧制的一种瓷器，以五彩者为上。——编者注

富人希望别人羡慕自己，就总夸贾母有福气。刘姥姥吃鸽子蛋时说“这里的鸡儿也俊，下的这蛋也小巧，怪俊的”，难道她不知道这是鸽子蛋？肯定知道，她是故意这样说的，好让贾母开心。

刘姥姥刚进大观园时，就在潇湘馆的青苔石子路上摔了一跤，自己爬起来继续逛；贾母游园时一直有人搀扶，最后却累病了。真是穷人有穷人的活法儿，富人有富人的活法儿，而两个老太太都十分尊重别人的活法儿。

这一回除“栊翠庵茶品梅花雪”之外，还有个重要细节，就是刘姥姥吃茄鲞。午宴上，凤姐和鸳鸯要拿黄杨根整抠的十个大酒杯灌刘姥姥，被贾母、薛姨妈和王夫人劝止。当刘姥姥捧着酒杯喝酒时，薛姨妈叫凤姐给她夹些菜吃。贾母下令：“你把茄鲞搛些喂他。”贾母居然叫荣国府的当家少奶奶拿茄鲞喂乡村贫妇，真是太有趣了。凤姐笑了，对刘姥姥说：“你们天天吃茄子，也尝尝我们的茄子弄得可口不可口。”这话带有炫耀意味。凤姐将茄鲞喂到刘姥姥嘴里。刘姥姥嚼了几口，不相信是茄子：“别哄我了，茄子跑出这个味儿来了，我们也不用种粮食，只种茄子了。”众人笑道：“真是茄子，我们再不哄你。”刘姥姥诧异地说：“真是茄子？我白吃了半日。姑奶奶再喂我些，这一口细嚼嚼。”说完，细嚼了半日，笑道，“虽有一点茄子香，只是还不像是茄子。告诉我是个什么法子弄的，我也弄着吃去。”凤姐说，这也不难，你把才下来的茄子去了皮，切成丁，用鸡油炸了，再把鸡脯子肉、香菌、新笋、蘑菇、五香豆腐干、各色干果子都切成丁，用鸡汤煨干，用香油一收，糟油一拌，盛在瓷罐子里封严了，要吃时拿出来，用炒的鸡丁一拌就行了。刘姥姥一听：“我的佛祖！倒得十来只鸡来配他，怪道这个味儿！”

茄鲞到底是一道什么菜呢？鲞就是鱼干。鱼干出现在两千多年前，据《吴地记》记载，春秋时，吴王阖闾带兵入海，遇到风浪，没有粮食了。吴王就向大海祈祷，之后一群金色的鱼游过来给他们做了食物。出征回国后，吴王又想起了当时在船上吃的鱼。臣子汇报说，那些鱼已经晒干，吴王便命人做来吃。一入口，觉得比鲜鱼还好吃。吴王就在“美”字下面加个“鱼”字，成了“鲞”字，也就是鱼干的意思。从此，鲞就成了下酒凉菜。茄鲞则是素菜荤吃，把茄子做出鸡的味道。元代食谱已经有做菜鲞的记载。明代戏曲家高濂写了一本养生食谱《遵生八笺》，其中有一道“鹌鹑茄”，记载非常详细：把嫩茄子切成细丝，用开水焯过，晾干以后，放上盐、酱、花椒、莳萝、茴香、甘草、陈皮、杏仁、红豆，研成细末，拌匀晒干，蒸了存起来，到用的时候，用开水烫软，蘸香油炸一下即可。近年来，出现了一阵“《红楼梦》热”，很多地方都开发“红楼宴”，茄鲞却成了难题。1992年我到扬州参加国际红学研究会，扬州西苑宾馆请很多国家的红学家吃“红楼宴”。到了饭点，大家却发现没有茄鲞。东道主说，厨师根据凤姐说的做法试了很多次，最后什么都没做出来。当时红学家们说，看来茄鲞应该是“文学化菜肴”，是曹雪芹为了描写贾府的大富大贵、饮食讲究，而创造出来的并不能实现的菜肴，就像冷香丸是“文学化药丸”一样。后来，很多大酒店也试做“茄鲞”这道菜，一再请红学家们品尝。红学家们尝起来总没有刘姥姥说的那种感觉。大家都说，可能是荣国府大厨师做茄鲞的工序，被凤姐转述时漏掉了关键部分，然后就成了中国烹饪史上的一个小遗憾。

1987年版电视剧《红楼梦》的民俗顾问邓云乡教授曾对我说过，他吃过一次茄鲞，端上来，黄蜡蜡、油汪汪的一盘。邓先生说，什么茄鲞？其实就是宫保鸡丁加红烧茄子。他一说，我们都笑了。现在，“红楼宴”已经摆到了东南亚，最难做的还是凤姐说的这道菜。

刘姥姥吃茄鲞，显示了贾府日常生活的精致与讲究。刘姥姥跟贾母同宴，呈现出了不同的生命状态。贾母富贵、尊荣，但不如穷老太太刘姥姥生命力旺盛。饭后上了四样点心，也是贾府的讲究食谱：藕粉桂糖糕、松穰鹅油卷、螃蟹馅儿的小饺子、奶油炸的各色小面果。贾母看了就说太腻了，不想吃。刘姥姥和板儿则每样都吃了些儿，一下就去了半盘子。

饭后，贾母的兴致还很高，带着刘姥姥散闷，到山前的树下待了半晌，告诉刘姥姥这是什么树，这是什么石头，这是什么花。刘姥姥一一领会，表示开了眼界，又跟贾母说：“谁知城里不但人尊贵，连雀儿也是尊贵的。偏这雀儿到了你们这里，他也变俊了，也会说话了。”众人不解什么雀儿进了大观园变俊了、会说话了。刘姥姥说：“那廊下金架子上站的绿毛红嘴是鹦哥儿，我是认得的。那笼子里黑老鸹子怎么又长出凤头来，也会说话呢？”刘姥姥是真的不认识八哥吗？我看她多半是假装糊涂，逗贾母开心呢。有的红学家认为刘姥姥二进荣国府有失尊严，我倒觉得这个老太太很聪明，你们拿我开心，我不会自寻开心吗？你们想看山村野趣，那我就要多土有多土。刘姥姥在大观园“表演”吃鸽子蛋、吃茄鲞，逗得贾府的人那么开心。刘姥姥“表演”并不是想要什么报酬，她只是觉得，贾母惜老怜贫，你们想让老太太开心，那我就帮着你们让老太太开心，这样我自己也开心。

刘姥姥外孙、凤姐女儿姻缘伏笔

“史太君两宴大观园”时，刘姥姥的外孙板儿和凤姐的女儿有了接触。对于《红楼梦》的大结局来说，这是一次具有预示意味的接触。

吃过早饭，贾母和刘姥姥在探春屋里闲聊。探春的花梨木大理石大案子上，左边有一个紫檀木的架子，上面有一盘娇黄玲珑的佛手；右边洋漆架子上悬着一个白玉比目磬和小锤。板儿便要摘小锤击磬，丫鬟们忙拦住他。板儿又要佛手吃，探春便给他拿了一个，嘱咐他可以玩，不能吃。板儿抱着佛手玩的时候，凤姐的女儿（后来起名巧姐）来了，手里抱着个大柚子，忽然看到板儿抱着一个佛手，便也要佛手。丫鬟哄她去拿，巧姐等不得，就哭了。丫鬟赶紧拿柚子哄板儿换佛手。板儿一看柚子又香又圆，还可以当球踢，就同意交换了。这虽然是小孩子换玩具的细枝末节，却暗藏了两个小孩未来的人生命运。板儿想敲比目磬，暗示他想比翼齐飞；柚子和佛手则预示了巧姐的结局。脂砚斋评语："柚子即今香橼之属也，应与'缘'通。佛手者，正指迷津者也。"两个小孩交换柚子和佛手，成为"千里伏线"，暗透《红楼梦》的通部脉络，就是他们将来是要结婚的。

贵族千金和农村贫娃怎么能结亲呢？因为后来贾府被抄家败落，凤姐落难，巧姐的"狠舅"王仁和"奸兄"贾蓉把她卖到妓院，刘姥姥知道后把她赎了出来，让她跟板儿成亲。这一点，在第六回刘姥姥一进荣国府的脂砚斋评语中已有透露。

妙玉和哪个品梅花雪

吃完饭，贾母又带了刘姥姥到栊翠庵来。这一回回目有《栊翠庵茶品梅花雪》，实际上真正品茶的是宝玉、黛玉和宝钗。

我研究《红楼梦》有一个甲子之久，第一篇红学论文是1964年大学四年级古代文学开卷考试的作业，最初是写妙玉，后经同学劝说，改写宝玉。《贾宝玉批判》《妙玉的悲剧》两篇文章居然保存了下来，真是奇妙的红学缘分。

贾母进了栊翠庵，看到花木繁盛，说："到底是他们修行的人，没事常常修理，比别处越发好看。"栊翠，拢住满园的翠色，却拢不住春色撩人的青春。宝玉梦游太虚幻境时，看到金陵十二钗图册，妙玉位列正册第六，是唯一一个不属于四大家族的女子。为了迎接元妃归省，盖完"省亲别墅"后，林之孝家的向王夫人介绍带发修行、出身高贵的妙玉，王夫人便下请帖请她主持栊翠庵。妙玉的清高、聪慧、洁癖、孤僻，以及遁入空门却追求诗意生活，都在品茶栊翠庵时做了集中描写。

妙玉听贾母说要吃茶，便忙去烹茶，然后亲自捧了一个海棠花式雕漆填金云龙献寿的小茶盘，里面放着一个成窑五彩小盖盅，捧给贾母。真是太讲究了！成窑五彩小盖盅，在明代就已价值不菲。妙玉给贾府老祖宗拿出这么名贵的茶具，既说明妙玉本家非常富有，也说明妙玉很尊重贾母。贾母说："我不吃六安茶。"妙玉回答："知道。这是老君眉。"贾母是品茶行家，又问是什么水。妙玉说："是旧年蠲的雨水。"贾母细细品了老君眉。她大概是想让刘姥姥见识一下什么是茶中极品，喝了半盏，便递给刘姥姥，说："你尝尝这个茶。"刘姥姥"便一口吃尽"。半盏茶喝出了两个老太太的不同身份。贾母喝茶，是优雅、细致地品；刘姥姥喝茶，是一股脑儿地灌。更好玩的是，刘姥姥还要对她从没喝过的高档茶大发议论："好是好，就是淡些，再熬浓些更好了。"

六安茶，是安徽名茶，分为白茶和明茶，有毛者为白茶，无毛者为明茶，皆为老叶。六安茶比较著名的有毛尖、瓜片、银针等。老君眉，可能是指武夷山岩茶，茶叶满布银毫，形如长眉，味道清醇。贾母说她不吃六安茶，应该是指六安瓜片。我小时候，父母喜欢喝六安瓜片，比较耐泡。雨水，接近现在的纯净水，用来泡茶，比一般水好喝。

我喜欢喝绿茶，有时会和喜好相同的一位上海著名女作家交流其中的讲究。她的经验是用七十摄氏度的水泡一分钟，然后马上将茶汤倾出，我则是用九十摄氏度的水。

绿茶讲究清淡，刘姥姥偏要熬浓，真是鸡同鸭讲。

众人听了刘姥姥的“高论”都乐了，妙玉也必定啼笑皆非。估计贾母把成窑五彩小盖盅递到刘姥姥手上时，妙玉就不高兴了。这样名贵、高雅的茶盅怎能放到粗拙之人的手上？

妙玉对贾母礼数周到，却没有一直陪她，上完茶后就走开了。贾府哪儿会出现这种咄咄怪事？老祖宗正坐着喝茶，就算是备受宠爱的黛玉，也不敢把她晾在这儿，自己直接走开，但是受贾府供养的妙玉更特立独行、更任性、更孤僻。妙玉不陪贾母，那去陪谁了呢？黛玉、宝钗，还有宝玉。妙玉把宝钗和黛玉的衣襟一拉，两人就默契地跟她走了。宝玉一看这三人溜了，便悄悄地随后跟上。宝钗、黛玉进了耳房，一个坐在妙玉的卧榻上，一个坐在妙玉的蒲团上。妙玉亲自烧水泡茶。刚刚泡好，宝玉来了，黛玉和宝钗便调侃他，你又来蹭茶喝，这儿没你的。妙玉对宝玉说，你这遭喝的茶是托她两个的福，你自己来的话，我是不给你喝的。宝玉说，我知道，我不领你的情，只谢她们两个人就是。其实妙玉、宝玉两人都话中有话，只有宝钗、黛玉被蒙在鼓里。为什么这样说呢？因为宝玉早就自己来喝过茶了。妙玉是怎么知道贾母不喝六安茶的？当然是听宝玉说的。但妙玉不能叫外人知道她和“怡红公子”单独喝茶，宝玉也不能叫黛玉等知道，他在黛玉、宝钗、湘云之外还有第四个闺友。特别有意思的是，湘云也进了栊翠庵，妙玉却没叫她。大大咧咧的湘云没有参加妙玉的这次茶艺活动。湘云凡事喜欢发表意见，但在这个地方不太好发表意见，因为曹雪芹要给妙玉留下充分的话语权。

妙玉茶具大有讲究

妙玉拿给宝钗和黛玉的两只杯子非常名贵。一只杯子上刻着“𤫩瓟斝”三个隶字，后有一行小真字是“晋王恺珍玩”，又有“宋元丰五年四月眉山苏轼见于秘府”一行小字，说明是晋代大富豪王恺和宋代大文豪苏轼收藏过的名贵古玩，非常珍贵。据蔡义江先生考证，这个茶具是曹雪芹为了描写妙玉这个出家闺秀的本家很有钱而有意虚构的。为什么呢？因为元丰五年四月苏轼已经在黄州两年了，不可能在秘府见过这个茶具。另一只杯子像一只微型小碗，也有三个垂珠篆字，刻着“杏犀䀉”。杏犀䀉就是杏黄色、半透明、用犀牛角制成的酒杯。真是太名贵了！

妙玉给宝玉用的是什么茶杯呢？妙玉虽然尊重自己的两个闺密，但她和宝玉更亲近，“仍将前番自己常日吃茶的那只绿玉斗来斟与宝玉”。这就是说，宝玉之前已经用这只绿玉斗喝过茶了。接着，妙玉又拿出一个用竹根抠的大盒来，问宝玉吃得了不，宝玉高兴地表示吃得了。妙玉说：“你虽吃的了，也没这些茶糟蹋。岂不闻‘一杯为品，二杯即是解渴的蠢物，三杯便是饮牛饮骡了’。你吃这一海便成什么？”妙玉的话说得有文化，说得俏皮。妙玉亲自给宝玉斟茶，宝玉细细地吃了，“果觉轻浮[1]无比”。看来真正和妙玉“品梅花雪”的

1　轻浮：指茶味不凡。见宋吴淑《茶赋》：“轻飙浮云之美。”——编者注

是宝玉。宝玉的到来，在妙玉孤寂的心中投进了青春的阳光。妙玉在宝玉跟前口角生风、妙语连珠，完全是青春美少女的姿态，哪儿有一点儿尼姑的味道?

令读者更加意想不到的是，宝玉、黛玉都遭到了妙玉的挖苦。宝玉调侃妙玉说："常言'世法平等'，他两个就用那样古玩奇珍，我就是个俗器了。"妙玉说："只怕你家里未必找的出这么一个俗器来呢。"这句话透露出妙玉本家的富贵超过了贾府，也透露出妙玉的心性高于贾府群钗。都说黛玉"孤高自许"，她大概还要超过黛玉。

黛玉问妙玉，我们喝的茶也是旧年的雨水吗?妙玉冷笑："你这么个人，竟是大俗人，连水也尝不出来。这是五年前我在玄墓蟠香寺住着，收的梅花上的雪，共得了那一鬼脸青的花瓮一瓮，总舍不得吃，埋在地下，今年夏天才开了。我只吃过一回，这是第二回了。你怎么尝不出来?隔年蠲的雨水那有这样轻浮，如何吃得。"宝玉口中"神仙似的妹妹"，从来没被人居高临下地称为"大俗人"，却在妙玉这儿被怼了。妙玉说旧年的雨水如何吃得，但她给贾母上的茶就是用旧年的雨水泡的。贾府的人都说黛玉是"孤高自许"，谁想黛玉却在栊翠庵遇到个更加"孤高自许"的，这时她的脾气没了，小性儿也没了。她还知道，在这儿"不好多话，亦不好多坐"，吃完茶就约着宝钗走了出来。而宝钗喝了半天茶，一句话也没说，可见多么谨慎小心！宝钗和黛玉对妙玉的为人处世可能未必赞赏，但是她们却十分尊重她。这是闺秀之间的惺惺相惜。

几人说话间，妙玉的仆人把贾母等用过的茶盏收了进来。妙玉因为成窑五彩小盖盅给刘姥姥用过，就坚决不要了。妙玉不是念佛吗?《金刚经》曰："是法平等，无有高下。"贵妃的祖母把贫妇刘姥姥、出家人妙玉看成平等茶友，身处佛门的妙玉却瞧不起贫穷的刘姥姥，发人深思。

宝玉不是潘必正，妙玉不是陈妙常

宝玉对妙玉说，不如把那个成窑五彩小盖盅给刘姥姥，她卖了还可以度日。妙玉表示，幸亏那杯子我没用过，如果是我用过的，就砸碎了也不能给她。这样的孤高，未免太过了。宝玉特别能体谅妙玉的心情，既然刘姥姥用过的茶杯都不要了，那么老太太、太太及仆妇等坐过、站过的地方，妙玉肯定也认为脏了，所以他接着说，等我们出去了，我叫小厮们抬水来给你冲刷地面吧。妙玉接受了，并且说，叫他们把水抬到山门外头墙根下就成。宝玉的小厮连栊翠庵的门都不能进，妙玉的洁癖真是太严重了。

妙玉和宝玉之间到底是一种什么感情呢？很多红学家津津乐道。从“栊翠庵茶品梅花雪”的情节能够看出，妙玉对宝玉有着眷恋之情。那么，妙玉是不是爱上了宝玉？宝玉在爱着黛玉的同时，是不是也爱着妙玉？这是索隐者喜欢做的文章。其实，不必硬把妙玉和宝玉的关系扯上男女私情。妙玉是青灯古佛下的青春少女，她对宝玉这样一个有些见识、比自己小的美男子产生好感，希望亲近，是她“云空未必空”，但是两人之间并没有调情的意味。后面宝玉过生日时，妙玉给他送贺帖。宝玉诚惶诚恐，觉得妙玉是看重自己，认为自己有些见识。也就是说，妙玉对宝玉并没有私情。宝玉对女孩子们，不管是黛玉、宝钗、湘云，还是晴雯、袭人、金钏儿，甚至平儿、香菱，都是百般呵护，香花供养。而对妙玉这样一个本应享受青春欢乐，却不得不把自己关在栊翠庵的美貌才女，宝玉更多了一份怜香惜玉之情。所以说，妙玉跟宝玉之间是心灵相近、互相欣赏，却没有男女私情，更没有高鹗续书所写的宝玉调情、妙玉怀春。曹雪芹创作妙玉这样一个人物，并不是为了再现陈妙常，宝玉也不是潘必正。曹雪芹在描写宝黛爱情和二宝婚姻的同时，也写出了宝玉和湘云青梅竹马的兄妹之情，写出了宝玉和妙玉相知相悦却不相爱的知音之情，这正是《红楼梦》不同于一般才子佳人小说的奥秘所在。

刘姥姥睡上贾宝玉的床

——第四十一回　栊翠庵茶品梅花雪　怡红院劫遇母蝗虫（下）

刘姥姥和贾母在栊翠庵喝完茶后，误打误撞地闯进了怡红院，在贾宝玉的床上睡了一觉。刘姥姥的活动到第四十二回仍在继续，不过已经是贾府众人如何送她离开的描写了。我把“怡红院劫遇母蝗虫”和刘姥姥离开贾府放到一起说一说吧。

穷苦农妇睡到贾府“凤凰”的床上

在栊翠庵喝完茶后，贾母、薛姨妈、王夫人都很疲倦，便各自去休息了。鸳鸯还要带着刘姥姥继续各处去逛，大家也都跟着取乐，因为刘姥姥出言可以令人喷饭。逛到“省亲别墅”的牌坊底下时，刘姥姥抬头一看，哎哟，这还有个大庙，马上趴下磕头。大家都笑弯了腰。刘姥姥说，笑什么？这牌楼上的字我都认识，不是“玉皇宝殿”吗？大家听了更乐。这时，刘姥姥觉得肚子一阵乱响，赶紧找小丫头要了两张纸，就要解衣服。这真是对皇权的极大调侃！大家又是笑，又忙喝住她，派了个婆子带着她到东北角上去了。那婆子指给她一个地方，便乐得走开去歇息。

刘姥姥因为多喝了些酒，脾胃与黄酒不相宜，且吃了许多油腻食物，多喝了几碗茶，不免痛泻了一番，“蹲了半天，忽一起身，只觉得眼花头眩”，找不着路了。往四周一看，都是树木、山石、楼台、房舍，不知道哪处是往哪里去的。眼前有一条石子路，就顺着慢慢走来。到了一个房舍跟前，又找不着门，过了一会儿，忽然看到一带竹篱，刘姥姥心中自忖，这地方也有扁豆架子。实际上这是怡红院外面的花架。

刘姥姥顺着花架走来，进到一个月洞门，看到一个水池子，清水潺潺而流，一块白石横架在上面。刘姥姥便沿着白石桥进去，拐了两个弯，看到一个房门。她醉眼蒙眬，只见迎面一个女孩满面含笑地迎出来。刘姥姥心想可找着人了，忙说：“姑娘们把我丢下来了，要我碰头碰到这里来。”那女孩不答话，刘姥姥便上来拉她的手，“咕咚”一声撞到了板壁上。仔细一瞧，原来是幅画儿。刘姥姥感叹：“原来画儿有这样活凸出来的！”说着，“用手摸去，却是一色平的，点头叹了两声”。刘姥姥一转身，看到有个小门，门上挂着葱绿撒花软帘。她掀帘进去，“只见四面墙壁玲珑剔透，琴、剑、瓶、炉皆贴在墙上，锦笼纱罩，金彩珠光，连地下踩的砖，皆是碧绿凿花，竟越发把眼花了”。

这是哪儿呢？怡红院宝玉的卧室。贾政游园时看到墙上都是“雕空玲珑木板”，刘姥姥此时看到地砖都是“碧绿凿花”，真是太讲究、太精致了。

刘姥姥想出去，却没有门，只是左一架书，右一架屏，刚从屏后得了一个门转过去，咦，怎么亲家母也来了？刘姥姥十分诧异，忙说，你想是看到我这几天没回去，找我来了，哪个姑娘带你进来的？她“亲家母”只是笑，不答话。刘姥姥又说，你好没见过世面，见这园子里的花好看，就没死活地戴了一头。她“亲家母”还是不答话。刘姥姥突然想起来，听说富贵人家有一种穿衣镜，难道是我在镜子里面？想着便用手乱摸。小说家的构思特别巧妙，刘姥姥不会开怡红院卧室的门，是因为门被安在了穿衣镜上面，她这时用手乱摸，居然就触到了开关，镜子掩过去，露出门来。刘姥姥又惊又喜地走进去，咦，还有一张特别精致的床。她又醉又乏，便一屁股坐到床上，本来只是想歇歇，却没想到太累了，两眼蒙眬着，“一歪身就睡熟在床上”。

众人等不到刘姥姥回来，板儿见不到姥姥，急得哭了。众人笑道，别是掉到茅厕里了，快叫人去瞧瞧。袭人心里掂掇着，说她可能往我们后院子里去了，我去瞧瞧。

袭人一进房门，就听见鼾声如雷，赶紧走进卧室，“只闻见酒屁臭气”满屋，刘姥姥正扎手舞脚地躺在床上。这个情节太好玩了。刘姥姥是谁？贫穷的农村老婆子。宝玉是谁？贾府的“凤凰”。但现在穷老婆子躺到了宝二爷的床上。曹雪芹好像是想借此提醒人们，转眼不知身后事，人生风云变幻，难以预测，有朝一日，贾府这位“凤凰”，也会和这穷老婆子一样，甚至还不如这穷老婆子。根据脂砚斋评语提供的线索，贾府败落之后，寒冬腊月时，宝玉确实没有衣服御寒，只能围着破毡；饥肠辘辘，只能吃酸菜。

这样一来，醉卧怡红院的刘姥姥就和花袭人挂上了钩。

刘姥姥、花袭人和贾府盛衰

很多红学家都认为贾府盛衰的辅助线索是刘姥姥三进荣国府，其实我觉得应该把刘姥姥和花袭人看成同一条辅助线索，那就是贾府没落和小人物崛起的交错进行。小人物的兴衰对于贾府大人物的兴衰有着很强的反讽意义。花袭人，本是荣国府的奴仆，后来却变成所谓的“孟尝君”，养活宝玉。刘姥姥过去是硬和贾府攀亲，最后却变成荣国府正枝正宗的亲戚。

刘姥姥是贾府盛衰的一条隐线，这是红学家们的共识。而花袭人在小说中具有超出刘姥姥的特殊重要性，应该只是我个人的见解。花袭人曾是宝玉的侍女，始终参与宝玉的感情活动，也见证了贾府的盛衰。她经历了从宝玉的贴身丫鬟到准姨娘，再到嫁给宝玉的好友蒋玉菡，最后贾府败落时，养活当年的主子宝玉的全过程。而花袭人和刘姥姥这两个根本不可能发生联系的人，竟然在怡红院、在宝玉的房里发生了联系，这真是一个奇中叠奇的构思。但是这两人在贾府败落时，是否会再发生联系，现在已经成了千古之谜。

我认为刘姥姥在《红楼梦》这部伟大小说里起到了双重作用。一方面，刘姥姥本身是一个非常成功的文学形象，而这个形象是在大观园里树立起来的。如果说，在百花齐放的大观园，黛玉是芙蓉花，宝钗是牡丹花，湘云是海棠花，探春是杏花，李纨是梅花，贾母是她游园时簪在鬓上的大红菊花，那么，刘姥姥就是插在大观园里的苦菜花。另一方面，刘姥姥在小说结构上也有着重要作用。《红楼梦》是按照宝黛爱情和贾府盛衰这两条线交织着往前发展的，而刘姥姥对于贾府的盛衰起到了牵一发而动全身的作用。她一进荣国府是求助，二进荣国府是还礼，三进荣国府则是解困扶危。曹雪芹关于刘姥姥三进荣国府的描写，我们现在看不到了，但根据脂砚斋的评语，我们可以知道，刘姥姥三进荣国府，看到贾府被抄的惨状后，把被卖到妓院的巧姐救了出来。

曹雪芹擅长“伏脉千里”。刘姥姥第二次进荣国府，“史太君两宴大观园”时，埋下了板儿和巧姐未来成亲的伏笔。板儿和巧姐交换柚子和佛手，暗示他们有缘；佛手也暗喻指点巧姐走出迷津。更妙的是，巧姐的名字都是刘姥姥给起的，第四十二回开篇就写到了这件事。按说，凤姐的独生女儿作为贾府的金贵小姐，她的名字本应由祖父贾赦来起，却偏偏不是。凤姐请刘姥姥给女儿起名字，说是一则借借她老人家的寿，二则贫苦人起的名字，只怕压得住。刘姥姥便起了个“巧哥儿”的名字，说这叫作“以毒攻毒，以火攻火”。因为她出生的日子不太好，正是七月初七日，叫作巧哥儿，将来就会“遇难成祥，逢凶化吉”。凤姐听了很高兴，忙感谢说，只希望将来她应了你的话就好了。后来，事情的发展果然像刘姥姥说的那样，一点儿没错。

已经失传的靖藏本《脂砚斋重评石头记》在“遇难成祥，逢凶化吉”旁有这样一条评语：“应了这话固好，批书人焉能不心伤！狱庙相逢之日，始知‘遇难成祥，逢凶化吉’实伏线于千里。哀哉伤哉！此后文字，不忍卒读。辛卯冬日。”这段话说明后来的情节发展可能是：贾府败落，凤姐被关在狱神庙，刘姥姥前往探望时，知道巧姐被“狠舅奸兄”卖进了妓院，她受凤姐所托，变卖家产，把巧姐赎出来，与板儿成了亲。另外，如果巧姐仅仅是卖给妓院，未被蹂躏前就被刘姥姥救了出来，那当然是一段佳话，但是批书人说“不忍卒读”，说明她这时已被逼接过客了。贾府千金如此不幸，批书人才会“不忍卒读”。其实，刘姥姥“忍耻”招巧姐一事，在第六回的脂砚斋评语中已经有所透露。

凤姐这个人，一生得益于两个老太太。贾母是凤姐的大后台，刘姥姥是凤姐的大恩人。在前八十回凤姐千方百计地讨好贾母，贾母成了她的保护伞。当贾母离开人世，不能保护凤姐时，刘姥姥又给了她关键性的帮助。凤姐很有头脑，什么样的人有处世才能，她一眼就能看穿。刘姥姥二进荣国府时，凤姐已经不再把她当成前来打秋风的穷人看了，而是当成有见解、有经验的老人来尊敬。刘姥姥在潇湘馆说道，这么好的纱，我们想用它做衣服都不能，你们却拿来糊窗子。贾母表示可以送她两匹。刘姥姥离开荣国府时，凤姐又送给她白纱做里子。凤姐送了很多东西给刘姥姥，且说得很有人情味：不过是寻常的东西，好也罢，歹也罢，带了去，你们街坊邻居看着也热闹些，也是上城一次。这样一来，二进荣国府的刘姥姥与凤姐的交往，就和一进荣国府时不一样了，带着浓厚的人情味，甚至亲情味。凤姐做梦也想不到，自己这个“叱咤风云”的荣国府管家奶奶，有朝一日会从权力的顶峰跌落下来，而自己的宝贝女儿也会掉进妓院的泥坑，最后被刘姥姥救出来，嫁给板儿。

穷苦老妇、一品诰命联手演出绝妙大戏

第四十二回开头，刘姥姥对凤姐说，在这里待了两三天，从来没见过的都见过了，从来没吃过的都吃过了，从来没听过的都听过了，现在怎么着也得回去了。刘姥姥表示，老太太、姑奶奶和小姐们“都这样怜贫惜老照看我”，我回去后没有别的可以报答，只能每天给你们念佛，保佑你们长命百岁。她说的是真心话。刘姥姥喜欢念佛，也感念贾府众人对自己的照顾。

凤姐说，你别高兴，都是为了你，老太太被风吹病了，我们大姐儿也着了凉。刘姥姥提醒她，大姐儿可能不大进园子，遇到了什么神，所以病了。凤姐派人一查，果然，“八月二十五日，病者在东南方得遇花神”，于是命人烧了纸钱，大姐儿果然马上睡安稳了。凤

姐又求刘姥姥给女儿起个名字，然后吩咐平儿把准备送给刘姥姥的东西打点好了，明天她一早走就方便了。刘姥姥赶紧说："不敢多破费了。已经遭扰了几日，又拿着走，越发心里不安起来。"

刘姥姥这次离开，不仅贾母、凤姐送了她东西，连平儿、鸳鸯也送了她东西。刘姥姥上次专门来打秋风，得了二十两银子；这次是来还礼的，没想到又打了一次秋风，仅银子就有一百零八两，王夫人给了一百两，凤姐给了八两，还不算贾母给的金银小元宝。刘姥姥随平儿到了那边屋里，只见送她的东西堆了半个炕，有御田粳米、衣服、绸料子、宫内制作的点心、常用的药物，还有大观园里的水果和干果。特别是，还有宝玉向妙玉讨来的名贵茶具成窑五彩小盖盅。刘姥姥来的时候，是自己扛的瓜果；走的时候，则是小厮们雇车给她装上东西，送到家的。贾府从贾母到王夫人，从凤姐到宝玉，都和刘姥姥广结善缘，深结善缘。这样的善缘自然会得到善报，之后刘姥姥赎回并收留巧姐，就是最突出的表现。

贾母已把刘姥姥看成自己的客人，刘姥姥晚上就在贾母的住处歇息。第二天早上她梳洗后，正想向贾母告辞，贾母却病了。贾珍、贾琏、贾蓉三人把王太医请来看病。"王太医不敢走甬路，只走旁阶"，跟着贾珍到了台阶上。王太医进到贾母的房间后看到了什么呢？只见贾母端坐在榻上，两边是四个未留头的小丫鬟；又有五六个老嬷嬷雁翅一样排列在两旁，"碧纱橱后隐隐约约有许多穿红着绿戴宝簪珠的人"。那些是什么人呢？是凤姐、黛玉、宝钗、湘云，以及贾府"三春"。贾母与太医聊天，称其为"世交"。王太医看完后对贾珍、贾琏说，老太太偶感风寒，吃饭清淡点儿，穿得暖和点儿就好了。我写个方子，高兴就吃，不高兴就不吃。富贵人家的老太太略有不适，也得把御医请来看病，真是娇贵啊！

而贾府败落时，贾母又会怎么样呢？如果曹雪芹把贾母写成全福之人，那她应该在贾府败落之前就寿终正寝。当然，如果曹雪芹不想把贾母写成全福之人，也完全有可能，因为《红楼梦》中任何善良可爱的人物，没有不是悲剧结局的。所以，贾母很可能死在贾府“忽喇喇似大厦倾”的时候。这样一来，贾母之死，就应该是描写荣国府沧桑剧变的重要笔墨，与秦可卿出丧形成鲜明对比。秦可卿是身份最低的重孙媳妇，贾母是身份最高的老祖宗。秦可卿死在贾府“烈火烹油、鲜花着锦”之时，所以葬礼豪华极了；而贾母之丧，是在贾府“落了片白茫茫大地真干净”的时候发生的，因此就寒酸异常。遗憾的是，曹雪芹笔下的“贾母之死”，我们现在看不到了。现在流行的高鹗续书写贾母临死时还散余资，安排后事，不太合情理。

前八十回多次写到贾母最富有，凤姐说她“金的、银的、圆的、扁的，压塌了箱子底”，所以，抄家的人怎么会放过最有钱的贾母不抄呢？按照常理，抄家损失最惨重的应该是凤姐和贾母，而贾母应该是被吓病了。她撒手西去的时候，子孙、侍女，或者被关，或者被卖，不仅不可能风光大葬，甚至可能连棺材和装殓的衣服都没有。那么，刘姥姥在帮助巧姐的同时，会不会也帮助了贾母呢？这是我的异想天开。这个想法有没有道理呢？我觉得有一点儿道理。周瑞家的曾说，刘姥姥这次来，跟贾母投了缘了，这是想不到的天上缘分。这句话很重。《红楼梦》里只有“木石姻缘”是天上的缘分。刘姥姥二进荣国府，本来是冲着王夫人来的，却成了贾母的贵客，和贾母有了天上的缘分，她最后告别的也是贾母。曹雪芹没有一个字描写刘姥姥是怎么和王夫人告别的，却详细写了和贾母的告别。贾母对刘姥姥说：“我身上不好，不能送你。”两个身份完全不同的老太太，本来毫不相干，两宴大观园却发生了多次精彩的交流。贾母并没有瞧不起贫穷老太太，贫穷老太太也尊重惜老怜贫的贵妃祖母。最后，她们两人还来了一段情感很浓的依依惜别。我猜想，贾母这次对刘姥姥说“不能送你”，很有可能最后送贾母的就是刘姥姥。因为贾母叫鸳鸯把她自己的几件衣服送给刘姥姥，这都是别人孝敬的衣服，制作非常精美，贾母却一次也没穿过。贾母去世后，刘姥姥会不会把这些衣服拿出来为她装殓呢？从《红楼梦》对贾母和刘姥姥交往的描写来看，并不是没有可能的。如果小说家想创造具有强烈对比的情节，这样写也是很有必要的。当然，这只是我这个当代小说家管窥蠡测，至于曹雪芹会不会这样写，就不知道了。

“刘姥姥进大观园”已经成了现代的日常用语，用来形容寻常百姓初次见到豪华奢侈的场面。

黛玉、宝钗成好友

——第四十二回　蘅芜君兰言解疑癖　潇湘子雅谑补余香

奇不奇怪，林黛玉和薛宝钗并不是“三角恋”中的对立方。在一般小说中，按她们各自的处境，两人可能会永远对立下去，变着法儿折腾下去，但《红楼梦》写到第四十二回，这两人却成了好朋友。这也是曹雪芹打破传统写法的重要标志之一。第四十二回的回目对仗工整：“蘅芜君”是薛宝钗，“潇湘子”是林黛玉；“兰言”是朋友间美好的语言，“雅谑”是文雅的笑话；“解疑癖”是解开林黛玉心中的疑虑，“补余香”是和“兰言”有同样内容的话语。中国古人认为，朋友之间的知心话像兰花一样是有香味的，这种说法出自《易经》：“二人同心，其利断金；同心之言，其臭[1]如兰。”林黛玉用开玩笑的话，表达了她和薛宝钗的友情。

黛玉、宝钗上演《三岔口》

刘姥姥二进荣国府，史太君两宴大观园，黛玉说酒令时，说了

1　臭：同“嗅”，指气味。——编者注

句“良辰美景奈何天”，宝钗听了，回头看她。按说黛玉应该知道，像宝钗这样“不干己事不张口”的人，只要她关注了什么事，必定有原因，应该警惕起来，但是黛玉只怕被罚，顾不上这些。接着黛玉又说了句“纱窗也没有红娘报”，她说完就忘了，其他人大概听不懂，或者听懂了也是过耳就忘，但宝钗却一直记着。

刘姥姥离开贾府第二天，黛玉和宝钗一块儿给贾母请过安回大观园时，宝钗把黛玉叫到蘅芜苑，用开玩笑的口气说：“你跪下，我要审你。”黛玉不知道什么缘故，说：“你瞧宝丫头疯了！审问我什么？”宝钗说：“好个千金小姐！好个不出闺门的女孩儿！满嘴说的是什么？”宝钗把黛玉“千金小姐”的身份抬出来，那肯定是黛玉做了跟“千金小姐”身份不相符的事情，她才能这样挖苦黛玉。黛玉还是不明白，宝钗这才把昨天行酒令的事提出来。黛玉闹了个“满脸飞红”，赶紧央告宝钗：“好姐姐，原是我不知道随口说的。你教给我，再不说了。”

黛玉为什么要羞得满脸绯红，而且对宝钗的批评心服口服？因为黛玉说的这两句酒令——“良辰美景奈何天”“纱窗也没有红娘报”，分别出自《牡丹亭》和《西厢记》。这两本书在当时被封建卫道者看成异端，一般封建家庭不允许女孩儿看这些书。“良辰美景奈何天”尚能算作一般的感情抒发，“纱窗也没有红娘报”就明显有少女怀春的情绪了。一个千金小姐说出这两出戏的唱词，已经很不像话，如果再被人指出唱词有怀春意味，就更难堪了。所以黛玉满脸绯红，央告宝钗：“好姐姐，你别说与别人，我以后再不说了。”

曹雪芹写这两个聪明女孩儿的对话，非常巧妙，也非常微妙。两个女孩儿都知道那两句酒令出自何处，但都不提戏名。黛玉是因为害怕，也因为害羞，所以故意躲躲闪闪；宝钗也不能提戏名，以免失了身份。两人像是在演《三岔口》一般，都知道戏名，又都假装不知道。

宝钗明知黛玉说的酒令出自何处，偏要说“我竟不知那里来的”，好不好笑？如果不是对这两本书很熟，怎么别人一张嘴，你就知道是不能说的？但黛玉很天真，根本没往这方面想。黛玉也不提她说的话是从哪儿看来的，只说“我不知道随口说的”，也是在耍赖，不过宝钗没有捅破窗户纸，只是说：“我也不知道，听你说的怪生的，所以请教你。”两人都知道是怎么回事儿，又因为各种原因都故意不说，都在耍赖。两个姑娘这种表现，实在是太有意思了。

因为黛玉羞得满脸绯红，满口央告，宝钗也被感动了，对黛玉掏心窝子说：其实我早就读过这些书。然后她发了一大通议论，大概是说：男人们应该读书明理，辅国治民；咱们女孩儿家只应该关心针黹纺织之类的事，就算看书也只能看那些正经书，不可因读“杂书”而移了性情。黛玉心中暗服，点头说“是”。黛玉一向我行我素，这次居然在宝姐姐面前心悦诚服地说“是”，好像完全变了一个人。因为在那个时代，千金小姐看《牡丹亭》《西厢记》，后果是很严重的。

黛玉、宝钗为什么能成好友

黛玉从此和宝钗成了推心置腹的好朋友。难道黛玉仅仅是因为自己的短处被宝钗抓住了，就与她成了好朋友吗？并不是。因为宝钗这次和黛玉私下交谈，确实是出于爱护黛玉，是真正为黛玉好，真正为她的名声和前途考虑。宝钗及时提醒黛玉“悬崖勒马”，千万不要再看那些“杂书”，即便看了，也绝对不可以当众提到里面的话，这当然是在爱护黛玉。黛玉自幼父母双亡，从来没有人对她说过这样的话，她就把宝钗当成姐姐，而这次宝钗确实是起到了姐姐的作用，而且还是冒着被误会的风险劝她。黛玉一向是“小性儿、行动爱恼的人”，万一她不高兴了呢？宝钗还是要劝，还是要说，因为她的出发点是为了黛玉好。宝钗教育黛玉的，是那个社会的主流意识形态。黛玉确实信服宝钗的话，因为她从小接受的也是“淑女教育”，和宝钗接受的教育是一样的。

宝钗在荣国府给人的印象是很大方、会做人。宝钗是在社会上左右逢源的人，既能锦上添花，也能雪中送炭。她会做人，连赵姨娘都说她的好话。而宝钗最成功的，恐怕就是在黛玉跟前会做人。有一些前辈红学家和当代红学家认为黛玉太天真，上了宝钗的当。清代有红学家说，宝钗的“兰言”捉襟见肘，只是欺负黛玉。清代学者洪秋蕃说，宝钗“大约传奇歌本、奸盗邪淫无不博览胸中，故能造金锁、托僧言、夺人婚姻如反掌耳”。也有当代红学家认为，黛玉被宝钗“忽悠”了，宝钗并不是真心对她好，天真的她却对宝钗坦诚相待，甚至为过去对宝钗的误会而深深自责。

宝钗和黛玉能成为好朋友，还有其他原因。黛玉为人率真，没有心计，“给个棒槌认作针”。她不想一想，如果宝钗没有看那些让人“移了性情”的书，怎么能听出来她说的酒令是从那些“闲书”来的？宝钗不把黛玉说《牡丹亭》《西厢记》唱词的事告诉别人，真的是在保护黛玉吗？可能是，不过更重要的还是保护她自己。如果她把这件事传出去，有人问林姑娘说的酒令出自哪些书，我们都不知道，宝姑娘怎么知道？这样宝钗岂不就穿帮了？但是黛玉太单纯了，她想不到这些事。

我觉得黛玉、宝钗之所以能成为好朋友，主要原因并不是宝钗站在爱护黛玉的立场上对黛玉进行教育，而是黛玉和宝钗站在各自立场上，都认为对方已经威胁不到自己了，都觉得“木石姻缘”或“金玉姻缘”有希望。为什么呢？在黛玉看来，她和宝玉的感情经过多次波折，互相倾诉肺腑之后，已经心心相印了。宝玉挨打后，向黛玉表示“你放心”，重申过去的宣言，说明什么外力都不能分开他们，只等着老太太发话了。而那么疼爱外孙女的老太太，肯定会发话。黛玉可能是抱着这样的幻想。宝钗又是怎么想的呢？她一定看到了一些对自己有利的情况：贵妃娘娘给她的赏赐和宝玉的相同；贾母几次当众夸奖她，还出资给她过生日。她在贾府的地位正在上升，因此可能觉得自己只需要等着哪一天贵妃娘娘说句话就行了。到一定的时候，即使贵妃娘娘没发话，王夫人也应该会催促女儿发话。

两个聪明的姑娘都知道，她们之间互相争斗，对个人命运起不到一点儿作用。在黛玉看来，宝钗怎么跟她争，也得不到宝玉的心，这对她来说就够了，她就是要宝玉对她的真心，所谓“我为的是我的心”；而在宝钗看来，黛玉怎么跟她争，也左右不了王夫人偏袒外甥女的感情倾向，左右不了贵妃娘娘会直接为弟弟安排婚事的可能性，这对她来说，也就够了。

这样一来，天真的黛玉和心思缜密的宝钗，关系就突然变好了。两人的关系变好后，就出现了黛玉“雅谑补余香”的情节。

直叫她“母蝗虫”就是

这时，李纨的丫鬟素云忽然来请：“我们奶奶请二位姑娘商议要紧的事呢。”宝钗和黛玉便往稻香村而去，只见迎春、探春、惜春、湘云、宝玉都在那儿。李纨见了她们就说："社还没起，就有脱滑的了，四丫头要告一年的假呢。"惜春告假干吗？画大观园。黛玉笑道："都是老太太昨儿一句话，又叫他画什么园子图儿，惹得他乐得告假了。"探春笑道："也别要怪老太太，都是刘姥姥一句话。"黛玉又笑道："可是呢，都是他一句话。他是那一门子的姥姥，直叫他是个'母蝗虫'就是了。"

黛玉很会说俏皮话，我把《红楼梦》前八十回读下来，偶尔会对她有些不好的印象，就在这几句话上。她这不是嘲笑劳动人民吗？作为贵族小姐，她确实看不惯吃东西又多又快又粗鲁的下层人物，所以给刘姥姥起了个外号叫"母蝗虫"。她起的外号还得到了宝钗的赞同："世上的话，到了凤丫头嘴里也就尽了。幸而凤丫头不认得字，不大通，不过一概是市俗取笑，更有颦儿这促狭嘴，他用'春秋'的法子，将市俗的粗话，撮其要，删其繁，再加润色比方出来，一句是一句。这'母蝗虫'三字，把昨儿那些形景都现出来了。"黛玉起的这个外号，居然得到一向与人为善的宝钗的热情赞扬，说明这些大家闺秀都有高人一等的优越感，都瞧不起出身贫苦、举止粗鲁的农民。

说完这些，他们就开始商量怎么让惜春画画了。

接着黛玉又说了些俏皮话，比如，她说叫惜春画园子，"人物还容易，你草虫上不能"。大家说不需要画草虫，黛玉又说："别的草虫不画罢了，昨儿'母蝗虫'不画上，岂不缺了典！"接着建议这张画就叫作《携蝗大嚼图》。黛玉因为和宝钗的关系突然变好，心情格外好，显得活泼开朗起来。我们可以不把黛玉的话看成多么刻薄的思想，只看成她俏皮过头的表现。其实曹雪芹把回目写成"潇湘子雅谑补余香"，"子"是中国古代对男子的尊称，"雅谑"是雅致的玩笑，可见曹雪芹还是钟爱黛玉的。

宝钗画论其实是曹雪芹小说观点

大观园里主要对绘画发表意见的是薛宝钗。宝钗对绘画为什么那么有见解？因为曹雪芹就是个大画家。曹雪芹的好朋友在写给他的诗里说，他晚年生活极其贫困的时候，“卖画钱来付酒家”；朋友还说，他特别会画石头。一个大画家在小说里让小说人物发表一些画论，基本等同于一个小说家告诉大家怎么写小说。

宝钗说：“这园子却是像画儿一般，山石树木，楼阁房屋，远近疏密，也不多，也不少，恰恰的是这样。你只照样儿往纸上一画，是必不能讨好的。”什么意思？就是你不能像照相一样直露，得有选择。她继续说：“这要看纸的地步远近，该多该少，分主分宾，该添的要添，该减的要减，该藏的要藏，该露的要露。”绘画确实是这样，有的地方要有大片的留白，写小说也是这样。宝钗继续说：“这些楼台房舍，是必要用界划的。”什么叫“界划”？就是用界尺画线，标出楼阁、宫室的大小和准确的位置。如果不用“界划”，“一点不留神，栏杆也歪了，柱子也塌了，门窗也倒竖过来，阶矶也离了缝，甚至于桌子挤到墙里去，花盆放在帘子上来，岂不倒成了一张笑‘话’儿了”。说得多么精彩！她还说：“要插人物，也要有疏密，有高低。衣折裙带，手指足步，最是要紧；一笔不细，不是肿了手就是跏了腿，染脸撕发倒是小事。依我看来竟难的很。如今一年的假也太多，一月的假也太少，竟给他半年的假，再派了宝兄弟帮着他。”为什么派宝玉帮惜春？并不是宝玉会画画儿，而是如果惜春“有不知道的，或难安插的，宝兄弟好拿出去问问那会画的相公”。宝钗想得太细致了，大观园只有宝玉能和贾政的清客有联系。宝玉一听，又有个伟大任务，马上高兴地说："这话极是。詹子亮的工细楼台就极好，程日兴的美人是绝技，如今就问他们去。"宝钗说："我说你是无事忙，说了一声你就问去。也等着商议定了再去。"

接着，宝钗告诉惜春用什么样的纸、什么样的颜料、什么样的笔。宝钗一边说着，一边让宝玉记下来，家里有的就去要，没有的就去买。宝钗滔滔不绝，从多少种笔到多少种颜料、多少种胶矾，乃至碟子、风炉、砂锅、瓷罐、水桶、木炭、生姜、酱等都提到了，一应俱全。她在那里讲着，黛玉这时心情特别好，宝钗刚讲完"生姜二两，酱半斤"，她就忙插嘴："铁锅一口，锅铲一个。"宝钗说："这作什么？"黛玉说："你要生姜和酱这些作料，我替你要铁锅来，好炒颜色吃的。"看来黛玉不会画画儿，只是在插科打诨；而宝钗会画画儿，知道每种颜料该怎么用。宝钗说："你那里知道。那粗色碟子保不住不上火烤，不拿姜汁子和酱预先抹在底子上烤过了，一经了火是要炸的。"这真是有经验的画家说的话，表面上是宝钗说的，实际上是曹雪芹的经验之谈。

黛玉说了一连串俏皮话，最后拉着探春说："你瞧瞧，画个画儿又要这些水缸、箱子来了。想必他糊涂了，把他的嫁妆单子也写上了。"探春笑道："宝姐姐，你还不拧他的嘴？"宝钗说："不用问，狗嘴里还有象牙不成！"一边说一边就上来把黛玉按在炕上，要拧她的脸。黛玉笑着央告："好姐姐，饶了我罢！颦儿年纪小，只知说，不知道轻重，作姐姐的教导我。姐姐不饶我，还求谁去？"这是双关语，黛玉不仅因为画画儿向宝钗求饶，还因为《牡丹亭》《西厢记》的事再次向宝钗求饶：你千万不要把我信口说出来的酒令告诉别人。大家看了都说："说的好可怜见的，连我们也软了，饶了他罢。”

《红楼梦》第四十二回，从荣国府众人送刘姥姥离开，转而写大观园众人在一起商量画画儿。宝钗论绘画，头头是道。本来开列绘画工具清单，是一件非常枯燥乏味的事，但有黛玉在里面不断开玩笑，就变得特别有趣，这就是曹雪芹所说的“雅谑”。

图书在版编目（CIP）数据

马瑞芳品读红楼梦. 3 / 马瑞芳著. —成都：天地出版社，2023.5
ISBN 978-7-5455-7537-8

Ⅰ. ①马… Ⅱ. ①马… Ⅲ. ①《红楼梦》研究
Ⅳ. ①I207.411

中国版本图书馆CIP数据核字（2022）第253011号

MA RUIFANG PINDU HONGLOUMENG 3
马瑞芳品读红楼梦 3

出品人 陈小雨 杨 政
作 者 马瑞芳
责任编辑 柳 媛 梁永雪
责任校对 杨金原
封面设计 尚燕平
责任印制 王学峰

出版发行 天地出版社
（成都市锦江区三色路238号 邮政编码：610023）
（北京市方庄芳群园3区3号 邮政编码：100078）
网 址 http://www.tiandiph.com
电子邮箱 tianditg@163.com
经 销 新华文轩出版传媒股份有限公司

印 刷 玖龙（天津）印刷有限公司
版 次 2023年5月第1版
印 次 2023年5月第1次印刷
开 本 880mm×1230mm 1/32
印 张 7.75
插 页 48P
字 数 215千字
定 价 68.00元
书 号 ISBN 978-7-5455-7537-8

咨询电话：（028）86361282（总编室）
购书热线：（010）67693207（营销中心）

喜马拉雅策划出品

《马瑞芳品读红楼梦》现已全部上线，
欢迎大家扫码收听

课程简介

《红楼梦》生动地描绘了一个贵族大家庭的吃喝玩乐、生老病死、喜怒哀乐、婚丧礼祭，细致地描摹了一群贵族男女的诗意享乐、悲欢离合，可以看作一部艺术化的中国古代文化百科全书。

《马瑞芳品读红楼梦》是马瑞芳老师在总结数十年的研究成果后，逐回细讲《红楼梦》前八十回的倾心之作。从青丝到白发，她仍愿回到曹雪芹笔下，逐字逐句，和听众一起再历一次红楼大梦，从中品味《红楼梦》的人物情感，挖掘人物的复杂性格和内心世界，探寻家族盛衰荣辱背后的深刻原因，感受文学语言的优美洗练。

无论是在忙碌中寻静心，在休闲中寻意趣，在得意处寻惊醒，还是在失意处寻体悟，你都能产生共鸣。

欢迎收听更多精彩有声作品

《马瑞芳讲聊斋志异》
打开鬼狐神妖的奇幻世界

《听见·刘心武·读书与人生感悟》
茅盾文学奖得主刘心武八十自述

《必须犯规的游戏·重启》
危机四伏的逃生游戏再次开启

天喜文化